LES SŒURS DE LA LIBERTÉ

SORAYA LANE

Traduit de l'anglais
par Karine Xaragai

City
Roman

Retrouvez tous les titres City Éditions :

www.city-editions.com

Publié pour la première fois sous le titre *The Berlin Sisters*
par Lake Union Publishing, une marque d'Amazon.com, Inc.
Couverture : Shutterstock / Studio City
ISBN : 978-2-8246-2940-7
Code Hachette : 82 9141 4
Collection dirigée par Christian English & Frédéric Thibaud
Catalogues et manuscrits : city-editions.com

Dépôt légal : Juin 2025

1

Ministère de l'Éducation du peuple et de la Propagande
Berlin, 22 décembre 1943

Assise à son bureau, le dos bien droit, Ava faisait courir ses doigts sur le clavier de sa machine à écrire. Elle retira la feuille qu'elle venait de dactylographier et la posa sur le côté afin de la relire avec soin. Il s'agissait de ne pas laisser passer une faute de frappe. Elles étaient cinq secrétaires à s'activer dans la salle, mais personne ne disait mot : on n'entendait que le cliquetis incessant des touches et le bruissement du papier. Il en serait ainsi jusqu'à midi, heure à laquelle elles feraient toutes une courte pause-déjeuner.

Satisfaite de son travail, Ava allait passer à la tâche suivante, lorsqu'un son l'interrompit dans son élan. C'était un gloussement d'enfant, ce qui ne pouvait annoncer qu'une seule chose.

Lina, sa voisine de bureau, avait elle aussi deviné :

— Ils sont revenus. J'adore quand ils passent nous voir, pas toi ?

Très vite, les cinq secrétaires cessèrent de taper à la machine pour river leur regard à la porte : un splendide airedale terrier, d'allure soignée, entra en trottinant, immédiatement suivi de six enfants au visage rayonnant et à la tenue immaculée. Leur mère n'était qu'à quelques pas derrière. Sa robe vert émeraude et la coiffure qui dégageait élégamment son visage lui donnaient une apparence aussi impeccable que celle de son mari : coupe sur mesure et tissu au tombé sans défaut.

Il n'y avait rien de tel que les visites de la famille Goebbels, songea Ava : elles stimulaient le moral de toutes les secrétaires et avaient le don de mettre leur patron de bonne humeur. Joseph Goebbels adorait que ses enfants passent le voir à l'heure du déjeuner. D'autant que cette fois, Magda Goebbels ne s'était pas contentée d'emmener les deux petites dernières, la fratrie était venue au grand complet.

Lina se leva.

— Frau Goebbels, quel plaisir de vous voir ! Je vais prévenir le docteur Goebbels de votre arrivée.

En sa qualité de secrétaire particulière, elle avait la permission de frapper à la porte de son bureau.

— Inutile, Helga veut faire la surprise à son papa. Elle attend cela depuis ce matin.

La petite Heidrun, la plus jeune de la famille, se cramponnait aux jupes de sa mère. Ava lui fit un signe amical de la main et la fillette lui rendit son sourire en tripotant timidement le gros nœud qui ornait sa coiffure. Ava se sentit fondre. C'était vraiment des amours d'enfants ! Quant à Frau Goebbels, elle se montrait aussi aimable et gentille envers les employées de son mari que le docteur Goebbels lui-même. Elle incarnait le modèle de la mère de famille allemande et chacune de ses visites suscitait l'admiration de toutes les secrétaires.

— Comment se passe votre journée de travail, mesdemoiselles ? s'enquit-elle. Mon mari ne vous traite pas trop durement, j'espère ?

Un chœur de protestations ravies lui répondit et comme Ava se joignait aux signes de dénégation, le chien vint vers elle, entraînant l'enfant qui le tenait en laisse. Tell, c'était son nom, ne se laissait pas facilement approcher, mais à force, il s'était habitué aux secrétaires qui évoluaient dans le cercle rapproché de son maître. Ava tendait la main pour le caresser lorsque Joseph Goebbels sortit de son bureau. En dépit de sa petite taille et de sa claudication marquée, l'homme dégageait une autorité magnétique. Il sourit en voyant ses enfants alignés en rang d'oignons. Son fils lui serra la main, tandis que les cinq fillettes faisaient toutes la révérence sous les soupirs et les sourires attendris des secrétaires : quels enfants bien élevés ! Goebbels se pencha pour s'adresser en premier aux deux petites dernières.

À cet instant, un grand et bel homme en uniforme fit son entrée dans le bureau des secrétaires. C'était le père d'Ava. Il la salua d'un signe de tête accompagné d'un sourire. Avec ses épais cheveux blonds, ses yeux d'un bleu pétillant, sa large carrure et sa démarche assurée, il était tout le contraire de Goebbels. Il lança un bonjour à celui-ci et échangea quelques civilités avec son épouse avant de se diriger lentement vers sa fille. Ava souriait avec les autres secrétaires, amusée par les enfants qui assaillaient leur père de démonstrations d'affection tout en lui racontant avec animation leur journée passionnante. Bien que distraite, Ava ne put s'empêcher de remarquer la façon dont son père s'appuyait sur l'un des bureaux, comme s'il cherchait quelque chose. Elle tourna légèrement la tête vers lui, avec la plus grande discrétion, au moment où il tendait la main vers la pile de documents sur laquelle Lina et elle travaillaient encore quelques minutes plus tôt.

Incrédule, Ava le vit prendre la feuille du dessus et la plier en deux avant de la glisser dans la poche intérieure de sa veste d'uniforme. Elle détourna vivement le regard, de crainte que quelqu'un d'autre n'ait surpris le manège de son père, mais les secrétaires n'avaient d'yeux que pour les enfants, subjuguées par la charmante scène familiale qui se déroulait devant elles. En dehors d'Ava, personne ne s'était aperçu de rien. De toute manière, son père passait si souvent au bureau que nul n'aurait été surpris de le voir là, sans compter que c'était un ami proche de Joseph Goebbels. Jamais on n'aurait osé l'accuser d'un quelconque méfait. De plus, il n'y avait rien d'inhabituel à ce qu'il vienne chercher des documents au ministère. En revanche, en subtiliser un et le dissimuler dans sa veste… Ava déglutit avec nervosité, sentant confusément que son père avait fait quelque chose de mal.

Il arriva enfin à sa hauteur.

— Bonjour, Ava.

Il l'embrassa sur la joue sans trahir une quelconque gêne.

— Ça me fait toujours autant plaisir de te voir.

— Père, chuchota-t-elle, le cœur battant, tout en effleurant sa joue rasée de près d'un baiser.

Sait-il que je l'ai vu ? Qu'a-t-il pris ? Pourquoi aurait-il fait une chose pareille ?

Son père faisait partie des plus proches lieutenants de Goebbels, ce qui expliquait qu'elle ait récemment obtenu ce poste au ministère. Car en dépit de ses excellentes références en dactylographie, Ava n'était pas dupe. Il n'y avait qu'une seule raison pour qu'une fille de dix-neuf ans ait été prise dans le pool des cinq secrétaires de Goebbels, poste très convoité, mais surtout extrêmement bien rémunéré : c'était parce que son père avait le bras long. Berlin ne manquait pas de dactylos plus expérimentées qu'elle et qui auraient tout fait pour être embauchées à sa place. Pourtant, elle avait été la seule à se voir proposer un entretien pour le poste, lorsqu'il s'était libéré.

— Maman m'a dit que tu étais souffrant, murmura-t-elle à l'oreille de son père. Comment te sens-tu, aujourd'hui ?

— J'ai un petit rhume, rien de grave, répondit-il à voix basse. En fait, je voulais savoir si ça te ferait plaisir de rentrer à la maison avec moi, demain ? Cela fait trop longtemps que je n'ai pas vu ma famille.

— Pour Noël ? s'enquit Ava dans un souffle.

Il était de notoriété publique qu'Adolf Hitler ne goûtait guère les festivités de Noël et encore moins les célébrations selon le rituel chrétien. Les Müller avaient donc rompu avec la tradition, ce qui n'empêchait pas Ava d'attendre avec impatience ce qui restait son moment préféré de l'année.

— Oui, répondit son père en lui faisant un clin d'œil discret, du moins l'espérait-elle. Je me suis arrangé pour nous obtenir deux jours de congé. Nous partirons demain soir, à la fin de ta journée de travail.

Ava acquiesça tandis que Magda Goebbels retraversait la salle en sens inverse avec ses enfants, semblable à une bergère menant ses petits agneaux : la visite était déjà finie. Deux des fillettes se tenaient par la main, comme Ava le faisait avec sa sœur Anna quand elles étaient petites. Apparemment, le docteur Goebbels ne déjeunerait pas en famille, tout compte fait, il ne rentrerait pas chez lui, comme souvent. Les enfants se mirent au garde-à-vous comme une rangée de soldats de plomb et, d'un même mouvement, ils levèrent tous la main droite.

— *Heil* Hitler ! saluèrent-ils en chœur.

— *Heil* Hitler ! répondit Goebbels sans les regarder.

Immédiatement, Ava, son père et les autres secrétaires exécutèrent le même salut, la tête tournée vers le portrait du Führer accroché au mur.

Ava lança un « Au revoir » aux enfants en agitant la main tandis qu'ils franchissaient la porte, puis elle regagna son bureau en compagnie des autres secrétaires. De son côté, son père lui sourit, puis traversa la salle pour aller s'entretenir brièvement avec Goebbels. Ava le vit ensuite repartir, sans doute vers son propre bureau qui se trouvait dans le même bâtiment.

— De vrais petits anges, ces enfants, n'est-ce pas ? s'extasia Greta, sa voisine. Qu'est-ce que je ne donnerais pas pour avoir une grande famille comme celle-là ! Huit, c'est le nombre idéal, si tu veux mon avis.

— Huit ? répéta Lina. Si tu veux huit enfants, c'est uniquement pour arborer la Croix d'or des mères allemandes et avoir le privilège de prendre le thé avec le Führer !

— C'est tout à fait ça, répliqua Greta avec un grand sourire.

Elle fit mine de s'éventer le visage comme si elle allait s'évanouir.

— Vous imaginez ? reprit-elle en rosissant. Prendre le thé et grignoter des petits gâteaux avec le Führer en personne !

Goebbels mit fin prématurément à leur conversation en sortant de son bureau pour se diriger droit vers Lina. Ava se remit à taper à la machine, tête baissée, mais à la place où elle était, elle ne pouvait qu'entendre ce que le docteur Goebbels disait à sa malheureuse collègue. Ava ne connaissait Lina que depuis son arrivée au ministère, mais c'était très vite devenu une amie et elle souffrait qu'on lui reproche une faute qui n'était pas de son fait.

— Vous ne pouvez pas avoir égaré un document que je vous ai remis ce matin même ! Où est-il ?

Ava gardait les yeux baissés, mais son estomac se noua lorsqu'elle entendit des sons qui ressemblaient à des pleurs. Lina était toujours très douce et très gentille, le genre de fille qui n'était pas de taille à supporter un tel interrogatoire.

— Je vous le demande pour la dernière fois ! tonna Goebbels dans une rare démonstration de colère.

En général, il était on ne peut plus affable avec ses secrétaires et en aucun cas il n'élevait la voix. De fait, la plupart d'entre elles l'aimaient beaucoup, y compris Ava.

— Où est-il ?

La main de Goebbels s'abattit sur le bureau, faisant sursauter Ava, tandis que Lina continuait à sangloter bruyamment. Ava avait de la peine pour elle.

— Il était là lorsque votre famille est arrivée, articula Lina entre ses larmes. Et comme, n'est-ce pas… je ne suis pas sortie d'ici, je ne peux pas l'avoir…

— Assez ! répliqua-t-il d'un ton cassant en tournant les talons. Retrouvez-le d'ici la fin de la journée ou je vous ferai interroger pour haute trahison.

Ava fut prise de nausées en entendant les pleurs de désespoir de son amie. Mais quand Lina lui demanda si elle avait vu le papier en question, elle fit non de la tête. Pour rien au monde elle n'aurait avoué qu'elle avait surpris son père en train de le dérober, même lorsque son amie s'agenouilla pour regarder par terre, en demandant à ses autres collègues si elles ne l'avaient pas vu elles non plus. Ava savait très bien qu'elle devait avant tout fidélité à son pays et qu'elle était donc obligée de révéler la scène dont elle avait été témoin : depuis son plus jeune âge, on l'avait formée à agir ainsi. Mais si elle parlait, qu'adviendrait-il de son père ? Et s'il avait pris quelque chose qu'il n'aurait jamais dû prendre ? Alors, faisant fi de son devoir de bonne citoyenne, elle se tut, même si par son silence, elle mettait la pauvre Lina dans une situation impossible.

— Fräulein Müller ! lança Goebbels d'un ton tranchant.

Ava se leva aussitôt et lissa sa jupe des deux mains avant de se hâter vers le bureau. Elle sourit à Goebbels, espérant masquer sa nervosité et ne pas trahir son secret.

— Veuillez prendre ceci, dit-il en lui tendant un dossier sans même lever les yeux.

Ava se précipita, mais alors qu'elle saisissait les papiers, les doigts de Goebbels se resserrèrent dessus.

— Vous allez sceller ces documents juridiques, puis vous les mettrez au coffre. Je compte sur vous pour ne pas les lire, ordonna-t-il en levant enfin les yeux vers elle. C'est bien compris ? Il est capital que ces documents soient mis en lieu sûr sans que personne ait eu connaissance de leur contenu.

— Oui, docteur Goebbels, dit Ava tandis qu'il desserrait lentement les doigts. J'ai bien compris.

— Autre chose : vous allez taper ceci et me le remettre directement, en main propre, ajouta-t-il en détournant son regard d'elle. Personne d'autre que vous ne doit avoir accès au contenu de cette lettre.

— Bien, docteur Goebbels.

Il se laissa aller contre le dossier de son fauteuil en la considérant d'un regard perçant.

— Et maintenant, Fräulein Müller, je veux que vous réfléchissiez bien avant de répondre à ma prochaine question. Depuis que vous êtes entrée à mon service, vous travaillez à côté de Fräulein Becker. Diriez-vous qu'elle est une dactylographe zélée, un exemple pour vous ? Est-elle un élément dévoué au parti ?

Ava sentit aussitôt son uniforme lui coller à la peau sous l'effet d'une bouffée de chaleur. Elle sentit même la transpiration perler au-dessus de sa lèvre supérieure et dut crisper les doigts sur les documents pour empêcher ses mains de trembler.

Elle s'efforça de répondre sur un ton égal :

— Oui. Lina… je veux dire Fräulein Becker… est une secrétaire dévouée à sa tâche et qui a toujours fait preuve d'une extrême conscience professionnelle. Jamais rien dans son comportement ne m'a fait douter de son engagement et de sa fidélité au parti. Il en va de même pour nous toutes, docteur Goebbels : vos secrétaires sont dévouées à notre pays ainsi qu'à notre Führer.

Goebbels eut un petit sourire.

— Merci, Ava, répondit-il, la prenant de court en l'appelant par son prénom, comme s'il voulait renforcer l'idée qu'ils étaient amis et non simples collègues. Mais si jamais vous remarquez quoi que ce soit qui vous porte à penser le contraire, je compte sur vous pour venir m'en informer immédiatement, c'est entendu ? Je sais que je peux vous faire confiance.

Ava opina à nouveau du chef, les yeux baissés, avant de ressortir du bureau, les précieux documents plaqués contre sa poitrine. Elle n'avait aucune intention de les lire, elle qui avait toujours aveuglément suivi les ordres de son supérieur, mais en les posant sur son bureau, son regard tomba malgré elle sur le nom qui apparaissait sur le premier. Sophie Scholl. Il s'agissait donc de documents juridiques ayant trait à l'affaire Scholl. Ava se souvenait très bien de cette jeune fille dont tous les journaux avaient parlé : c'était une étudiante qui avait été reconnue coupable de haute trahison pour avoir imprimé et diffusé des tracts de propagande incitant ses concitoyens à se révolter contre Hitler et le parti nazi.

Ava contempla le dossier qu'on lui avait remis : on comptait sur elle pour ne pas le lire et jusqu'ici, jamais elle n'avait désobéi aux ordres. Mais le fait d'avoir vu son père dérober un papier fit monter en elle une hardiesse inconnue qui se mit à bouillonner dans sa poitrine et lui donna envie de regarder, de désobéir à un ordre pour la première fois de sa vie. Elle promena son regard sur la salle. Lina, toujours à quatre pattes, fouillait dans tous les papiers du jour qui avaient été mis au rebut ; absorbées par leur travail, les autres secrétaires tapaient à la machine, tête baissée.

Ava lutta encore un peu contre la curiosité, puis elle déplaça la première page du dossier. Au départ, son intention était de jeter un rapide coup d'œil, rien de plus. Ce ne fut qu'en voyant la photo agrafée à l'intérieur qu'elle comprit quel genre de documents on lui avait confiés et ce qu'un tel dossier juridique pouvait contenir. Elle comprit également pourquoi on lui avait formellement interdit d'en prendre connaissance.

Elle parcourut les premières lignes et pour la deuxième fois de la journée, son estomac se révulsa.

Guillotine.

Décapitée.

Haute trahison.

Meurtre.

Les mots lui sautèrent au visage.

Bien sûr, elle n'aurait pas dû éprouver de compassion, pas pour une jeune femme aux idées aussi radicales, mais elle ne pouvait nier être touchée par sa fin tragique. Pour quelle raison une jeune femme aussi intelligente avait-elle risqué sa vie en distribuant des tracts appelant à la révolte ? Et une telle brutalité était-elle vraiment nécessaire ? Ava déglutit. Peut-être n'avait-elle pas le cœur assez bien accroché.

Son cœur, justement, se mit soudain à cogner sourdement. *Était-ce cela que cherchait papa, tout à l'heure ?* Peut-être ne saurait-elle jamais pourquoi son père avait dérobé un papier sous ses yeux, mais tout en rassemblant les documents dans une chemise pour les apporter au coffre, elle comprit que jamais elle ne soufflerait mot à quiconque de ce qu'elle avait vu. Cela lui était impossible.

Car comment oublier l'image qu'elle venait de découvrir ? Cette jolie étudiante, la tête dans la guillotine, attendant la mort pour avoir simplement fait circuler ses idées, pour avoir dit aux gens de désobéir au régime nazi.

Si c'était cela le châtiment encouru quand on n'adhérait pas à la ligne idéologique du parti, qu'arriverait-il à son père si l'on découvrait que c'était lui qui avait volé ce document ? Un haut responsable SS qui avait la confiance d'Hitler lui-même ? Depuis ses douze ans, âge auquel elle avait rejoint les rangs de la *Jungmädelbund,* le mouvement de jeunesse féminine, Ava savait quel était son devoir : les colonies de vacances, les glaces et la camaraderie, tout cela était très amusant, mais toute jeune, elle avait compris que la Ligue des jeunes filles allemandes servait un but. Elles devaient toutes obéir et se conformer à l'idéologie du parti nazi, même si cela impliquait de dénoncer père et mère, de livrer une sœur ou une amie proche parce qu'on les soupçonnait de haute trahison. Même si cela impliquait de renier quelqu'un parce qu'il était Juif.

Les mains tremblant pour de bon maintenant, Ava referma le coffre-fort et ressortit de la pièce d'un pas rapide. Elle ne s'arrêta qu'une fois dans les toilettes du hall, lorsqu'elle se retrouva pliée en deux au-dessus de la cuvette, secouée de frissons, à rendre tout le contenu de son estomac.

Mais à son retour dans la salle des secrétaires, les nausées la reprirent de plus belle. Lina, les yeux rougis et gonflés, était debout à côté de son bureau pendant que deux SS fouillaient son sac à main et vidaient le contenu de ses tiroirs au sol. Ava se hâta de regagner son siège, tête baissée. Que faire ? Mieux valait reprendre le travail comme si de rien n'était, décida-t-elle. Pourtant, ce fut les larmes aux yeux qu'elle vit Lina être emmenée par les deux SS. Les autres secrétaires, elles, continuaient à taper à la machine, trop effrayées pour lever les yeux ou lui dire au revoir. Comme si leur collègue et amie ne venait pas d'être arrêtée devant elles. *Pour un acte qu'elle n'a pas commis.*

Ava observa autour d'elle, mais personne ne croisa son regard et, les mains toujours tremblantes, elle se mit à travailler sur la lettre que Goebbels lui avait confiée. Elle s'inquiétait pour son père, mais en attendant, qu'allaient-ils faire à Lina ? Ils allaient sans doute se rendre compte qu'elle n'avait rien à voir avec la disparition de ce document, qu'elle n'avait rien en commun avec une fille comme cette Sophie Scholl ?

— C'est bien fait pour elle, marmonna Greta.

— Quelle traîtresse, renchérirent les autres.

Les yeux d'Ava se brouillèrent de larmes. Elle qui croyait que ces femmes étaient ses amies, les amies de

Lina… Au lieu de croire à son innocence, elles semblaient n'avoir aucun état d'âme après la scène qui venait de se dérouler sous leurs yeux. Lina n'était pas une traîtresse, mais pour le prouver, Ava aurait été forcée de renier son père : autrement dit, elle ne pouvait rien faire pour épargner à sa collègue la sanction qui l'attendait.

Au fond, elle ne valait pas mieux que ses voisines de bureau, imbues de leur bien-pensance.

Un homme se racla la gorge. Ava, surprise, leva les yeux. Herr Frowein. Que faisait-il planté devant elle ? Abîmée dans ses sombres pensées, elle n'avait même pas remarqué sa présence.

Elle regarda sans comprendre ce proche conseiller de Goebbels qui la considérait d'un air soupçonneux.

— Le docteur Goebbels vous charge désormais de retranscrire son agenda chaque après-midi, maintenant que Fräulein Becker ne fait plus partie du ministère. Vous serez sa secrétaire particulière jusqu'à nouvel ordre.

Ava se raidit.

— Entendu. Ce sera un honneur pour moi.

Car c'était un honneur, évidemment que c'en était un. Quelques heures encore auparavant, une telle promotion l'aurait même transportée de joie. À la réflexion, elle avait tort de s'inquiéter pour Lina, c'était stupide : son amie allait sans doute être tout simplement interrogée avant de réintégrer le ministère. Un frisson lui parcourut l'échine.

Mais si c'est un tel honneur qu'on me fait là, pourquoi ai-je envie de vomir ?

2

Villa des Müller, sur les rives du Bogensee
Veille de Noël 1943

Ava attendit que son père vienne lui ouvrir la portière de la Mercedes d'un brillant vert foncé pour descendre. Ils n'avaient pas dit mot de tout le trajet, sauf pour échanger un ou deux propos aimables et lorsque son père s'était adressé à son chauffeur. Ava l'entendait à présent lui dire de rentrer chez lui, ce qui la surprit. En temps normal, le chauffeur restait à sa disposition, au cas où, mais c'était le 24 décembre et son père voulait sans doute lui donner sa soirée pour qu'il puisse fêter Noël en famille.

Ava contempla la façade de la maison, envahie par une bouffée de bonheur familière. Elle était de retour chez elle. Ses parents l'appelaient leur villa, mais pour Ava et sa sœur Anna, c'était depuis toujours « la maison ». Ce qui lui plaisait le plus, c'était sa localisation : assez éloignée de Berlin pour qu'on ait l'impression d'être en vacances, mais assez près pour pouvoir y retourner rapidement en cas de besoin. Quant à la demeure elle-même, elle était magnifique, nichée au cœur d'une forêt qui s'était révélée idéale pour abriter d'interminables jeux imaginaires. C'était le genre d'endroit où elle avait envie d'élever ses propres enfants, une grande famille qui emplirait chaque pièce de bonheur et de rires.

— Ça fait du bien de revenir ici, n'est-ce pas ? commenta son père en passant devant elle, un sac de voyage à chaque main. J'aimerais y passer plus de temps au lieu de rester coincé à Berlin.

— Oui, approuva-t-elle en se hâtant de lui emboîter le pas. C'est merveilleux d'être à la maison, papa.

Elle avait réussi à tenir sa langue durant tout le trajet, soit une bonne heure, incapable de penser à autre chose qu'à l'incident de la veille. Elle mourait d'envie de questionner son père au sujet de Lina, sauf que pour ce faire, il aurait fallu qu'elle lui avoue ce qu'elle avait vu. Mais maintenant qu'ils étaient à la maison, son esprit s'orienta vers d'autres choses, comme la délicieuse odeur de pâtisserie qui embaumait tout le vestibule. Et puis surtout, elle allait revoir sa mère après des semaines de séparation.

Ava s'empressa d'entrer dans la cuisine, remarquant à peine la présence de Helga, leur domestique : sa mère et sa sœur, têtes blondes baissées, étalaient de la pâte au rouleau. Elle se précipita vers elles, désireuse de ne pas perdre un seul instant de leurs retrouvailles et de se joindre à leur conversation. Avant, elle rentrait souvent à la maison, mais depuis qu'elle travaillait au ministère, elle avait l'impression de toujours courir après le temps.

— Maman ! s'écria-t-elle en ouvrant les bras.

Sa mère releva la tête.

— Je suis là !

Ava l'embrassa sur la joue et la serra dans ses bras en dépit de ses protestations : elle était couverte de farine, elle allait s'en mettre partout !

Ava se tourna vers sa sœur avec un grand sourire.

— Anna !

— Tu tombes à pic ! lui lança cette dernière en la désignant du menton, les mains en l'air, comme pour s'excuser de ne pas l'embrasser. Nous avons passé la journée à espérer que tu arriverais à temps pour nous aider.

— Laissez-moi me laver les mains et je m'y mets tout de suite, répondit Ava, se sentant redevenir une enfant, incapable de dissimuler son enthousiasme pour les biscuits de Noël. On les fait de quelle forme, cette année ?

Elle se lava vivement les mains au savon, avant de se retourner, surprise par le silence de sa mère et de sa sœur.

— Des petits sapins de Noël ou…

— Des croix gammées, répondit Anna en s'éclaircissant la voix. Nous faisons des centaines de biscuits en forme de petite croix gammée.

— Ah…

Ava se mit à rire pour masquer son embarras.

— Mais oui, bien sûr. Suis-je bête !

Il y a quelques années, elles auraient fait des bonshommes en pain d'épice et des petits sapins.

— Notre Führer n'aimerait pas que l'on confectionne ces petites bêtises de Noël, alors que nous pouvons choisir un symbole aussi puissant que la croix gammée, expliqua sa mère avec un sourire radieux. Tiens, Ava, tu vas aider ta sœur à faire cette fournée pendant que je vais accueillir ton père. Cela fait des jours que je ne l'ai pas vu.

Restée seule avec Anna, Ava alla poser sa tête sur son épaule. Tant de choses lui brûlaient les lèvres, tant de choses dont elle aurait voulu pouvoir parler librement, mais elle se retint et ne souffla mot. Sa sœur s'était-elle déjà interrogée sur le travail qu'elle faisait ou sur l'attitude qu'elles étaient censées avoir? Sa sœur garderait-elle le secret si elle soupçonnait son père d'avoir mal agi ? Ava aurait juré connaître la réponse, pourtant, n'en ayant pas la certitude absolue, elle ne pouvait pas faire part de ce qu'elle avait vu à Anna, du moins pas encore, même si elle en mourait d'envie. L'angoisse la rattrapait dès qu'elle pensait à Lina. Que pouvait-il lui être arrivé ? Elle était même passée à son appartement, ce matin, avant de se rendre au bureau, mais lorsqu'elle avait frappé à la porte, personne n'avait répondu.

Chassant ses idées noires, elle s'intéressa à sa sœur :

— Comment ça se passe à l'hôpital ? Tu as eu beaucoup de travail, cette semaine ?

— Ça se passe bien, répondit Anna en déposant les petites croix gammées sur une plaque de four. Mais l'hiver est déjà très rude, alors c'est difficile. Et puis, après chaque bombardement, les blessés affluent en masse. C'est toujours un crève-cœur, surtout quand on sait que nombre d'entre eux n'ont même plus de toit. Le plus dur, c'est quand on m'envoie trier les blessés sur place en ambulance.

Ava hocha la tête. Elle mesurait la chance qu'elles avaient de posséder une maison aussi grande et chaleureuse, une maison qui tenait toujours debout, alors que tant d'Allemands luttaient pour chauffer une seule pièce, juste assez pour que leurs enfants ne souffrent pas trop du froid… Ceux qui avaient encore un logement, bien sûr. Au ministère, elle avait entendu une des secrétaires raconter qu'invitée chez les parents d'une amie, elle leur avait apporté des cigarettes en cadeau. Les autres lui avaient vertement reproché son manque de jugeote, à une époque où tout le monde manquait de pain. Pénurie qui mettait Ava doublement mal à l'aise, car sa famille à elle semblait avoir du café, de la viande et même du sucre en abondance : elle ne manquait pratiquement de rien.

Elle soupira.

— Tu as eu des cas intéressants, ces derniers temps ? Des histoires dont tu peux me parler ? J'ai besoin de penser à autre chose qu'à mon travail.

— C'est si pénible que ça, au bureau ? s'enquit Anna en la scrutant avec inquiétude. À part la menace des raids aériens ?

— Non, ce n'est pas si terrible… Tendu, de temps en temps, mais ça va, répondit Ava, espérant tromper sa sœur par un sourire contraint. C'est simplement que ton travail me paraît toujours bien plus intéressant que le mien. En même temps, je n'ose imaginer ce que ça doit être de voir arriver des enfants blessés ou gravement malades, il me semble que j'aurais du mal à faire face.

Anna garda le silence et une étrange expression passa sur son visage. Leurs regards se croisèrent brièvement, puis sa sœur sourit et saisit la plaque pour l'enfourner.

— Eh bien, ces derniers temps, j'ai eu des petits patients adorables dans mon service. Ce sont les enfants les plus agréables à soigner, même si c'est dur. Je reste souvent après mon service pour jouer aux cartes avec eux ou leur lire des histoires le soir, mais c'est toujours un déchirement de les quitter, quand on sait à quel point leurs parents et leur foyer leur manquent.

Elle se racla la gorge, bouleversée.

— Mais toi, dis-moi plutôt ce qui te cause une telle tension ? Le docteur Goebbels doit être un patron plutôt exigeant, non ?

Ava répondit avec le même sourire : presque trop gai, trop appuyé, comme pour se convaincre elle-même de son propre bonheur.

— En fait, c'est très agréable de travailler pour le docteur Goebbels, et les autres secrétaires sont très aimables avec moi. Il m'a même demandé d'être sa secrétaire particulière, à mon retour. Je vais devoir taper à la machine sous sa dictée et ainsi de suite. En toute franchise, ce n'est pas pour me déplaire.

– C'est plutôt un honneur, donc, d'évoluer dans le cercle rapproché d'un tel personnage ?

Ava acquiesça d'un bref hochement de tête et se concentra sur ses biscuits : faute de pouvoir parler à sa sœur de ce qui la tourmentait vraiment, elle préférait changer de sujet.

Je ne sais plus quoi penser, Anna. Je suis profondément troublée par ce qui s'est passé au bureau et tous ces événements m'obsèdent. La jeune secrétaire qui travaillait à côté de moi, mon amie Lina, a disparu. On n'a plus aucune nouvelle, personne ne l'a revue depuis qu'elle a été emmenée entre deux SS. Je suis également tombée sur le dossier d'une certaine Sophie Scholl, le jour même où j'ai surpris père en train de dérober un papier dans la salle où je travaille. Chaque fois que j'y repense, j'en ai la nausée. As-tu une idée de ce qui a pu pousser papa à faire une chose pareille ? Pour quelle raison irait-il s'emparer au péril de sa vie d'un document visiblement très important ?

Toutes ces questions, elle brûlait de les confier à sa sœur, de s'épancher auprès d'elle comme à l'époque où elles partageaient la même chambre et qu'elles continuaient à chuchoter dans le noir, bien après l'extinction des feux. En ce temps-là, leurs discussions tournaient principalement autour des garçons et de leurs amies à la *Bund Deutscher Mädel*, la Ligue des jeunes filles allemandes. Ava aimait particulièrement se blottir contre Anna pour l'écouter lui raconter ses colonies de vacances avec son groupe, à l'époque où elle-même était encore trop petite pour entrer à la BDM.

Mais bien sûr, elle garda ce qui la tourmentait pour elle : comment aurait-elle pu savoir à qui irait la loyauté d'Anna et jusqu'où elle serait prête à aller pour prouver son dévouement au parti ? Car dans cette période troublée, elles n'étaient plus simplement sœurs, de même qu'il n'y avait plus vraiment d'amis. Tout le monde était prêt à prendre l'autre en flagrant délit, à le dénoncer, dans le seul but de montrer sa loyauté au régime, et ce à n'importe quel prix. Certaines familles, avait-elle entendu dire, en profitaient même pour régler leurs comptes entre elles sur fond de rancœur ancienne, allant jusqu'à mentir à la police pour se délecter ensuite de la punition infligée à leur victime. Malgré ses convictions, Ava s'était même demandé durant un certain temps si c'était vraiment ainsi qu'on était censé se comporter. Du reste, pourquoi les autorités semblaient-elles toujours plus enclines à croire les accusateurs plutôt que les coupables présumés ?

— Est-ce qu'on prépare un glaçage pour décorer les bords ? lui demanda Anna d'une voix douce en se rapprochant d'elle jusqu'à la toucher. C'était toujours ce que je préférais faire quand on était petites, mais si on ne se dépêche pas, nous n'aurons jamais fini à temps.

Elles restèrent immobiles, épaule contre épaule, comme s'il planait entre elles des non-dits qui ne demandaient qu'à sortir. Mais aucune des deux ne pipa mot ; elles se contentèrent de respirer calmement, pendant qu'Anna déplaçait imperceptiblement son petit doigt vers celui d'Ava, leur peau se frôlant à peine. Elles vivaient toutes les deux à Berlin, mais en raison de leur travail respectif, elles ne faisaient plus que se croiser et Ava regrettait leur complicité passée.

— Ah, mes chères petites ! S'il vous plaît, dites-moi que l'un de ces biscuits est prêt à être mangé !

Elles se retournèrent d'un bloc vers leur père qui entra dans la cuisine en déboutonnant sa veste. Il alla la poser avec soin sur le dossier d'une chaise, puis il se dirigea vers elles et étreignit Anna avant de déposer un baiser sur la tête d'Ava. Vif comme l'éclair, il piqua un biscuit directement sur la plaque, semblant à peine remarquer que cette année, il mordait dans une croix gammée. Ou alors, cela lui était égal.

Il leur sourit, de minuscules miettes accrochées à sa moustache impeccablement taillée.

— Joyeux Noël, les filles !

— Reprenez-lui ce biscuit tout de suite !

Ava sursauta. Sa mère entra dans la cuisine d'un pas martial et arracha ce qui restait de la petite croix gammée des doigts de leur pauvre père. Elle avait l'air furieuse, lui coupable.

— La première fournée est destinée à la famille de Helga et on ne doit pas manger les autres avant le repas, grommela-t-elle. Les filles, nous devons surveiller ce voleur de près. De très près.

Ava, la gorge nouée, baissa les yeux sur le glaçage qu'Anna et elle étaient en train de confectionner dans le saladier. Si seulement sa chère maman avait pu savoir à quel point elle était proche de la vérité… Mais ses soucis s'envolèrent lorsque sa sœur fit passer à leur père un autre biscuit dans le dos de leur mère. Elle eut même du mal à ne pas pouffer en voyant son père s'illuminer de plaisir et prendre un air extatique, comme si c'était la meilleure chose qu'il ait jamais mangée.

***

Au bout d'une heure, Ava se leva pour aller aider sa mère. Celle-ci était en train de disposer dans un panier les biscuits à l'intention de leur domestique tout en fredonnant *Douce nuit.* Ava avait appris ce chant traditionnel avec les nouvelles paroles nazies, à la BDM, mais dans sa tête, elle ne pouvait s'empêcher de chanter la version originale.

Sa mère lui désigna de la tête le petit arbre de Noël.

— Dessous, il y a un cadeau pour Helga et deux autres pour ses enfants. Tu veux bien aller me les chercher ?

Sa mère était une femme généreuse qui offrait des présents à tous leurs employés de maison et qui veillait à ce que leur famille ne manque de rien. Le chauffeur de son père était traité avec tout autant d'égards et Ava savait que lui aussi aurait droit à un petit paquet lorsqu'il reviendrait chercher son patron.

Elle apporta les cadeaux à sa mère tout en se mordant la langue pour ne pas dire tout haut ce qu'elle pensait tout bas. On leur avait promis que le gouvernement s'occuperait des citoyens allemands, que tout le monde mangerait à sa faim, mais Ava savait que ce n'était pas vrai : au bureau, elle avait entendu certaines de ses collègues se plaindre sous cape des nombreuses pénuries. Elle leva les yeux vers la croix gammée qui surmontait le sapin. Elle ne se souvenait même plus de la dernière fois qu'elles l'avaient orné de sa belle étoile dorée. L'avait-on jetée à la poubelle ou sa mère l'avait-elle remisée au grenier, enveloppée dans du papier de soie, au cas où l'on aurait un jour à nouveau le droit de se servir de cette traditionnelle décoration de Noël ?

— Tu es bien silencieuse, Ava, lui fit remarquer sa mère. Tout va bien ?

— Oui, tout va très bien, maman, je suis fatiguée, c'est tout.

— Ton père m'a dit que tu restais très tard au ministère. Et que tu avais fait forte impression sur ses collègues.

Ava opina du chef tout en coupant un bout de ruban qu'elle tendit à sa mère pour en orner le panier.

— Le changement m'a fait du bien. C'est agréable de travailler dans un endroit où je me sens utile, et puis, j'aime être occupée. Tout le monde m'a fait très bon accueil au ministère.

— Tu espères sûrement que Heinrich obtienne bientôt une permission ? Il doit terriblement te manquer.

À ce nom, Ava sentit son cœur frémir et elle leva les yeux, sachant que sa mère n'avait pas manqué de remarquer son sourire.

— C'est vrai, il me manque beaucoup.

Elle revit Heinrich le jour de son départ, resplendissant dans son uniforme, ses cheveux blonds ramenés sur le côté, lorsqu'elle lui avait envoyé un baiser sur le quai de la gare.

— Imagine un peu, un mariage à la fin de la guerre ! Tu seras la plus belle des mariées.

Ava sentit ses joues s'embraser à la pensée de ses noces à venir. Elle connaissait déjà Heinrich avant la guerre, ses parents fréquentant les siens, mais ce n'était que lorsque son père l'avait invité à passer le week-end chez eux, à l'occasion d'une permission, que pour la première fois, elle l'avait vu autrement que comme un ami. Deux ans s'étaient écoulés depuis cette rencontre et entre-temps, Heinrich avait pris du galon au sein des *Waffen-SS*. Il était même passé directement sous les ordres de son père, ce qui avait décidé ce dernier à le réinviter chez eux, à la campagne, avant qu'il ne reparte. Une cour de quelques mois avait tout naturellement abouti à des fiançailles et, depuis lors, Ava et lui n'avaient cessé de s'écrire. Elle était très éprise de ce beau jeune homme qu'elle épouserait dès que l'Allemagne aurait gagné la guerre.

— Tu étais nerveuse, toi, quand tu t'es mariée avec papa ? demanda-t-elle à sa mère.

Celle-ci se mit à rire.

— Moi ? J'étais terrifiée. Absolument terrifiée.

Ava leva les yeux vers elle.

— Qu'est-ce qui te faisait si peur ?

— Que ton père soit un monstre. Qu'il me traite durement ou qu'il veuille dix enfants.

Elles éclatèrent de rire : les inquiétudes de sa mère n'auraient pu être plus éloignées de l'image qu'Ava avait de son père. Certaines de ses amies avaient un père excessivement strict, voire cruel, mais le sien avait toujours traité sa femme et ses filles avec bonté, même s'il pouvait être dur et exigeant dans le travail. Elle l'avait entendu dire au ministère.

Elle sentit la main chaude et légère de sa mère se poser sur la sienne.

— Quand j'étais petite, nous vivions dans la terreur de mon père, dit-elle. Au moindre faux pas, il nous frappait avec le battoir à tapis, et ma mère y avait droit aussi, si jamais elle tentait de s'interposer. J'ai grandi dans l'angoisse de me retrouver mariée à un homme violent qui passe ses frustrations sur sa famille, derrière les volets clos.

Elle se tut quelques secondes avant de reprendre :

— Je crains qu'il y ait encore beaucoup d'hommes qui continuent de tyranniser leur famille comme le faisait mon père à l'époque.

Ava la regarda avec étonnement. Comment sa mère, cette femme si douce et si chaleureuse, avait-elle pu être aussi maltraitée durant son enfance ? Était-ce pour cette raison qu'elle avait été attirée par son père ? Car celui-ci avait des manières très douces en famille, malgré la façon dont il pouvait traiter ses subalternes. Même s'il n'en parlait que rarement, Ava savait par sa mère et les amis de sa famille que son père avait fait preuve d'une remarquable bravoure au cours de la Grande Guerre.

— L'homme que nous épousons a le droit de régner sur sa maisonnée de la façon qu'il estime la plus juste. Alors, si jamais une femme éprouve quelques doutes avant son mariage, c'est pendant la période de fiançailles qu'elle doit en parler, déclara sa mère. Parce qu'après, il n'y a plus grand monde pour lui venir en aide. Tu comprends ce que je suis en train de te dire ?

Ava refoula une montée de larmes inattendue. Elle n'avait pas l'habitude que sa mère s'adresse à elle de manière aussi directe, encore moins sur de tels sujets. Néanmoins, son discours ne l'étonnait pas : comme toute jeune fille allemande, elle savait que son futur mari serait le chef de famille et qu'il régnerait en maître sur sa maison. De même qu'elle n'ignorait pas ce qu'on attendrait d'elle une fois mariée : faire le plus d'enfants possible pour le Reich.

— Oui, maman, je comprends.

Heinrich avait toujours été adorable avec elle, mais ils avaient passé fort peu de temps ensemble. Un jour, pourtant, elle l'avait vu piquer une violente colère lorsque quelqu'un avait osé remettre en cause la réinstallation des Juifs devant lui, mais il s'était vite repris et avait présenté ses excuses pour s'être emporté de la sorte. Elle en avait conclu que ce coup de sang ne reflétait pas son véritable caractère.

— Maman, Helga est prête à partir.

La voix chaleureuse de sa sœur la tira de ses pensées. Un peu à l'écart, elle regarda sa mère prendre le panier de petits biscuits et les cadeaux pour aller les offrir à leur domestique qui avait déjà enfilé son manteau.

— Joyeux Noël, Helga. Et je veux que vous preniez votre journée, demain, et même celle d'après, qui vous seront entièrement payées, bien entendu. Cette année, je tiens à ce que vous profitiez un peu de votre famille afin de vous remercier du dévouement dont vous faites preuve envers la nôtre. J'espère que vous apprécierez les petites attentions que nous avons choisies pour vous.

— Merci, Frau Müller, dit Helga. Mais je ne peux pas…

— Il n'y a pas de « mais », répliqua sa mère d'un ton ferme. C'est un ordre, a dit Herr Müller, vous devez donc obéir. Vous ne voudriez tout de même pas le contrarier ?

Helga recula d'un pas, le panier serré contre elle, et hocha la tête.

— Merci.

Elle regarda son contenu, les larmes aux yeux.

— Mais c'est trop, c'est…

Elle voulut rendre le panier à sa patronne.

À côté des cadeaux et des biscuits qu'elles avaient confectionnés, Ava vit que sa mère avait ajouté une pièce de viande enveloppée dans du papier kraft, mais aussi du sucre, une miche de pain et même du café.

— Ah non, Helga. Vous m'offenseriez en refusant. Allons, rentrez chez vous à présent. Je sais que votre famille sera heureuse de vous avoir à la maison pour Noël.

— Merci, murmura à nouveau la domestique en serrant le panier encore plus fort contre elle. Merci, Frau Müller.

— *Heil* Hitler, dit sa mère, mais avec une intonation bien plus douce que celles des hommes au ministère.

— *Heil* Hitler, répondit Helga en même temps qu'Ava qui se tourna vers la fenêtre pour suivre des yeux la domestique se préparant à affronter le vent glacial.

Elle ne vit pas son père entrer dans la pièce, mais entendit ses bottes faire vibrer le parquet.

— Ava ?

Elle se retourna vers lui. Il se tenait à côté de sa mère.

— Oui, papa ?

— J'aimerais aller marcher avec toi.

— Maintenant ?

Ava se retourna vers la fenêtre, frileuse à la perspective de sortir une seule minute de la maison. Quelle idée d'aller se promener par un temps pareil et à la tombée de la nuit, de surcroît !

— Le froid nous fera du bien, affirma son père en lui décochant un clin d'œil. Nous n'en apprécierons que davantage la chaleur de la maison au retour.

Son père avait beau être un homme bon, il savait aussi être ferme et Ava estima plus prudent de ne pas refuser.

— Une minute, le temps de prendre mon manteau, répondit-elle, tandis que ses parents échangeaient un regard qui ne manqua pas de l'intriguer.

3

L'haleine d'Ava formait de petits nuages blancs dans l'air du soir. À côté d'elle, son père marchait lentement, dans un silence qui s'éternisait. Seuls leurs pas résonnaient lourdement sur le sol durci. La nature semblait nue à cette période de l'année, comme si le vent glacé avait dépouillé le paysage de toute sa beauté, à l'exception des pins de la forêt toute proche. Leurs troncs s'élançaient vers le ciel, austères et dénués de mousse, mais contrairement aux chênes, ils gardaient leurs aiguilles toute l'année.

Son père marqua enfin une pause.

— Ava, je crois qu'il y a quelque chose qui te pèse. Pose-moi la question qui te tourmente.

Elle prit une profonde inspiration, ne sachant trop si c'était l'air mordant qui lui brûlait les joues ou la gêne d'être mise au pied du mur, de devoir jeter une passerelle au-dessus de la faille qui n'avait cessé de s'élargir entre eux. Au moment de se lancer, elle se ravisa, prise d'un doute. Son père souhaitait-il réellement qu'elle lui pose la question ou allait-il la réprimander pour les mots qui lui brûlaient les lèvres ?

— Puis-je parler librement ? finit-elle par demander.

Son père engloba les environs d'un geste ample.

— On peut tout se dire, ici. C'est même l'un des rares endroits où nous ne sommes pas obligés de surveiller nos propos, alors je t'en prie, pose-moi ta question. C'est pour cela que je t'ai emmenée là.

Était-ce la raison pour laquelle son père allait souvent se promener avec sa mère, après le dîner ? se demanda Ava. Ici, en pleine nature, ils pouvaient enfin se parler en se baladant dans la forêt sans crainte d'être entendus. Le bruit courait que certaines maisons étaient sur écoute, mais sûrement pas celle d'un haut responsable SS comme son père ?

Elle s'enserra les épaules des bras.

— Qu'est-ce qui se passera si jamais tu te fais prendre ? Je sais que c'est toi qui as dérobé le document. Je l'ai vu de mes propres yeux.

— Je ne compte pas me faire prendre.

— Oui, mais est-ce que tu ne *mériterais* pas de te faire prendre ? Vu ce que tu as fait ?

Elle regretta ces mots à l'instant où ils franchirent ses lèvres, mais après tout, c'était lui qui avait insisté pour qu'elle lui dise la vérité, pour qu'elle lui dise ce qu'elle avait sur le cœur. Or, c'était cela qu'elle voulait savoir. Car le dilemme qu'elle devait affronter était bien réel, lui, jusqu'à en devenir obsédant. Comment concilier le vol dont elle avait été témoin avec l'image irréprochable qu'elle avait de son père ? Comment oublier d'un côté l'injustice subie par Lina et de l'autre le contenu du dossier Scholl ?

— Si je me tais, c'est pour te protéger, papa. Mon amie Lina a de gros ennuis à cause de ce que tu as fait, l'autre jour.

— C'est ta conscience qui décidera de mon sort, Ava. Tu vas devoir choisir ton camp.

Son père reprit sa marche et elle se hâta de lui emboîter le pas pour rester à sa hauteur. Elle craignait de l'avoir mécontenté. Ruminait-il sa colère ? Mais lorsqu'il s'arrêta à nouveau pour sonder son regard, elle ne décela aucun ressentiment au fond de ses yeux. En revanche, qu'entendait-il au juste par « devoir choisir ton camp » ?

— Ava, est-ce que je peux te faire confiance ? Peux-tu m'assurer que tu garderas pour toi ce que tu as vu ? Peux-tu m'assurer que cette conversation restera entre nous ?

Elle comprenait à présent ce que son père lui demandait. Il voulait savoir où allait sa loyauté, au parti ou à sa famille. Avec tout autre que lui, elle se serait méfiée, elle aurait pensé qu'il cherchait à la piéger, mais son père s'adressait à elle en toute franchise : il lui demandait d'être loyale envers lui. La connaissait-il donc si mal pour lui poser une telle question ? Car malgré le trouble qu'elle avait éprouvé en le voyant agir ainsi, malgré les propos qu'il était en train de lui tenir, il ne pouvait douter de la loyauté de sa propre fille. La famille, pour elle, c'était sacré.

Bouleversée, elle jeta un regard vers la maison, avant de se retourner vers son père pour lui prendre les mains d'un geste solennel.

— Bien sûr que tu peux me faire confiance, papa, dit-elle en refoulant ses larmes, meurtrie qu'il ait pu douter un seul instant de ses intentions. Jamais je ne te trahirai. Jamais.

— Dans ce cas, as-tu d'autres questions ?

Des questions, elle en avait mille, mais elle se borna à faire non de la tête. Bien sûr, elle aurait voulu l'interroger sur Lina… Mais non, c'était inutile, Lina ne risquait rien, puisqu'elle n'avait rien fait. Il ne pouvait rien lui arriver de bien méchant, pas sur un simple malentendu, c'était une évidence.

La seule question qui la taraudait vraiment, c'était : pourquoi ? Pourquoi son père avait-il dérobé ce document ? Mais cette question-là, elle n'avait pas le courage de la lui poser. Même rongée par la curiosité, elle ne voulait pas connaître la vérité, car si elle découvrait les raisons qui avaient poussé son père à agir ainsi, elle risquait de ne pas les approuver. Ce qui la mettrait dans une situation impossible.

Elle ne mentait pas en disant à son père qu'elle lui faisait confiance : il ne lui avait jamais donné de raison de douter de lui. Aussi, quand il lui offrit le bras, elle y glissa le sien et se serra contre lui, la tête sur son épaule. La seule chose qui l'inquiétait, en vérité, c'était que son père puisse s'attirer des ennuis. Mais puisque lui-même assumait son acte avec sérénité, puisqu'il n'envisageait pas d'éventuelles conséquences, alors elle s'accommoderait de cet état de fait. Il le fallait bien. Quoi qu'ait pu faire son père, elle se devait de croire que c'était pour de bonnes raisons.

Ils rebroussèrent chemin d'un pas lent, bras dessus, bras dessous ; Ava n'était pas plus éclairée que la veille et pourtant, elle se sentait plus légère d'avoir parlé à son père. L'innocence de Lina allait être rapidement établie, c'était certain. Peut-être même retrouverait-elle sa place parmi les secrétaires, une fois qu'elle aurait été interrogée et que les SS auraient reconnu leur erreur.

— Maman doit se demander ce qui nous prend si longtemps, remarqua-t-elle en souriant tandis qu'ils approchaient de la maison.

— Je suis sûr qu'elle doit être en train d'apporter le repas, répondit son père en s'effaçant pour la laisser entrer.

Ils furent accueillis par un appétissant fumet de porc rôti et se dépêchèrent d'aller se laver les mains avant de rejoindre le reste de la famille. Cela faisait des semaines qu'Ava n'avait pas goûté aux bons petits plats de sa mère et dès qu'elle s'approcha de la table, elle en eut l'eau à la bouche.

— Je crois que tu as un jour d'avance, maman, la taquina-t-elle en s'asseyant à côté d'Anna.

Elle contempla ce festin : un rôti de porc farci à la pomme et à la chair à saucisse, accompagné de légumes et de boulettes de pommes de terre. Un vrai régal après les repas plus que frugaux de ces dernières semaines, dans leur appartement berlinois. Certes, ils étaient mieux lotis que la plupart, leur père ayant accès à des denrées qui, elle ne l'ignorait pas, étaient très difficiles à se procurer depuis Noël dernier, néanmoins, ils devaient le plus souvent se contenter d'un seul plat.

Son père se servit un verre de vin pendant qu'Ava promenait un regard circulaire sur la pièce. On aurait presque pu croire qu'ils n'étaient pas en guerre, que c'était un soir de Noël ordinaire, en famille. Que se passerait-il quand les combats auraient cessé ? Fêterait-elle d'autres Noëls comme celui-ci, chez ses parents ? À moins qu'elle n'ait sa propre maison d'ici là, voire qu'elle vive chez ses beaux-parents ? Elle se demanda avec une pointe de culpabilité ce que mangeaient les autres familles, en ce soir de Noël, surtout à Berlin où les gens ne pouvaient compter que sur leurs carnets de ravitaillement pour se nourrir. Son père semblait suivre les préceptes d'Hitler à la lettre, cependant, il ne montrait aucun intérêt pour le régime végétarien que prônait leur grand Führer, s'enorgueillissant de pouvoir chasser le lièvre autour de sa maison de campagne et de commercer avec les fermiers du coin. En tout cas, Ava espérait que Heinrich ne bannirait pas la viande de leur table, une fois qu'ils seraient mariés : les plats de légumes n'étaient pas ce qu'elle réussissait le mieux et une assiette de verdure ne parvenait jamais à la rassasier longtemps.

Après les avoir tous servis, sa mère prit solennellement place à table et proposa de sa voix douce, empreinte d'émotion :

— J'aimerais que nous observions une minute de silence avant de commencer ce repas. Le temps de nous souvenir de nos absents qui auraient dû être parmi nous ce soir. Ils nous ont quittés, mais ils demeureront toujours dans notre cœur et jamais nous ne les oublierons. Jamais.

Ava prit la main d'Anna qui pleurait à chaudes larmes et la serra légèrement dans la sienne en songeant à son petit neveu Hugo qui n'était plus de ce monde, ainsi qu'à son beau-frère Michael qui aurait dû être assis en face d'elle, ce soir. Certes, Ava souffrait de l'absence de Heinrich, mais pour sa sœur dont le chagrin était aussi vif qu'en ce jour fatidique, la joie de Noël serait à jamais ternie.

Ils se recueillirent tous en silence. Enfin, leur père leva son verre de vin et s'adressa à sa famille, les yeux humides.

— Que leur souvenir demeure !

Ce ne fut qu'après avoir pris son couteau et sa fourchette qu'Ava se rendit compte qu'ils avaient oublié de se tourner vers le portrait du Führer accroché au mur pour lancer l'obligatoire « *Heil* Hitler ! » Ce genre de manquement ne ressemblait guère à son père, mais étant donné que sa sœur était toujours en deuil et après la minute de silence qu'ils venaient de partager, elle s'abstint de toute remarque.

4

Ava fit le tour de sa chambre de jeune fille, effleurant les photographies encadrées, laissant courir son regard sur ses livres et les souvenirs qu'elle avait accumulés au fil des ans. S'il n'y avait pas eu la guerre, elle aurait sans doute passé beaucoup plus de temps ici. Au lieu de quoi, elle restait en général dans leur appartement berlinois qui, à bien des égards, était fort différent de leur maison de campagne. Moderne et bien chauffé, doté de trois chambres, il était commodément situé à proximité de tout, mais elle ne parvenait pas à s'y sentir chez elle, malgré le nombre de nuits qu'elle y passait. Certains jours, elle prenait plaisir à flâner dans les rues pavées, à aller boire un café entre amis, mais à d'autres moments, la tranquille solitude du Bogensee lui manquait cruellement. D'autant que depuis un an, les raids aériens se rapprochaient de plus en plus et s'intensifiaient en nombre et en puissance.

Certaines zones rurales n'étaient pas épargnées par ces frappes sans relâche, pourtant, elle se sentait toujours plus en sécurité en pleine nature plutôt qu'à Berlin, confinée dans des lieux aussi exigus. Sans parler du fait qu'aller se réfugier dans le bunker du jardin était bien moins déplaisant que de passer la nuit au sous-sol de leur immeuble ou dans un abri public, quand la sirène se mettait à hurler au moment où elle rentrait chez elle.

Ava alla s'asseoir à sa coiffeuse et se prépara pour la nuit. Elle se brossait les cheveux et allait enfiler sa chemise de nuit lorsqu'elle entendit un bruit sourd, suivi d'un autre. Un sourire aux lèvres, elle se leva aussitôt de son siège, abandonnant sa brosse à cheveux. Au cours du dîner, ils avaient parlé des vieux albums photos en évoquant leurs vacances d'autrefois, au bord de l'eau. Sa sœur devait avoir eu envie de farfouiller dans le grenier avant d'aller se coucher. Anna lui manquait terriblement depuis ces dernières années. La plupart du temps, elles ne faisaient plus que se croiser à la fin de leurs longues journées de travail, le métier d'Anna étant encore plus accaparant que le sien. Ava décida donc que le lit attendrait. Elle pourrait toujours rattraper ses heures de sommeil à un autre moment. L'essentiel, c'était de grappiller le plus de temps possible avec sa sœur. Elle était également impatiente de feuilleter les albums photos, à condition qu'Anna ait réussi à remettre la main dessus. Il se pouvait aussi que sa sœur ait du mal à dormir : les tristes souvenirs qui l'assaillaient ne devaient pas l'inciter au sommeil. Raison de plus pour la rejoindre au grenier.

Ava s'engagea dans le couloir. Tout au bout, l'étroit escalier escamotable avait été déplié. Elle sourit : elle ne s'était pas trompée, Anna était bien là-haut. Elle ne risquait pas de réveiller leurs parents. Lorsqu'elles les avaient laissés, ils étaient encore installés devant le feu, apparemment contents d'évoquer entre eux les Noëls passés, tout en menaçant leurs filles de revenir les hanter pour l'éternité si jamais elles vendaient la villa après leur mort. Ava et Anna s'étaient souri d'un bout à l'autre de la pièce, unies dans la certitude que la maison de campagne resterait dans leur famille pour des générations.

Ava se mit à gravir les étroites marches avec prudence, aidée par la lumière vacillante qui s'échappait de la trappe. Anna devait avoir allumé une lampe à pétrole. Petites, il leur arrivait de monter en douce au grenier, chacune feignant le courage alors qu'en réalité, elles étaient presque tétanisées par la peur du noir complet qui régnait là-haut.

— Anna, tu as trouvé quelque chose ? lança-t-elle sans pour autant quitter ses pieds du regard, craignant de trébucher en entrant dans le grenier. J'ai entendu du b…

Ava releva la tête et se figea, le souffle coupé, tandis que les mots mouraient sur ses lèvres. Assis par terre en tailleur, quatre inconnus la dévisageaient avec de grands yeux. Ils étaient en train de manger dans des assiettes blanches décorées de petites fleurs bleues. Ces assiettes, Ava les connaissait bien. C'était celles de la cuisine et elles contenaient la réplique du repas qu'elle venait tout juste de prendre en famille. Le plus jeune des deux hommes venait de piquer un morceau de viande, mais sa fourchette était restée à mi-chemin entre l'assiette et sa bouche. Il regardait Ava fixement, les lèvres luisantes de graisse.

— Papa ! hurla-t-elle en reculant précipitamment, manquant de dégringoler dans sa panique. Papa, viens vite !

Dans la lumière vacillante de la lampe à pétrole, Ava se rendit compte qu'elle ne pouvait détacher son regard des quatre individus qui la fixaient, immobiles comme des statues de sel : deux hommes et deux femmes. Qui étaient ces gens ? Et que faisaient-ils dans son grenier ? Que faisaient *ces gens* dans son grenier ?! Dans sa maison ! Alors que les pas lourds de son père se rapprochaient, l'une des deux femmes se leva lentement. Dans sa surprise, Ava recula encore un peu, consciente de l'ouverture de la trappe derrière elle, et darda des regards affolés tout autour. Une arme, il lui fallait une arme, n'importe quoi pour se défendre ! Le bras tendu, elle tâtonnait dans la pénombre, espérant trouver une vieille lampe inusitée.

— Ava, fit une voix douce. C'est moi. Eliana.

La jeune fille sourit nerveusement et, dans les ombres que jetait la lampe à pétrole sur son visage, Ava crut reconnaître ses traits. Mais oui, c'était…

— *Eliana ?*

Le cœur battant, Ava fit un timide pas en avant, oubliant la lampe dont elle voulait se servir pour se défendre.

Eliana, son ancienne voisine, sa camarade de classe ? Eliana, la Juive ?

— Eliana Goldman ?

Ava les dévisagea tous plus attentivement. Ce n'était pas des inconnus, tout compte fait, mais loin de la rasséréner, cette constatation ne fit qu'accroître sa peur. Car ces gens-là étaient des Juifs, et c'était peut-être pire ! Lorsqu'Eliana acquiesça, Ava sentit son estomac se révulser. Il fallait faire sortir ces gens-là de chez elle, et tout de suite !

— Papa ! cria-t-elle à nouveau.

— Ava, dit Eliana, je regrette que tu aies découvert notre présence de cette façon.

— Je… Je…

Le père d'Ava émergea de la trappe. Son regard alla de la famille de quatre personnes à sa fille et lorsqu'elle vit son visage crispé, *elle sut.* Cela n'était pas une surprise pour lui. Autrement, il se serait avancé en criant, il aurait empoigné les deux hommes assis dans son grenier et les aurait chassés de chez lui, *manu militari.* Au lieu de quoi, il se contenta d'adresser un petit signe de tête à la famille avant de se retourner vers Ava, le visage empreint d'une expression qui ne pouvait être que de la contrariété. Et cette contrariété ne concernait pas les intrus, mais elle.

Sa mère monta à son tour au grenier, suivie d'Anna. Plantés devant elle, ils la regardaient tous les trois sans ciller et Ava sentit un malaise inconnu l'envahir. Elle était donc la seule à ignorer qu'une famille se cachait dans leur grenier. Ils s'étaient tous bien gardés de le lui dire ! Ils avaient passé la soirée ensemble, fait un bon dîner, échangé des souvenirs dans la bonne humeur et durant tout ce temps, ils lui avaient joué la comédie, sans lui dire ce qui se passait sous leur propre toit. Sans lui dire qu'ils cachaient toute une famille juive juste au-dessus de sa tête !

— Quelqu'un pourrait-il m'expliquer ce que font les Goldman dans notre grenier ? demanda-t-elle, consciente de son timbre aigu qui trahissait sa panique. Si jamais ça se sait, nous serons tous pendus !

— Ava, commença son père, le front barré d'un pli soucieux, je t'en prie, prends le temps de…

— Non ! s'écria-t-elle, ne se souciant plus de paraître hystérique.

Son regard alla de sa mère à sa sœur, avant de revenir sur son père. Comment pouvaient-ils avoir l'air si maîtres d'eux-mêmes ? Comment pouvaient-ils rester plantés là si calmement, tous les trois, alors qu'elle était sur le point d'exploser ?

— Non, je ne prendrai le temps de rien du tout ! Ces gens ne peuvent pas rester ici ! Il faut les chasser de chez nous !

Pourquoi est-ce que tout le monde la regardait comme si c'était elle, la folle ? Comme si c'était elle qui avait tort ? Comme si c'était elle qui les mettait dans l'embarras ?

— Mais enfin, qu'est-ce qui se passe, ici ? lança-t-elle d'un ton impérieux. Il faut aller vérifier que toutes les portes sont bien fermées à clef, que les rideaux sont bien tirés. Si jamais les SS…

Son père s'interposa :

— Personne n'oserait entrer chez moi sans frapper ou sans attendre que je vienne ouvrir la porte, et surtout pas un SS. Vu ma position, notre maison est l'une des plus sûres de toute l'Allemagne, voilà pourquoi j'ai pris la décision de cacher cette famille.

Ava ferma les yeux ; sa tête commençait à cogner. *Et moi qui croyais que c'était Anna... Que nous allions passer un bon moment ensemble, rien que nous deux. Dire que j'ai cru que c'était ma sœur, dans le grenier !*

— Papa, murmura-t-elle en rouvrant les yeux. Papa, tu n'ignores pas ce qui arrive à ceux qui viennent en aide aux Juifs. Tu dois savoir que le jeu n'en vaut pas la chandelle, pour qui que ce soit. Je sais, tu penses que je ne comprends pas, mais au contraire, je ne comprends que trop bien ce qui risque de nous arriver.

— Ava, si tu connaissais la vérité, si tu comprenais ce qui se passe, tu comprendrais justement que si, le jeu en vaut la chandelle. Et c'est ton aveuglement qui nous a poussés à te cacher la situation.

À ces mots, Ava se cabra. Son aveuglement ? Elle accusa le coup, réfléchissant à toute vitesse : tout commençait à s'éclairer dans son esprit, y compris le fait que sa mère avait donné congé à Helga pour Noël. Jamais elle ne lui avait offert deux jours entiers.

Anna s'avança vers elle et lui posa la main sur le bras.

— Ava, je t'en prie. Laisse Eliana te raconter ce qu'ils ont vécu, les circonstances qui les ont amenés ici. J'aimerais que tu comprennes par quel enchaînement ils se sont retrouvés dans notre grenier, mais pour cela, tu dois lui donner une chance de tout t'expliquer. Il est temps que tu l'écoutes, afin que tu puisses connaître la vérité.

Ava contempla tous les visages tournés vers elle et y lut l'espoir, la tristesse, voire la détresse, et par-dessus tout, le total désarroi que leur causait sa réaction. Mais comment était-elle censée réagir face à une situation qui allait à l'encontre de tout ce qu'elle savait, de tout ce en quoi elle croyait ? Comment ne pas paniquer en découvrant que son grenier abritait une famille de Juifs ?

Elle essuya vivement ses larmes et promena son regard autour du grenier chichement éclairé : des piles de vêtements et d'affaires, des lits de fortune. Cette vision la bouleversait tout en l'emplissant de terreur : sa famille avait voulu faire preuve de bonté envers celle des Goldman, mais ce faisant, ils avaient mis leur vie à tous en danger.

— Ava ? insista Anna.

De toute façon, le regard de sa famille et des Goldman ne lui laissait pas vraiment le choix. À contrecœur, elle alla donc s'installer près de sa mère, les genoux ramenés au menton, tandis qu'Eliana cessait enfin d'aller et venir pour s'asseoir en face d'elle et la regarder de ses beaux yeux immenses. Comme elle était jolie, songea Ava. Et pourquoi s'en étonner ? Eliana avait toujours été ravissante, comment aurait-elle pu l'ignorer, alors que durant des années, elles avaient été si proches ? À l'époque, elles revenaient souvent de l'école ensemble, passaient des heures à bavarder dans le parc ou partageaient des repas qui réunissaient leur famille respective, l'été. Cela dit, Ava aurait menti en prétendant avoir une seule fois pensé aux Goldman depuis ce temps-là. Elle avait consciencieusement rejoint les mouvements de Jeunesses hitlériennes pour les filles en même temps que ses amies répondant comme elle aux critères aryens, emportée par l'exaltation du moment, cette nouvelle Allemagne qu'Hitler était en train de créer. Pas une seule fois elle ne s'était demandé ce qu'étaient devenus les Goldman ni ce qu'ils avaient dû endurer pour survivre.

Où était donc Eliana lorsqu'Ava et sa sœur s'entraînaient l'été en colonie de vacances, en compagnie de leurs camarades ? Des filles toutes dignes d'appartenir à la Ligue et dont le seul rêve était de rencontrer un fringant militaire, le but ultime étant d'accomplir leur devoir de bonne Allemande : mettre au monde de beaux bébés blonds aux yeux bleus.

Où était donc Eliana lorsqu'Ava était descendue dans la rue en agitant de petits drapeaux et en criant « *Heil* Hitler ! » à l'unisson avec la foule ? Ou pendant qu'elle faisait la queue avec ses amies pour devenir membres du parti nazi, bavardant avec animation, leur billet de dix deutsche marks à la main pour régler leur cotisation ?

— Par où veux-tu que je commence ? lui demanda Eliana lorsque leurs regards se croisèrent enfin.

— Commence par le commencement, intervint aussitôt Anna.

Eliana acquiesça d'un hochement de tête, puis regarda Ava qui tentait de se donner une contenance.

Oui, elle allait écouter son ancienne amie jusqu'au bout. Après tout, si ses parents avaient choisi d'aider les Goldman, c'était sans doute pour une bonne raison. Quelque chose qui devait lui échapper, un détail qui rendait ces Juifs différents des autres ?

— Oui, s'il te plaît, commence par le commencement, Eliana. Raconte-moi ce que tu as vécu.

Eliana tourna la tête vers son père, puis vers sa mère, dans l'attente de leur feu vert, et lorsqu'ils acquiescèrent d'un signe de tête, elle joignit les mains sur ses genoux et entama son récit. En entendant la voix mélodieuse d'Eliana, Ava fut rattrapée par une honte cuisante : comment avait-elle pu oublier son amie si gentille, qui s'exprimait avec tant de douceur ? Les joues lui brûlaient, elle devait être cramoisie.

— Depuis longtemps, j'avais compris que le monde était en train de changer, dit Eliana. Nous en étions tous conscients. Mais je ne pense pas qu'un seul d'entre nous ait pu concevoir ce qui allait suivre.

Depuis combien de temps Eliana était-elle forcée de ne s'exprimer qu'en chuchotant ? se demanda Ava. Depuis combien de temps les Goldman se cachaient-ils sous leur toit ? Étaient-ils déjà là la dernière fois qu'elle était venue voir ses parents ?

— Même lorsque je me suis retrouvée la seule Juive de ma classe, même lorsqu'un professeur m'a demandé de ne plus venir en cours, alors que quelques semaines plus tôt, il me félicitait pour mes résultats scolaires, même lorsqu'on m'a interdit l'accès à la piscine sous prétexte que je risquais de contaminer les autres, moi-même, je n'y ai pas cru…

Ava s'aperçut qu'elle retenait son souffle. Eliana marqua une longue pause et regarda à nouveau sa famille. Ava se souvenait de ce fameux jour où Eliana s'était fait humilier par leur professeur, mais pas un seul instant elle n'avait imaginé ce que son amie avait dû ressentir.

Eliana reprit son récit :

— Malgré tout cela, je n'aurais jamais pu imaginer que les Juifs allaient être persécutés, puis tués aussi ouvertement, que des gens qui avaient été nos amis, qui fréquentaient autrefois le magasin de mon père, se ligueraient contre nous sans songer une seule seconde à remettre en cause une telle violence à l'égard de leurs voisins.

Eliana s'enserra les épaules des bras, comme glacée à l'évocation de ces souvenirs. Tout le monde la regardait en silence. On aurait entendu une mouche voler.

— Mais tu as été victime de violences, toi? voulut savoir Ava. Personnellement?

Eliana croisa son regard et Ava y lut une tristesse qui, comprit-elle, la hanterait à tout jamais.

— Nous avons tous été victimes de violences, bien avant que ton père nous fasse sortir clandestinement de Berlin. Ils ont commencé à rassembler des Juifs dans la rue et à les emmener de force, certains pères de famille ont même été tués en tentant de protéger leurs enfants. J'ai compris alors que toutes ces rumeurs étaient vraies, que personne n'allait intervenir pour nous défendre.

Ava regarda son père : un homme qui, il y a quelques heures encore, arborait son impeccable uniforme de SS, l'incarnation du nazi dévoué à la cause, un homme si respecté par le régime qu'il appelait les plus hauts dignitaires du parti par leur prénom. Les SS usaient-ils vraiment d'une telle violence envers les Juifs?

— Nous avons tout perdu, Ava, poursuivit Eliana. Notre maison, notre magasin, nos amis.

À ces mots, Frau Goldman fondit en larmes, tandis qu'Eliana, elle, levait bravement le menton.

— Tout ce que nous avions un jour aimé et chéri, tout avait disparu. Tout nous avait été confisqué, comme si on nous avait effacés de la surface de la Terre.

Les paroles d'Eliana résonnèrent dans le silence pesant que nul n'osait rompre. Ava assimilait ce qu'elle venait d'entendre. Un frisson la secoua. Force était de constater qu'elle ne savait pas grand-chose de ce qui se passait autour d'elle. Elle croyait en toute bonne foi que les Juifs avaient été « réinstallés », selon la formule des autorités, et que ce déplacement s'était passé sans heurts, paisiblement. Elle s'était bien trompée, commençait-elle à comprendre.

Anna murmura :

— Raconte-lui la Nuit de cristal, Eliana. Raconte-lui ce qui s'est passé cette nuit-là.

Eliana la regarda droit dans les yeux.

— Tu veux vraiment que je lui dise toute la vérité ?

Anna opina.

— Il est temps qu'elle comprenne, tu ne crois pas ?

5

Eliana

Berlin, 10 novembre 1938

Du verre, il y en avait tellement. Partout où le regard d'Eliana se posait. À chacun de ses pas, il crissait sous ses semelles. Il jonchait le trottoir et le sol du magasin, s'étendait comme une couverture scintillante dans toutes les directions. Pas un centimètre carré ne faisait exception.

Son père leur avait raconté ce qui s'était passé, il avait bien tenté d'atténuer le choc, mais rien n'aurait pu la préparer à un tel spectacle. Toutes ces vitrines brisées en mille éclats, toutes ces rues dévastées et les cris de ceux qui avaient tout perdu en une seule nuit. Fatidique. Interminable.

En passant devant les kiosques à journaux, Eliana avait vu les gros titres qui s'étalaient à la une en grandes lettres noires : « La Nuit de cristal ». Mais son esprit n'aurait pu concevoir la scène à laquelle elle allait être confrontée, il n'aurait pas pu comprendre le basculement qui avait eu lieu dans la nuit.

— Et ce n'est pas tout.

Sa mère s'appuya de la main sur son épaule. Eliana sentait son souffle sur sa joue.

— Notre synagogue a été détruite, paraît-il, réduite en cendres en même temps que toutes les autres.

Eliana ne comprenait pas. Comment pouvait-on incendier un lieu de culte ? Quel mal imprégnait la ville qu'elle aimait tant pour qu'on en arrive à brûler des synagogues ?

— Pourquoi nous font-ils ça ? demanda-t-elle en essuyant les larmes qui ruisselaient sur ses joues. Pourquoi est-ce qu'ils nous détestent à ce point ? Comment peut-on se conduire de cette façon ? En toute impunité ?

Bien sûr, elle savait ce qui se disait sur eux, les mensonges qui étaient colportés, mais tout de même ! Une telle haine, c'était inconcevable. Au collège, elle s'était fait cracher dessus : certains garçons harcelaient les rares élèves juifs qui restaient, leur reprochant entre autres choses d'avoir volé l'emploi de leur père. Mais même alors, elle n'avait pas vraiment compris.

— Ils ont pris tout ce qui avait de la valeur, annonça son père en émergeant du désordre.

Un balai à la main, il tentait de se frayer un chemin à travers l'épaisse couche de verre brisé.

— Les pillards ont tout emporté. Il ne reste plus rien.

Eliana était sidérée. Sa mère alla vers son père et ses parents s'enlacèrent sans même chercher à dissimuler leurs larmes. Elle décida d'entrer dans le magasin, elle ne voulait pas rester plantée dans la rue sous les regards furieux. Des groupes de badauds s'étaient formés, principalement des jeunes gens qui leur lançaient des invectives entrecoupées de rires, mais il y avait aussi d'autres personnes qui, les yeux baissés et l'air peiné, semblaient éprouver de la compassion. Cependant, ces gens ne levaient pas le petit doigt pour eux. Dans tous les cas, Eliana ne voulait pas qu'ils la voient, ni les uns ni les autres : elle voulait aider son père à retrouver le moindre objet de valeur, l'aider à remettre de l'ordre dans son commerce. Mais tout en fouillant dans ce qui avait été un splendide magasin, rempli d'antiquités et de tableaux précieux, elle savait qu'il y avait peu de chance de pouvoir rouvrir un jour. Tout ou presque avait été soit volé soit endommagé de manière irréparable : il ne leur restait plus rien.

— Eliana ?

Elle se retourna en reconnaissant la voix de son frère. Les yeux écarquillés d'horreur, il s'approchait d'elle en enjambant les débris divers.

— Tu te rends compte ? dit-elle. Il n'y a plus rien, David. Tout a été saccagé.

— Il faut cacher papa, on doit absolument le mettre à l'abri.

— Qu'est-ce que tu veux dire ?

Son frère lui saisit la main.

— Le père d'Hugo vient d'être emmené. Ils ont fait irruption chez lui, ils ont tout cassé, puis ils l'ont emmené de force. Des hommes disparaissent dans tout Berlin, personne ne sait où on les emmène.

Une voix inconnue les fit se retourner d'un bloc. Toujours main dans la main, Eliana et David revinrent vers l'entrée du magasin. Un policier s'adressait à leurs parents.

— Je suis désolé, disait-il, sa casquette à visière plaquée contre sa poitrine. Puis-je voir l'étendue des dégâts ?

Son père s'effaça pour le laisser entrer, tout comme Eliana et David. Le policier fit quelques pas à l'intérieur et marmonna dans sa barbe tandis qu'il prenait la mesure du préjudice.

— C'est une honte, déclara-t-il en tournant lentement sur lui-même dans ce qui avait été leur beau magasin d'antiquités. Une véritable honte.

— Qu'est-ce qui va être fait? lui demanda la mère d'Eliana. Vers qui devons-nous nous tourner?

Eliana vit les yeux du policier s'emplir de larmes et, à cet instant, elle comprit que ni lui ni qui que ce soit ne pouvait rien faire. Et si la police ne pouvait rien pour eux, alors ils n'avaient d'aide à attendre de personne.

— J'aimerais pouvoir vous aider, j'aimerais vous apporter mon soutien, mais…

— Vous ne pouvez pas nous aider? l'interrompit son père. Vous voulez dire que rien ne sera fait? Que toute cette violence restera impunie?

— Je ne peux pas intervenir, répondit le policier avec tristesse en remettant sa casquette à visière. Si je le faisais, je perdrais mon travail et j'ai une famille à nourrir. On me ferait la même chose qu'à vous, c'est tout.

Eliana refoula ses larmes en voyant le découragement s'abattre sur son père, en voyant son regard vaincu. C'était donc à cela qu'allait ressembler leur vie, désormais?

Alors que le policier tournait les talons en leur répétant une dernière fois combien il était désolé, une pierre atterrit près d'Eliana, faisant voler les éclats de verre au sol. Avant qu'elle ait pu comprendre ce qui se passait, une autre pierre atteignit son père à la tête. Du sang se mit à couler et tacha le col de sa chemise.

— Ils n'ont pas le droit de faire ça! s'indigna David en bousculant Eliana pour en découdre.

Au même instant, un groupe de jeunes gens à peine plus âgés que lui leur lança une dernière pierre avant de passer au commerce voisin sans cesser leurs quolibets.

— Quelqu'un doit les arrêter !

— Non ! s'exclama son père en le retenant par le bras.

Il saignait toujours de la tête.

— Non, on reste calme. On fait profil bas jusqu'à ce qu'on puisse rentrer chez nous en toute sécurité.

— Mais, père, on ne peut pas…

— Si tu ripostes, nous ne passerons pas la journée, c'est pourquoi nous n'allons rien faire, insista-t-il avec fermeté. Nous allons rassembler tout ce qui peut encore avoir de la valeur ici. J'ai quelques bijoux anciens dans le coffre-fort. Ensuite, nous échafauderons un plan.

— Un plan ?

— Pour quitter l'Allemagne, expliqua sa mère. Nous ne pouvons pas rester ici, nous ne sommes plus en sûreté.

Un cri s'éleva au-dehors.

— Herr Goldman ! Herr Goldman, vous êtes là ?

Esther, la femme de Tobias Schwabe, un ami de leur père, hésitait, toute tremblante, devant le magasin. La mère d'Eliana la fit vite rentrer.

— Ils ont emmené Tobias ! cria Esther, ramassée sur elle-même, serrant un châle autour de ses épaules. Hier soir, des SA… Ils sont entrés chez nous, ils ont pointé un revolver sur sa tête et ils ont tout cassé dans l'appartement. Tout !

— Où se trouve Tobias, à présent ? s'enquit le père d'Eliana. Esther, où l'ont-ils emmené ?

— Je n'en sais rien ! répondit-elle, au désespoir. Mais ils viennent chercher tous les hommes, ils les regroupent dans la rue et ils les emmènent ! Ils disent qu'ils ne s'arrêteront que lorsque tous nos commerces et tous nos logements auront été détruits. Qu'ils ne s'arrêteront que lorsqu'ils se seront débarrassés de nous tous !

Eliana regarda David qui se rapprocha d'elle et lui reprit la main. Son frère avait raison : ils devaient mettre leur père à l'abri, mais David lui aussi devait se cacher.

— Nous pourrions envoyer les enfants se réfugier à l'orphelinat, suggéra sa mère. Là-bas, ils seraient en sécurité, au moins provisoirement.

— Non, mère ! se récria Eliana. Je refuse de vous quitter.

— Esther, rassemble tes enfants, insista sa mère, nous devons les emmener là-bas et tout de suite.

— Je ne vous laisserai pas non plus, déclara David. Je ne suis plus un enfant et je n'accepterai pas que notre famille soit séparée.

Leur père se tourna alors vers eux et les considéra tour à tour d'un regard éteint.

— Nous allons récupérer tous les objets de valeur qu'il nous reste. Toi, Esther, fais de même dans ta boutique. Dissimule tout ce que tu peux sur toi et dis à tes enfants de faire pareil. En revanche, il est hors de question de laisser les enfants sans protection à l'orphelinat. S'ils ont brûlé la synagogue, ils risquent de faire la même chose avec les orphelinats.

Personne ne discuta et le père d'Eliana repartit parmi les éclats de verre et les meubles cassés : il semblait avoir vieilli de vingt ans en une nuit. Tout ce pour quoi il avait tant travaillé avait été détruit, mais Eliana savait qu'il n'abandonnerait pas sans se battre, qu'il retrouverait leurs objets de valeur jusqu'au dernier. Son père était l'homme le plus vaillant et le plus fier qui soit : restait à espérer qu'il aurait la force de survivre à ce qui allait suivre.

Un cri de lamentation leur parvint du dehors. Sa mère ressortit aussitôt. Que se passait-il encore ? Eliana se précipita elle aussi sur le trottoir, même si elle se sentait plus en sécurité à l'intérieur du magasin. Pourtant, les SA armés de pistolets et de matraques pouvaient revenir à tout moment.

— Les orphelinats ont tous été brûlés ! Il ne reste plus rien ! cria quelqu'un. Notre rabbin a même été battu à mort en tentant de les arrêter !

Eliana fut secouée d'un frisson et sa mère se remit à pleurer ; à l'intérieur, David expédia un coup de pied rageur dans quelque chose. Si même les synagogues et les orphelinats avaient été incendiés, comment espérer encore se mettre à l'abri quelque part ? songea Eliana.

— Puisque c'est ainsi, nous devons rentrer chez nous ! lança son père depuis le fond du magasin.

— À l'appartement ? murmura-t-elle à David. Comment pourrions-nous rentrer chez nous ? Et s'ils viennent nous chercher là-bas ? C'est le premier endroit auquel ils penseront, non ?

Sa mère se mit à hocher frénétiquement la tête, comme si elle ne se contrôlait plus.

— Votre père a raison, il faut rentrer chez nous. Nous serons en sécurité, là-bas, nous fermerons les portes à double tour et nous resterons cachés, le temps que ça se passe.

— Mais, maman…

Le regard de sa mère s'éclaira.

— Herr Müller ne laissera jamais personne entrer dans notre immeuble. Il ne voudrait pas que ses filles soient témoins d'une telle agitation, j'en suis certaine.

— Je ne pense pas que quiconque puisse empêcher ces manifestations, objecta David. Tu as entendu le policier, maman, ils ne peuvent rien faire et même quelqu'un comme Herr Müller ne pourra pas les arrêter.

— Ils ne peuvent peut-être pas les empêcher d'agir contre nous, mais Herr Müller est un homme qui aime l'ordre, fit valoir son père en se redressant soudain, le regard plus vif. Il est très haut placé au sein des SS et il ne tolérera pas qu'une émeute ou quelque trouble que ce soit sème la zizanie chez lui. Nous sommes la seule famille juive de l'immeuble. S'ils ne sont pas encore venus nous chercher là-bas, nous sommes peut-être encore en sécurité chez nous, du moment que nous restons cachés. Je pense que votre mère a raison.

— Mais, intervint Eliana, et si c'était Herr Müller lui-même qui venait nous emmener ? Comment savoir si on peut encore lui faire confiance ? Et si c'était lui qui nous faisait descendre de force et nous livrait aux manifestants ?

— Elle a raison, dit David. Pour ces gens-là, nous sommes de la vermine qu'on doit exterminer. Pourquoi Herr Müller ne viendrait-il pas nous arrêter lui-même, en l'absence de sa famille ?

Son père fronça les sourcils.

— Depuis le temps que nous connaissons les Müller ? Cela fait plus de vingt ans que nous vivons au-dessus d'eux, avant même votre naissance, à ta sœur et toi. Non, je refuse de croire que Herr Müller ferait une chose pareille, il n'est pas aussi immoral que les autres.

Eliana n'exprima pas sa pensée : avoir des voisins juifs depuis des années ne signifiait plus rien, aujourd'hui. À une époque, elle était amie avec Ava, la fille de Herr Müller. Elles étaient dans la même classe et se fréquentaient beaucoup, surtout quand elles étaient petites. Mais il y avait fort à parier qu'Ava ne lui accorderait pas un seul regard, aujourd'hui. En tout cas, Eliana ne faisait pas du tout confiance à son ancienne amie.

Ne leur apprenait-on pas à dénoncer les Juifs à la *Bund der Jungmädel* ? À purger le pays de tout ce qui ne correspondait pas à l'idéal aryen ?

— C'est décidé, nous rentrons chez nous, déclara son père d'un ton sans appel. Nous allons rassembler tout ce qu'il nous reste ici ; ensuite, nous essaierons de trouver de quoi manger en chemin, puis nous nous enfermerons à double tour dans l'appartement et nous y resterons cachés jusqu'à ce que ces troubles prennent fin.

— Mais… Et si ça n'était que le début, papa ? s'inquiéta David. Et si ça ne devait pas s'arrêter ?

— Ça s'arrêtera bien un jour, fiston. Forcément. Les gens finiront par retrouver la raison, cette folie ne peut pas durer éternellement.

— Et si ça ne se passait pas comme ça ? insista Eliana. Et si les gens ne retrouvaient pas la raison ? Et si nous étions condamnés à vivre dans la peur ? À être persécutés à jamais ?

— Alors, nous serions forcés de quitter l'Allemagne, répondit son père, les larmes aux yeux. Nous recommencerions ailleurs, quelque part où on nous laisserait en paix. Nous ne pouvons pas vivre dans ces conditions.

Quitter Berlin ! Refaire leur vie ailleurs ! Pour Eliana, c'était inimaginable, et quitter l'Allemagne l'était encore plus. Pourtant, au fond de son cœur, elle ne croyait pas que ces persécutions allaient cesser, pas au point où on en était arrivé.

— Salauds !

Une pierre, plus grosse que les précédentes, atterrit au beau milieu du magasin cette fois.

— Dépêchez-vous ! lança son père. Nous devons rassembler l'essentiel et quitter les lieux le plus vite possible. Plus nous restons ici, plus nous nous mettons en danger.

Eliana aurait voulu bouger, mais ses pieds étaient comme paralysés. Elle regardait ce qui se passait dehors, imaginant ce que ce serait à la nuit tombée... Que pouvaient lui faire ces foules d'hommes en colère s'ils s'en prenaient à elle, s'ils l'arrachaient à sa famille ? Elle en avait des brûlures d'estomac, comme si quelque chose la broyait de l'intérieur, une douleur impossible à ignorer.

Dehors, des gens arpentaient les rues d'un pas martial en scandant des slogans hostiles aux Juifs et jetaient tout ce qui leur tombait sous la main par les vitrines brisées. Soudain, Eliana se plaqua la paume sur la bouche pour étouffer un cri d'horreur. Sous ses yeux, un commerçant juif fut traîné par les chevilles jusque dans la rue, puis tabassé à coups de gourdin par une foule ivre de violence.

— Sales Juifs ! Destructeurs de la culture allemande ! hurlaient-ils.

Ils ne s'arrêtèrent de frapper que lorsque le commerçant ne fut plus qu'un corps inanimé.

David la poussa dans le dos.

— Éloigne-toi de là !

Son frère, toujours prompt à la protéger, semblait avoir encore mûri.

— Ne les regarde pas et bouche-toi les oreilles.

— Sales porcs ! hurla quelqu'un au-dehors. Tous des macs et des putes !

Eliana sonda le regard de David et y vit sa propre peur.

— Comment peuvent-ils nous faire ça ? Pourquoi est-ce qu'ils nous haïssent autant ? Croient-ils vraiment que nous sommes mauvais à ce point ?

En larmes, elle se réfugia dans les bras de son frère, le visage enfoui au creux de son épaule.

— Je n'en sais rien, répondit-il dans un murmure. Tout ce que je sais, c'est que je veux partir d'ici et ne plus jamais revenir.

***

Dans l'après-midi, alors qu'ils montaient timidement à leur appartement, la porte d'entrée de l'immeuble s'ouvrit. Eliana se figea dans l'escalier et se tourna vers ses parents qui lui renvoyèrent un regard aussi terrifié que le sien : toute la journée, ils avaient fui les violences, pensant qu'une fois à l'intérieur de leur immeuble, ils seraient enfin en sûreté.

Pourtant, ce ne furent pas des cris de pillards ou de SA qui parvinrent aux oreilles d'Eliana, mais les bavardages et les rires de deux jeunes filles. Elle les reconnut tout de suite : à part elle, Ava et Anna Müller étaient les seules écolières de l'immeuble et très vite, elle les entendit monter l'escalier en courant. Elles marquèrent une pause à quelques marches de sa famille : elles étaient resplendissantes dans le bel uniforme de leur école, avec leur tresse blonde et leurs yeux bleus pétillants. *Moi aussi, je le portais, cet uniforme. Avant. Je riais et je pouffais dans une totale insouciance, tout comme elles.* Aujourd'hui, Eliana se sentait sale et échevelée après avoir fouillé dans les décombres du magasin et ses vêtements devaient être crasseux et couverts de poussière. On leur avait aussi jeté des fruits pourris tandis qu'ils se pressaient dans les rues… Elle préférait ne pas penser aux taches qui devaient maculer son manteau.

L'aînée des deux sœurs salua ses parents :

— Bonjour, Herr Goldman. Bonjour, Frau Goldman.

Ava, la cadette, gardait les yeux baissés, comme si elle n'avait pas le droit de les regarder, encore moins de leur adresser la parole. Eliana, elle, ne dit rien, à l'instar de David, mais leurs parents saluèrent les deux sœurs en retour et leur souhaitèrent également un bon après-midi. Voyant son frère les suivre du regard, elle s'interrogea, le cœur serré. Qu'éprouvait-il à les voir profiter de la vie alors qu'on était en train de le dépouiller de la sienne ? Plus jeune, David aimait s'amuser, mais au fil des ans, il était devenu taciturne, moins souriant.

Les joues en feu, Eliana regarda avec colère les sœurs Müller se hâter de leur passer devant. Il y avait quelques mois encore, elle était assise à côté d'Ava, en classe. Sans être les meilleures amies du monde, elles s'étaient cependant toujours bien entendues et rentraient souvent ensemble après les cours. Mais Ava faisait partie des filles qui n'avaient pas protesté lorsque leur professeur l'avait bannie des cours de natation, de peur qu'elle contamine la pureté de l'eau allemande. Elle aussi murmurait en aparté avec ses copines, au passage d'Eliana et des autres élèves juives. Quand Eliana s'était retrouvée la seule Juive de leur classe, privée de ses amies, Ava lui avait coulé de timides regards, mais rien de plus. Elle l'avait ignorée comme les autres. En tout cas, elle n'avait jamais pris sa défense lorsqu'à la cantine, les garçons se moquaient d'elle, la traitaient de sale Juive et inclinaient son plateau de façon à ce que le contenu de son assiette se répande sur ses genoux, alors qu'elle tentait simplement de prendre son repas dans son coin. Ce silence de la part de son ancienne amie l'avait encore plus blessée que les quolibets, parce qu'Ava l'avait laissée tomber au moment où elle aurait eu tant besoin qu'une élève, une seule, un autre être humain, lui tende la main.

Mais le pire, ç'avait été le jour où, en rentrant du collège, elle avait vu Ava et ses amies en train de coller sur tous les lampadaires de la rue des affichettes représentant des blondinettes radieuses, afin d'inciter les écolières à rejoindre la branche féminine des Jeunesses hitlériennes. Ava ne lui avait jamais fait de mal personnellement, elle ne l'avait jamais insultée, elle ne lui avait jamais tiré les cheveux comme les autres filles. Mais elle n'avait pas pris sa défense et avait rompu leur amitié, c'était cela qui lui avait fait le plus de peine.

Raison pour laquelle elle doutait fort que Herr Müller se conduise différemment. Pourquoi prendrait-il le risque de tout perdre en leur venant en aide ? Eliana réfléchit. Son père avait peut-être raison… En tant que chef de famille, Herr Müller ne tolérerait ni violences ni agitations au sein de son immeuble. Mais il pouvait tout aussi bien les faire expulser. Et dans ce cas-là, qu'adviendrait-il d'eux ? À moins que Herr Müller n'attende que sa femme et ses filles soient à la campagne, dans leur magnifique villa, pour faire arrêter ses voisins juifs ?

Mais comme ils passaient devant l'appartement des Müller, Eliana vit Anna qui les guettait près de la porte. Elle en oublia aussitôt Herr Müller et tous les tourments qu'il pouvait leur causer. Anna avait les joues rouges et le souffle court, comme si elle avait couru.

— Eliana ?

Eliana se tourna vers sa mère avant de s'avancer timidement.

Anna lui tendit un paquet enveloppé de papier kraft.

— Tiens, prends ça. Je suis désolée de tout ce qui se passe.

Une fois dans l'appartement, lorsque ses parents eurent immédiatement refermé la porte à double tour, Eliana défit la ficelle et déballa le paquet. À l'intérieur, il y avait des saucisses, du pain, du fromage et un petit pot de confiture.

— Tu vois, nous avions raison de leur faire confiance, exulta son père. Au moins, nous avons de quoi manger pour quelques jours.

Eliana opina du chef. *Au moins, nous avons de quoi manger.* Car ils n'avaient pas réussi à se procurer quoi que ce soit sur le trajet du retour, les queues qui s'étiraient devant les magasins étant interdites aux Juifs : même s'il était resté une miche de pain rassis chez l'épicier ou le boulanger, on ne la leur aurait sans doute pas vendue, même à prix d'or.

— Oui, murmura sa mère avec inquiétude, cela suffira pour ce soir et demain. Mais ensuite, comment allons-nous faire ?

***

Six mois s'étaient écoulés depuis la Nuit de cristal. Eliana, recroquevillée dans l'obscurité de l'appartement où ils vivaient tous reclus, regardait son père réconforter sa mère qui passait désormais le plus clair de ses jours à pleurer. Et puis, il y avait David qui devenait de plus en plus nerveux au fil des semaines de confinement.

— On aurait dû partir, marmonnait-il, on aurait dû partir tant qu'il en était encore temps.

Il se leva et se mit à arpenter la pièce en long et en large, comme presque tous les soirs.

— À t'entendre, émigrer serait un jeu d'enfant ! répliqua son père.

— L'année dernière ou il y a deux ans, c'était encore faisable ! s'emporta David. Tu sais très bien que nous aurions dû quitter le pays à l'époque, papa, et maintenant, regarde où nous en sommes ! Prisonniers de notre propre appartement. Nous allons crever de faim entre ces quatre murs !

Eliana trouva le courage d'élever la voix.

— Au moins, nous ne sommes pas prisonniers dans un camp.

Elle ne supportait pas d'entendre son père et son frère se disputer.

— Qu'est-ce que tu sais des camps ? lui demanda son père.

— Je sais que toutes les femmes de notre synagogue qui étaient restées à Berlin ont été rassemblées et emmenées dans un camp réservé aux femmes.

Sa mère se remit à pleurer. Eliana détourna la tête, désemparée par sa détresse : elle ne parvenait plus à réconforter sa mère, elle n'arrivait même plus à la regarder quand elle se mettait dans cet état-là.

— Je vais aller voir Herr Müller, annonça-t-elle.

Son père la regarda comme si elle avait perdu la raison.

— Je t'interdis de sortir de cet appartement.

— J'y vais de ce pas ! répliqua-t-elle avec défi.

Son père n'était pas habitué à ce qu'elle conteste son autorité, mais cela faisait des jours qu'elle y réfléchissait. Il ne l'empêcherait pas d'y aller.

— Tu as eu raison de lui faire confiance, papa, et nous savons tous de qui viennent les colis de nourriture qui nous ont permis de tenir jusqu'ici.

— Ce n'est pas parce que leur fille nous donne à manger que…

— Elle ne pourrait pas nous faire passer ces colis sans la permission de sa mère, au minimum, intervint David. Moi, je suis d'accord avec Eliana. Puisqu'il nous faut quitter Berlin, Herr Müller pourrait bien être notre seule chance. Sinon, combien de semaines ou de mois devrons-nous encore rester ici avant d'être découverts ? Et si les Müller déménagent ? Comment ferons-nous pour nous procurer de quoi manger ?

Eliana se leva. Sa décision était prise : elle allait descendre demander de l'aide à Herr Müller. Bien sûr, elle courait le risque d'être arrêtée, emmenée dans un de ces camps comme les femmes de sa synagogue. Bien sûr, sa famille pouvait être tuée, mais ils ne pourraient pas dépendre éternellement des colis de nourriture d'Anna. Et de toute façon, leur appartement serait pillé tôt ou tard. Les Juifs n'avaient plus le droit de posséder un seul bien, tout devait leur être confisqué. C'était même un miracle qu'on leur ait laissé leurs affaires. Mais jusqu'à quand ?

Eliana descendit la volée de marches et frappa courageusement à la porte avant de reculer d'un pas. Elle jeta des coups d'œil inquiets par-dessus son épaule. Et si les Müller avaient un garde du corps ? Vu le grade du père, cela n'aurait rien eu d'étonnant… De toute façon, n'importe quel autre habitant de l'immeuble pouvait la voir et la dénoncer.

La porte s'ouvrit enfin… sur Frau Müller. Celle-ci ouvrit de grands yeux, mais se contenta d'appeler son mari.

Eliana n'avait jamais eu de véritable conversation avec Herr Müller, juste « Bonjour », « Bonsoir » quand elle venait chez eux, parfois à l'occasion d'une fête, quand Ava et elle étaient petites. Et chaque fois qu'il venait lui ouvrir la porte dans son terrifiant uniforme de SS, elle se liquéfiait pratiquement de peur devant lui.

— Herr Müller, dit-elle d'une voix tremblante. Je suis venue solliciter votre aide. Nous devons quitter Berlin, pour notre sécurité, et sans votre aide, nous n'y arriverons pas.

Herr Müller la considéra d'un air méfiant, puis il s'avança d'un pas sur le palier et regarda à droite et à gauche, comme pour vérifier que personne ne pouvait ni les voir ni les entendre. Mais l'appartement des Müller occupait tout l'étage et il n'y avait personne dans l'escalier.

— Je vous en prie, insista-t-elle, nous avons besoin de votre aide. Nous vivons encore ici en famille, mais il ne reste presque plus de Juifs à Berlin et…

Herr Müller fit un pas en arrière, son regard croisa celui d'Eliana, très brièvement, puis il lui claqua la porte au nez. Elle resta plantée sur le palier, tremblante comme une feuille, les larmes aux yeux, la gorge nouée. Elle s'attendait presque à ce que la porte se rouvre pour qu'Anna lui tende un paquet, comme ce fameux jour de novembre, mais personne ne vint.

Qu'ai-je fait ? Peut-être ne savait-il même pas que nous vivions encore à l'étage au-dessus ? Peut-être n'était-il pas au courant que c'était sa fille qui nous permettait de survivre depuis des mois ?

Eliana ne voyait qu'une chose : dans son désir fou d'aider sa famille, il se pouvait fort qu'elle ait mis leur existence à tous en péril.

***

Quatre jours après, alors qu'ils étaient en train de jouer aux cartes dans le salon pour tuer le temps, on frappa à leur porte. Ils se figèrent tous les quatre.

— On va se cacher ? chuchota Eliana en bondissant de son siège, la main tendue vers sa mère.

Ils s'entreregardèrent et son père hocha vivement la tête. Eliana et sa mère se précipitèrent dans une des chambres et allèrent se cacher derrière les manteaux et les robes de la penderie, plaquées contre la cloison, alors qu'on frappait de nouveau à la porte d'entrée.

— Est-ce qu'ils frapperaient s'ils venaient nous arrêter ? chuchota Eliana. Est-ce qu'ils n'enfonceraient pas plutôt la porte à coups de pied ?

Ils avaient poussé un gros meuble devant la porte pour tenter de bloquer le passage à d'éventuels intrus, mais cette barricade de fortune ne résisterait pas longtemps à une foule en colère. Depuis le début, il était prévu qu'Eliana et sa mère iraient se cacher pendant que les hommes affronteraient le ou les individus qui auraient forcé la porte, mais elle ne pouvait supporter l'idée que son père et son frère se sacrifient pour elles.

Sa mère ne répondit pas. Elle se contenta de lui serrer la main encore plus fort, haletant de peur dans le silence de la penderie.

Des paroles assourdies parvinrent à Eliana. Son père devait avoir ouvert la porte à la personne qui avait frappé. Au bout de quelques minutes, David vint les faire sortir de leur cachette.

— C'était qui ? demanda-t-elle en écartant un lourd manteau de fourrure pour émerger de la penderie. Qu'est-ce qui s'est passé ?

— C'était Herr Müller, répondit son frère, les yeux brillant d'une flamme qu'il avait perdue depuis des mois. Herr Müller est venu nous voir, Eliana.

— Est-ce qu'il veut que nous nous rendions aux autorités ? murmura leur mère.

— Non, répondit leur père en arrivant dans le dos de David. Au contraire, il va nous aider.

— Mais il m'a claqué la porte au nez, l'autre soir… balbutia Eliana. Il ne m'a même pas répondu lorsque je l'ai supplié de nous aider…

Son père, la mine perplexe, secoua la tête comme s'il réfléchissait à ce qui venait de se passer.

— Il veut qu'Eliana aille chez eux, demain après-midi. Sa fille aînée lui passera des vêtements et elles partiront de l'immeuble ensemble. C'est Herr Müller lui-même qui conduira Eliana à leur villa.

— Sur les rives du Bogensee ? s'enquit sa mère.

— Oui.

— Et combien de temps restera-t-elle là-bas ?

— Il a dit qu'elle y serait en sûreté. Je ne lui ai pas posé de questions.

— Et vous ? s'enquit Eliana, la gorge nouée de peur tandis qu'elle s'imaginait à l'abri à la campagne, alors que ses parents et son frère resteraient terrés dans leur appartement.

Elle était terrifiée à l'idée d'être séparée d'eux.

— Herr Müller m'a dit qu'il ferait son possible pour nous faire tous sortir d'ici, mais que ça prendrait du temps.

— Je ne peux pas partir, décréta Eliana. Je refuse de vous laisser ici.

— Eliana, tu dois partir ! dit David. Ne t'en fais pas pour nous, on se débrouillera, mais si toi, tu as la possibilité de t'en aller maintenant, d'être en sécurité quelque part…

— Il a raison, renchérit son père, tu dois partir d'ici. Tu vas partir.

Eliana étreignit sa mère, fermant les yeux de toutes ses forces pour ne pas pleurer.

— Père, objecta David, Karl Müller est en pleine ascension dans les rangs du parti, tu es sûr que ce n'est pas un leurre pour nous faire sortir ?

— Mon fils, si Herr Müller avait voulu nous arrêter, ses hommes auraient déjà enfoncé notre porte. De toute façon, nous n'avons d'autre choix que de lui faire confiance.

Eliana savait que son père avait raison : ils n'avaient personne d'autre vers qui se tourner et si les Müller leur tendaient la main, il leur fallait croire à leur sincérité.

— Il a bien dit qu'il essaierait de vous faire sortir d'ici, vous aussi ? s'enquit-elle.

Son père acquiesça.

— Oui.

— Papa, tu dois leur dire, intervint David en s'asseyant au bord du lit, l'air accablé. Tu dois leur dire tout ce que Herr Müller t'a raconté.

— Papa ? s'inquiéta Eliana. Comment ça ? Qu'est-ce qu'il t'a dit ?

Les yeux noyés de larmes, son père s'assit à côté de David, comme si ses jambes ne le portaient plus.

— Il m'a dit qu'il se passait des choses terribles contre les Juifs, que la violence était encore montée de plusieurs crans. Certains parviennent encore à quitter le pays, mais il ne sait pas si nous, nous pourrons partir. D'après lui, il est déjà trop tard.

— Alors, nous sommes tous condamnés à rester en Allemagne ? À vivre dans ce climat de haine ?

— Herr Müller craint que l'idéologie nazie ne se propage rapidement en Europe. Il est d'avis que nous partions pour l'Amérique, si c'est encore possible. D'après lui, nous ne serons en sécurité que lorsque nous serons vraiment hors d'atteinte d'Hitler.

Un grand silence s'ensuivit.

Ce fut Eliana qui le rompit :

— Je vais faire mon sac de façon à être prête pour demain.

Son père secoua la tête.

— Herr Müller a précisé que tu ne devais rien emporter. Tu dois passer pour une camarade de classe de sa fille. Sa voiture t'attendra juste devant l'immeuble afin que personne ne te remarque dans la rue. Tu ne dois rien emporter qui permette de t'identifier ou d'éveiller les soupçons.

Eliana comprenait l'idée, mais c'était difficile à accepter. Elle promena son regard autour de la chambre, contemplant leurs beaux meubles et leurs précieux objets d'art. Comment étaient-ils censés survivre s'ils ne pouvaient même pas se raccrocher aux quelques souvenirs qu'il leur restait de leur vie passée ? Des êtres qu'ils avaient été un jour ?

— Nous devons garder nos bijoux sur nous, ordonna son père. Il nous faudra emporter tout ce que nous pourrons, tous nos objets de valeur, quitte à les cacher dans nos sous-vêtements, afin d'avoir quelque chose à vendre.

Le silence retomba sur la pièce, l'incertitude de l'avenir pesant sur eux comme une chape de plomb. Herr Müller tiendrait-il parole ? ne pouvait s'empêcher de se demander Eliana. Reviendrait-il chercher le reste de sa famille ou était-ce la dernière fois qu'ils étaient tous réunis ?

— Nous devons être forts, déclara son père. D'autres ont perdu la vie, certaines familles ont été séparées brutalement, mais pour le moment, nous avons échappé à ce sort. Et nous ferons tout ce qu'il faut pour rester en vie.

Eliana regarda son frère.

— David ?

Si seulement ils avaient pu partir ensemble ! La seule idée de se séparer de lui était encore plus douloureuse que celle de laisser ses parents.

Ils avaient traversé tant de choses ensemble, David et elle ! À l'école, ils avaient affronté les moqueries la tête haute, ils avaient persévéré dans leurs études, même lorsqu'ils avaient été bannis de leur établissement, ils s'étaient confié leurs projets jusque tard dans la nuit, énumérant les pays où ils pourraient refaire leur vie, loin des nazis… Et dire que maintenant, il leur fallait se séparer !

Dès que leurs parents eurent quitté la chambre, elle alla vers lui et se laissa choir au sol. À son tour, David se laissa glisser du lit et ils restèrent assis l'un contre l'autre.

— Herr Müller a dit que des dizaines de milliers d'hommes avaient été incarcérés dans des camps, murmura-t-il. Il y en a même un nouveau, uniquement réservé aux femmes : Ravensbrück.

— Mais pourquoi enferment-ils les femmes dans ce camp ? Qu'est-ce qu'elles font, là-bas ?

— Je n'en sais rien. Mais Herr Müller est d'avis qu'aucune d'elles n'en reviendra, il dit que c'est l'enfer sur Terre.

Eliana sentit la peur lui nouer le ventre.

— Tu dois partir, Eliana, il le faut pour que tu puisses ensuite te battre pour nous. Mais tu dois avant tout t'assurer que Herr Müller reviendra nous chercher, parce que je ne pourrai pas tenir longtemps ici, sans toi. Et puis, on ne peut pas les laisser emmener maman dans ce camp. Plutôt mourir que de la savoir prisonnière là-bas.

Eliana passa ses bras autour de son cou et se blottit contre son épaule.

— Je ne te laisserai jamais tomber, David. Jusqu'à mon dernier souffle, je me battrai pour toi, ainsi que pour papa et maman.

— Moi aussi, je ferai pareil pour toi, affirma-t-il. Je préférerais mourir plutôt qu'il t'arrive quoi que ce soit.

6

Ava

Anna prit le relais.

— Je suis sortie par la porte de l'immeuble avec Eliana qui avait revêtu ton uniforme de la *Bund Deutscher Mädel,* Ava, et nous sommes allées droit vers papa qui nous attendait dans la voiture. C'était ma première expérience de ce genre et cela m'a permis de voir ce qu'une personne dans notre position, dans la position de notre famille, pouvait faire pour aider les autres. Nous sommes passées totalement inaperçues, toutes les deux, dans notre uniforme.

— Dans la rue, il y avait deux SS qui m'ont même souri et saluée de la tête, ajouta Eliana. Alors que je priais pour être invisible, c'est finalement l'inverse qui s'est produit. Je suis passée pour l'une de vous, parce que pour eux, il était inconcevable que je ne sois pas une Allemande de pure race, répondant à tous les critères aryens, dans mon bel uniforme.

Ava n'en croyait pas ses oreilles. Muette, elle regardait tour à tour Anna et Eliana, incapable d'imaginer que sa sœur avait réquisitionné son chemisier blanc et sa jupe bleue des BDM pour accomplir un subterfuge aussi élaboré. Tenter de faire le tri entre les convictions ancrées en elle durant si longtemps et la vérité qu'on était en train de lui asséner lui donnait même la nausée. Cependant, elle demeurait horrifiée à l'idée de ce que les gens penseraient d'elle si jamais l'on découvrait qu'une jeune Juive avait porté son précieux uniforme des BDM.

— Et ensuite, voulut-elle savoir, qu'est-ce qui s'est passé ? Comment vous y êtes-vous pris pour faire sortir le reste de la famille de Berlin ?

— Quelques semaines plus tard, Maman a procédé de la même manière avec Frau Goldman, expliqua Anna. Elle l'a revêtue de ses plus beaux vêtements et elles sont sorties toutes les deux de l'immeuble, les bras chargés de couvertures et de tricots qui ne pouvaient être que destinés à nos soldats au front. Personne n'aurait osé leur poser de questions.

— En revanche, mon père et mon frère n'ont pas été aussi faciles à déguiser, fit remarquer Eliana. Ce n'est que lorsque nous avons tous été enfin réunis que j'ai appris que ton père les avait fait sortir au pas de charge de l'immeuble, un revolver pointé sur la tête de papa. C'était la seule manière de les évacuer, mais les choses auraient fort bien pu mal tourner.

Ava étouffa une exclamation en imaginant la scène.

— Mais toi, qu'est-ce que tu as fait, ensuite ? demanda-t-elle à son père. Où les as-tu emmenés ?

Comment avait-il fait pour les conduire ailleurs qu'à la mort ?

— J'ai dit que je voulais m'occuper d'eux moi-même, pour les punir d'avoir osé vivre sous mon nez, dans mon propre immeuble, répondit-il. J'ai raconté des horreurs sur eux, mais c'était nécessaire, ça faisait partie du stratagème, et quand nous sommes arrivés au parc, je leur ai demandé de courir droit devant eux et j'ai tiré deux fois, comme si je les avais exécutés. Mais je ne suis pas fier de ce que j'ai dû dire devant Herr Goldman, ni du coup de crosse que j'ai dû lui infliger à la tête, toujours par souci de vraisemblance.

— Il n'empêche que ça a marché, fit valoir Herr Goldman. Nous étions terrifiés, mais nous n'avions pas d'autre choix que de faire confiance à votre père. Sans lui, nous serions encore claquemurés dans notre appartement ou on nous aurait déjà trouvés et battus à mort.

— Ils ont couru se cacher, enchaîna Anna, et c'est un ami à moi, Dieter, qui les a récupérés et transportés dans son ambulance.

— Il les a emmenés directement chez nous ? demanda Ava.

— Non, d'abord dans une maison inhabitée, pas très loin d'ici, répondit Anna. Mais très vite, nous avons dû les déplacer et finalement, nous les avons fait venir chez nous. Nous n'avions pas d'autre choix : le danger se rapprochait et tôt ou tard, on les aurait découverts.

— Mais pourquoi n'ont-ils pas quitté l'Allemagne ? Pourquoi ne les avez-vous pas fait partir en Amérique ou ailleurs, encore plus loin, au lieu de faire entrer le danger dans notre maison ?

— Quand nous sommes enfin parvenus à tous les faire sortir, il n'y avait plus aucun moyen de leur faire passer la frontière sans risque. S'ils s'étaient fait prendre…

— Nous serions morts à l'heure qu'il est, acheva Eliana. Ou pire.

— Nous aurions dû partir il y a des années, à l'époque où tant de nos amis ont quitté le pays, soupira Herr Goldman. Lettre après lettre, mon cousin nous incitait à émigrer comme lui en Angleterre. Il nous avait prévenus de ce qui se préparait, il nous avait bien dit que nous serions accusés de tout ce qui allait mal en Allemagne.

Il s'essuya les yeux.

— Mais je ne l'ai pas écouté : je ne pouvais pas croire que les gens laisseraient une telle folie gagner le pays.

Anna alla vers Eliana et la serra dans ses bras. Elles restèrent si longtemps enlacées qu'Ava finit par détourner le regard, incapable de supporter la chaleur et l'affection que sa sœur manifestait à leur ancienne amie.

D'un autre côté, elle ne voulait pas non plus regarder les Goldman et être de nouveau confrontée à l'embarras de leur situation. En proie à ces sentiments contradictoires, elle choisit donc de redescendre du grenier. Revenue à l'étage, elle marqua une pause, le temps de reprendre sa respiration, le temps de digérer tout ce qu'elle venait d'entendre, puis elle regagna sa chambre d'un pas lent et alla s'asseoir au bord du lit. Elle ne releva la tête que lorsque Anna s'encadra dans l'embrasure de la porte : pieds nus, en chemise de nuit, elle s'enserrait les épaules des bras.

— Et donc, depuis tout ce temps, tu savais, murmura Ava. Tu savais et tu as choisi de me cacher ce qui se passait sous notre toit ?

Le silence de sa sœur lui fit comprendre qu'elle avait vu juste.

Ils l'avaient tous traitée comme une enfant, l'excluant de leurs discussions, de leurs décisions et de leurs secrets d'adultes. Des répercussions que leurs manigances pouvaient avoir sur elle si jamais ils se faisaient prendre.

— Je ne te connais plus, Ava, finit par dire Anna à voix basse, en allant s'asseoir à côté d'elle. Avant, nous étions très proches toutes les deux, mais aujourd'hui…

je ne savais pas si tu aurais approuvé notre décision, si tu aurais eu les mêmes sympathies que nous envers…

— Si je l'aurais approuvée ? Mais bien sûr que non, je ne l'aurais pas approuvée ! Enfin, Anna ! Tu es devenue folle ou quoi ? Si jamais quelqu'un entrait chez nous, si jamais quelqu'un découvrait que…

Anna porta un doigt à ses lèvres en secouant la tête.

— Parle moins fort.

Elle soupira.

— Tu ne t'es jamais demandé ce qui était arrivé au docteur Goldstein ? Ou à notre épicier, Herr Lewinsky ? À nos professeurs ? As-tu seulement remarqué que les gens qui faisaient partie de notre vie ont disparu du jour au lendemain, comme si on avait effacé toute trace de leur existence ?

Ava sentit la colère monter en elle. Elle avait l'impression qu'elle allait vomir, là, sur le tapis. Anna lui parlait comme si c'était elle qui était en tort ! Une bouffée de chaleur lui fit flamber le visage, accentuant sa nausée.

— Tu ne t'es jamais demandé ce qui était arrivé aux Goldman ? poursuivit Anna dans un murmure. Depuis tout ce temps ? Après avoir vu leur appartement abandonné et la vitrine de leur magasin brisée ? Après toutes ces années passées à vivre dans le même immeuble qu'eux ?

— Non, avoua Ava dans un murmure, elle aussi. Non, Anna, pas une seule fois je n'ai songé à ce qu'ils étaient devenus. Mais si tu m'avais posé la question, je t'aurais répondu qu'ils étaient partis refaire leur vie ailleurs, avec tous les autres.

Envahie par le remords, elle frissonna. Pour elle, les Goldman étaient une famille de Juifs parmi tant d'autres, des gens dont il ne fallait plus jamais parler, qu'il fallait chasser de ses pensées.

Pourquoi ne me suis-je jamais posé la question ? Pourquoi ne me suis-je jamais demandé où ils étaient passés ni quel sort leur avait été réservé ? Aurais-je dû m'interroger avant ?

— Tu as pourtant entendu les vociférations de ton cher Goebbels au Sportpalast ? Tu étais dans la foule. À aucun instant tu ne t'es dit qu'il était fou ? insista Anna. Quand il proclamait que le judaïsme était une maladie contagieuse ? Tu es donc crédule à ce point ? Tu as vraiment cru à ses mensonges ?

Ava regarda sa sœur d'un air dur.

— Qu'est-ce que tu me demandes ? murmura-t-elle. Si j'étais la seule personne dans la foule à ne pas être d'accord avec lui ? Comme si c'était moi qui avais tort de croire à ce que tout le monde croit ! Nous ne sommes pas censés remettre en cause la pensée de notre Führer, Anna, et Goebbels ne faisait que répandre son message. Nous, nous sommes censés suivre la loi ! Tu te conduis comme si j'avais mal agi, alors que tout ce que j'ai fait, c'est de m'efforcer d'être une parfaite jeune fille allemande, selon les ordres qu'on m'a donnés !

— Où est donc passée ma petite sœur à la détermination féroce, celle qui me battait à tous les jeux et qui lisait tellement qu'elle en savait plus sur l'état du monde que nous tous réunis ? S'est-elle vraiment perdue de vue au point de ne plus penser qu'à son petit nombril ? N'a-t-elle jamais puisé dans tout le savoir qu'elle avait engrangé pour remettre en question le discours officiel ?

Piquée au vif, Ava se rebiffa.

— Cette fille-là est devenue une femme qui sait ce qu'on attend d'elle ! Regarde plutôt ce qui est arrivé à Sophie Scholl ! Si seulement elle s'était tenue tranquille, si elle s'était contentée de faire profil bas, elle serait toujours en vie, siffla -t-elle. Ça ne vaut pas le coup, c'est trop risqué ! Si jamais nous nous faisons prendre, nous serons tous arrêtés pour haute trahison ! Si seulement tu avais vu les photos, Anna !

Si seulement tu avais vu de tes propres yeux ce qu'ils font à ceux qui leur désobéissent.

— Mais si nous ne faisons rien, nous aurons le sang de milliers, voire de millions de gens sur les mains, Ava.

Elles restèrent silencieuses jusqu'à ce que leur père apparaisse sur le pas de la porte.

— Ava, peux-tu venir dans mon bureau, s'il te plaît ?

Ava se leva, sans croiser le regard de sa sœur, et suivit son père au rez-de-chaussée.

— Après toi, lui dit-il devant son bureau, une pièce où elle mettait rarement les pieds.

Un mur tout entier était occupé par des rayonnages en chêne foncé où se serrait une infinité de livres ; au centre de la pièce, deux fauteuils en cuir faisaient face au bureau. Au mur, une grande photographie encadrée montrait son père serrant la main à Hitler. Ava la contempla pendant qu'il se servait un verre. Dans son uniforme à la coupe impeccable, il renvoyait une image bien différente de l'homme qu'il était à la maison, en tenue civile.

À sa grande surprise, son père revint vers elle avec deux verres de cognac. S'il l'avait servie avec parcimonie, lui-même s'était octroyé une dose bien plus généreuse. Il en but une gorgée en l'invitant à faire de même. Ava trempa les lèvres dans son verre. Le liquide ambré l'incendia du gosier jusqu'à l'estomac et ce ne fut qu'au prix d'un gros effort qu'elle se retint de tousser. Elle n'était pas sûre d'aimer les alcools forts.

Son père repartit vers le gramophone et bientôt, le bureau s'emplit de musique. Ava savait que son père mettait parfois des disques, mais d'habitude, c'était quand sa mère le rejoignait pour boire un verre, avant ou après le dîner. En tout cas, jamais il n'avait écouté de musique avec elle.

— Ava, à la lumière de ce que tu as découvert ce soir, je crois qu'il est temps que nous ayons une conversation franche, tous les deux.

Elle reprit une timide gorgée de cognac et cette fois, son gosier sembla mieux le supporter. Peut-être était-ce une bonne chose qu'elle s'initie aux alcools forts le soir où son père émettait le désir de lui parler en tête à tête dans son bureau, après une première conversation ahurissante dans le grenier.

— Tu m'as éduquée de telle façon que j'adhère au parti nazi, lança-t-elle hardiment, s'exprimant avec une liberté qu'elle ne se serait jamais autorisée avec son père. Pas une seule fois tu ne m'as découragée de rejoindre les rangs de la *Jungmädelbund,* puis de la *Bund Deutscher Mädel,* pas plus que tu ne m'as demandé de penser différemment des autres. Et ce soir, je découvre que mon père est un… un quoi ? Un communiste ?

Les filles de la BDM étaient comme des sœurs pour elle, mais si elles avaient surpris cette conversation, elles l'auraient aussitôt dénoncée et l'auraient fuie comme la peste, elle et sa famille, à tout jamais.

— Ava, nous n'avons pas eu le choix, tu le sais bien. Il nous a fallu adhérer au parti et vous, aux mouvements de jeunesse. De même, nous sommes tenus de présenter une certaine image aux autres, c'est une question de survie. En revanche, chez nous, dans notre maison, nous avons le choix de faire ce que nous voulons.

Ava prit une autre gorgée de cognac avant de poser le verre sur la table basse, entre les deux fauteuils en cuir, le tout sans lâcher son père du regard.

— Je ne m'attendais pas à avoir cette conversation avec toi ce soir, mais tu es une jeune femme intelligente, Ava, et il est temps que tu comprennes pour quelle cause notre famille n'a cessé de se battre.

— Papa, murmura-t-elle d'une voix à peine audible. Est-ce que tu appartiens à un réseau de *résistants* ? Est-ce que vous menez des actions secrètes ?

Sa famille cachait-elle d'autres Juifs quelque part ?

Brusquement, elle eut envie de se détourner de son père, pour ne pas entendre sa réponse ni voir sa réaction, mais elle en était incapable. Ce n'est que lorsqu'elle le vit hocher la tête qu'elle ferma les yeux, qu'elle tenta de repousser la réalité. C'était donc pour cela qu'il avait subtilisé ce document, pour cela qu'il avait pris l'énorme risque de dérober quelque chose au bureau, pour cela qu'il n'avait pas hésité à cacher les Goldman dans leur grenier. Son père faisait partie d'un réseau de résistants, acte passible de la peine de mort et qui, comprit-elle soudain, pourrait pousser son fiancé à abattre lui-même son père.

— Mais, papa, tu sais ce qu'ils nous feront si nous nous faisons prendre. Tu sais mieux qui quiconque ce qui risque d'arriver.

Évidemment qu'il le savait : son père était très haut placé au sein du parti. Au-dessus de lui, il n'y avait guère que les cinq ou six plus proches conseillers d'Hitler.

— As-tu bien réfléchi à tout ? insista-t-elle.

Nous en subirons tous les conséquences. Cela en vaut-il vraiment la peine ?

— Oui, Ava. Il m'a fallu des années pour me décider à agir, mais en définitive, j'ai compris que je n'avais pas le choix, répondit son père d'un ton ferme.

Toutefois, Ava remarqua qu'il n'osait pas croiser son regard. Il vida d'un trait le fond de son verre, les yeux perdus dans le vide. Peut-être avait-il encore du mal à assumer le poids de ses décisions, en dépit de son intonation résolue.

— Notre pays est aux mains d'un fou, Ava. C'est comme si nous vivions en vase clos, coupés de la réalité, dans un aveuglement général, mais dans l'ombre, tout un mouvement œuvre à changer tout cela.

Il alla se servir un autre verre, mais lorsqu'il empoigna la bouteille de cognac, Ava vit que sa main tremblait. De peur, de rage ou de tout autre chose ? Elle n'osa pas lui poser la question.

— C'est comme si nous faisions tous partie d'une effroyable expérience, une expérience destinée à monter un groupe de personnes contre un autre, un seul pays contre le reste du monde. Rester les bras croisés, ne pas agir alors qu'on est en position de le faire, ce n'est plus supportable pour moi. Et je ne suis pas le seul, d'autres partagent mes opinions.

Il s'assit sur le bras du fauteuil dans lequel elle était assise.

— Mais tu as pris part à tout ce qui s'est passé dans le pays, chuchota-t-elle en se laissant aller contre lui. Papa, tu travailles main dans la main avec le docteur Goebbels. Est-ce que tu ne l'as pas aidé à aveugler tout le monde, comme tu dis ? À asseoir un régime que tu renies maintenant ? Est-ce que tu n'es pas toi-même plus impliqué que la plupart des Allemands dans la propagation de ces… de ces…

Elle déglutit.

— … « mensonges » ?

Son père croisa son regard. Ses yeux étaient pleins de larmes. C'était la première fois de sa vie qu'elle le voyait trahir son émotion de manière aussi flagrante.

— J'ai fait ce qu'il fallait pour rester en vie, Ava, pour que toute notre famille reste en vie et pour nous placer dans une position de sécurité. Je n'en suis pas fier, mais si c'était à refaire, je n'hésiterais pas : je ferais tout pour vous protéger, toi et ta sœur.

Ava reprit son verre et le garda serré entre ses mains en attendant que son père poursuive, déchirée entre ce qu'elle avait envie de croire et la réalité qui lui apparaissait clairement, à présent.

— Cette guerre ne va pas être facile à gagner, reprit son père. Les temps changent, la situation militaire évolue et la victoire éclair qu'on nous avait promise n'est plus qu'une chimère.

Ava ne savait pas quoi dire.

— Tu dois bien savoir, ma fille, que la plupart des Allemands ne vivent pas dans l'opulence dont nous jouissons. Tu dois bien te rendre compte que nous sommes privilégiés à tout point de vue ?

Elle hocha lentement la tête, comprenant où son père voulait en venir.

— Notre Führer demande à ce que tout le monde adopte son régime végétarien, soi-disant pour notre santé, mais en réalité, il est en train de préparer notre pays aux épreuves à venir, aux épreuves qu'affrontent déjà nombre d'entre nous.

Son père se pencha vers elle.

— Le Troisième Reich est en train de mourir à petit feu, la *Luftwaffe* subit de lourdes pertes et nos hommes rentrent brisés du front.

Ava le regarda dans les yeux, sentant venir sa question, comprenant que son père allait lui demander un service.

— Tu occupes maintenant un poste très spécial, Ava, un poste qui te donne accès à des renseignements confidentiels… C'est pourquoi tu pourrais nous être d'une aide très précieuse. Plus précieuse que tout ce que tu peux imaginer.

— Tu veux dire pour votre réseau de résistants ? glissa-t-elle. C'est cela que tu attends de moi, que je transmette des informations à un mouvement clandestin ? Tu veux que j'agisse à l'encontre de ce que souhaite notre Führer ?

Son père fit la grimace.

— Oui, Ava, c'est exactement ce que je te demande de faire. L'heure n'est pas à la servilité, pas si nous voulons que notre pays et notre peuple retrouvent un jour la prospérité.

— C'est cela que je t'ai vu faire, l'autre jour ? C'est pour cela que tu as volé ce document ?

— Ce sera beaucoup plus facile pour toi, lui fit-il remarquer, sans répondre directement à sa question. Tu es dans la place, tu vois passer nombre de documents pour lesquels certains donneraient cher. Et puis, au début, il ne s'agira que de toutes petites choses, ce que tu te sentiras capable de nous transmettre en toute sécurité.

— Ma collègue de bureau… Qu'est-ce qu'il lui est arrivé après que les SS l'ont emmenée ?

Ava sentait une colère froide monter en elle.

— Ce fameux jour, quand ils sont venus la chercher. J'ai besoin de savoir.

Son père changea de position dans son fauteuil, mal à l'aise. Il savait très bien de qui elle parlait ; là-dessus, elle n'avait aucun doute, même s'il ne l'avait pas connue personnellement.

— Elle s'appelait Lina, précisa-t-elle malgré tout en vidant son verre d'un trait.

L'alcool lui fit monter les larmes aux yeux, mais elle insista :

— Ils l'ont accusée de haute trahison et l'ont emmenée *manu militari*, sous mes yeux. Tout le monde la croit coupable alors qu'elle n'a rien fait.

Elle détourna le regard.

— Et maintenant, tu me demandes de faire des choses qui pourraient me conduire à être arrêtée comme elle ? Qui pourraient me faire accuser moi aussi de haute trahison ?

Son père ne répondit pas. Il se contentait de soutenir son regard, sans ciller.

Elle fondit en larmes.

— Et si ç'avait été moi, papa ? Et si c'était moi qu'on avait accusée à tort ? Et si c'était moi que les SS avaient emmenée ? Tu aurais pu continuer de te regarder dans une glace, si ç'avait été moi à la place de Lina ?

Elle se leva, déchirée entre l'envie de plaire à son père et la conviction qu'il avait mal agi. Mais au lieu de sortir en trombe de son bureau, elle soutint son regard avec défi tandis qu'il venait vers elle, refusant de céder avant qu'il lui ait donné une réponse claire.

Son père lui posa une main sur la joue.

— Ava, tu as un choix à faire et ce choix-là, personne ne peut le faire à ta place. Ce que je te demande comporte des risques, et même de grands risques, mais il y a des moments dans la vie où l'intérêt général surpasse la sécurité individuelle. D'un autre côté, tu es ma fille, ce qui veut dire que tu seras toujours la dernière à être soupçonnée. Notre famille jouit d'un immense respect au sein du parti, Joseph Goebbels lui-même a une très haute opinion de nous.

Ava déglutit péniblement, résistant à l'envie de se laisser aller contre la paume de son père. Comment lui faire comprendre que toute cette situation la mettait mal à l'aise, qu'elle ne pouvait pas consentir sans hésiter à ce qu'il lui demandait ? En même temps, ses paroles trouvaient un écho en elle : elle savait qu'il avait raison, même si elle refusait encore de l'admettre.

Elle revint à la charge :

— Mais à ton avis, qu'est-ce qui est arrivé à Lina ? J'ai besoin de savoir à quoi m'attendre, dans ce genre de situation. Qu'est-ce que je risque en acceptant de faire ce que tu me demandes ?

Son père se racla la gorge.

— Eh bien… ton amie a sûrement été interrogée par les SS. Ils ont dû recourir à la force pour la faire parler et je dirais qu'ils n'ont pas dû renoncer avant d'avoir épuisé tous les moyens à leur disposition.

— Et ensuite ? s'enquit-elle d'une voix à peine audible.

Elle connaissait le rôle de son père au sein des SS, elle savait que c'était sans doute lui qui avait ordonné qu'on interroge Lina, même si elle avait du mal à se l'avouer.

— Il y a une faible chance pour qu'elle puisse rentrer chez elle, s'ils estiment qu'elle a dit la vérité. Mais il se peut aussi que toute sa famille soit soupçonnée de haute trahison. Ils ont peut-être tous été déportés, à l'heure qu'il est.

Ava n'avait pas besoin d'en entendre davantage : dans les non-dits de son père, elle devinait l'alternative, le sort que risquait de subir son amie.

— Et donc toi, tu me demandes de… Tu veux que je…

Son père déposa un baiser tiède sur ses cheveux.

— Tout ce que je te demande, Ava, c'est de réfléchir à ce que je viens de te dire.

— Et Heinrich ? s'enquit-elle soudain. Est-ce qu'il fait partie de votre réseau, lui aussi ?

Son fiancé lui avait-il également caché ses activités clandestines ?

La mine de son père s'assombrit, comme si des nuages d'orage s'étaient amoncelés sur son front.

— Ava, tu ne dois jamais souffler mot de tout cela à Heinrich, ordonna-t-il d'un ton cassant qui lui rappela aussitôt le terrible SS qu'elle l'avait vu être au bureau. Il ne doit en aucun cas connaître nos agissements : ni ce que nous avons fait, ni ce que nous projetons de faire. Entends-moi bien, Ava. Si jamais le moindre bruit devait lui parvenir, si jamais le doute le plus infime devait germer dans son esprit, envers moi, toi ou notre famille…

— Je comprends.

De toute façon, elle aurait trop peur de se confier à son fiancé.

Son père lui tapota affectueusement l'épaule, sa colère aussitôt retombée. Elle sortit de son bureau, traversa le vestibule et monta dans sa chambre. Là, elle eut la surprise de trouver Anna qui l'attendait dans son lit. Sa sœur souleva les couvertures et Ava se blottit contre elle pour se réchauffer, comme quand elles étaient petites, tout son ressentiment envolé.

— Je ne sais pas si j'aurai votre courage, à maman et à toi, souffla-t-elle. Je ne sais pas si je pourrai faire ce que me demande papa.

Anna la serra dans ses bras.

— La réinstallation sans violence, c'était un mensonge, alors ? chuchota Ava dans le noir. On n'emmène pas les Juifs vivre tous ensemble quelque part à l'est ?

— Non, Ava, une telle chose n'a jamais existé.

Ava s'assit toute droite dans le lit, rejeta les couvertures et alla d'un pas décidé vers le portrait qui leur faisait face. Elle le décrocha avec hardiesse, le retourna et le posa par terre, appuyé au mur. Elle ne voulait plus le voir.

Bien sûr, il faudrait le remettre à sa place dès le lendemain, avant le retour de Helga, mais pour le moment, ce petit acte de défi lui procura un petit frisson d'excitation. Et lorsqu'elle se remit au lit, elle ne murmura pas « *Heil* Hitler » comme elle l'avait fait si scrupuleusement à chaque occasion, ces dernières années.

À la maison, ces deux petits mots ne franchiraient plus jamais ses lèvres. Plus maintenant, après tout ce qu'elle avait fini par comprendre. *Comment le pourrais-je ? Alors que tout ce en quoi je croyais se révèle être un mensonge ?*

— Anna, y a-t-il encore autre chose que tu ne m'as pas dit ?

Sa sœur lui serra très fort les doigts sous la couverture et resta silencieuse si longtemps qu'Ava crut qu'elle n'allait pas lui répondre.

— J'ai fait sortir des enfants juifs de Berlin, cachés dans une ambulance, confia enfin Anna.

Ava ferma les yeux de toutes ses forces, le temps d'assimiler les paroles de sa sœur, comprenant les risques que cette dernière avait pris pour autrui.

— Ava, ces enfants ne sont pas différents des autres. Tout ce qui leur arrive, la façon dont on les traite… c'est quelque chose que je ne peux ni soutenir ni accepter. Les faire sortir de Berlin, c'est souvent le seul moyen de leur sauver la vie. Alors si je peux épargner à un parent l'atroce souffrance de perdre un enfant, je suis prête à le faire.

Ava refoula ses larmes en serrant très fort les paupières, le cœur écrasé par l'aveu lourd de sens de sa sœur. Sa sœur, si brave et intrépide !

— Je ne trahirai pas les Goldman, murmura-t-elle en serrant encore plus fort la main d'Anna. Et jamais je ne vous trahirai, papa, maman et toi. *Jamais.*

7

Lorsqu'Ava revint au bureau, deux jours après, ses doigts tremblaient tellement qu'elle fit trois fautes de frappe d'affilée, chose qui ne lui était jamais arrivée depuis son entrée au ministère. Elle retira la feuille d'un geste sec, la froissa et l'escamota avant d'en insérer une autre dans la machine. Si elle ne parvenait pas à maîtriser ses nerfs, quelqu'un allait remarquer sa fébrilité.

— Cela ne te ressemble pas, commenta Greta.

Puis elle murmura :

— Quelque chose ne va pas ?

Ava se sentit virer au cramoisi, mais il lui fallait fournir une réponse qui puisse justifier sa maladresse.

— J'ai dû prendre froid en rentrant de chez mes parents.

Et pour appuyer ses dires, elle fit semblant de toussoter en se tapotant la poitrine.

— Ça ne m'aide pas à me concentrer.

— Eh bien, prends ton temps, il vaut mieux taper plus lentement que de faire des erreurs.

Ava approuva d'un signe de tête et prit une profonde inspiration tout en maudissant sa nervosité. Personne ne pouvait lire dans ses pensées, bien sûr, et pourtant, elle se comportait comme si à tout instant, elle risquait de se faire prendre en flagrant délit de haute trahison, alors qu'elle n'avait pas encore fait quoi que ce soit. Le fait qu'elle n'ait pas pu reparler à son père depuis son retour au bureau n'arrangeait rien : était-elle déjà censée faire quelque chose ? Lui avait-il dit à quel moment elle devrait passer à l'action ? Devait-elle rechercher quelque chose de précis ou s'attendait-il à ce qu'elle mémorise tous les documents qui lui passaient entre les mains ? De plus, sa conversation avec Anna continuait à lui trotter dans la tête, ainsi que le regard de sa sœur lorsqu'elle avait évoqué le sort des enfants juifs. Ava sentait encore ses paroles chargées de souffrance lui tordre le ventre, comme si elle les avait absorbées. *Dire que je n'arrivais même pas à croiser le regard d'Eliana Goldman, alors que ma sœur, elle, risque tous les jours sa vie pour des inconnus.* Anna lui avait avoué que son métier d'infirmière lui avait permis de faire sortir clandestinement un nombre incalculable d'enfants juifs du pays. Alors qu'elle… le seul fait de regarder des documents dans un bureau la rendait nerveuse. La veille encore, elle aurait fait un détour pour éviter tout enfant portant l'étoile jaune et elle l'aurait signalé aux autorités. Sauf qu'entre-temps, la compassion d'Anna l'avait ébranlée et la poussait aujourd'hui à agir d'une manière qui lui aurait paru inconcevable deux jours plus tôt. Mais plus maintenant.

Ses mains se remirent à trembler. Elle se levait de sa chaise pour s'accorder une petite pause lorsque Herr Frowein entra à grands pas dans la salle et s'arrêta devant les secrétaires, une liasse de petits feuillets roses à la main. Ava se rassit lentement sur sa chaise, raide comme un piquet. Elle n'avait encore jamais vu passer de papiers de cette couleur. Qu'est-ce que cela pouvait bien être ?

— Ces billets, annonça-t-il en les brandissant, seront désormais désignés sous l'appellation de Vérités du jour.

Dès qu'ils vous seront transmis, il est de la plus haute importance que vous les tapiez en priorité, afin qu'ils puissent être distribués dans les plus brefs délais.

Ava se surprit à opiner du chef en même temps que les autres secrétaires, puis elle considéra les feuillets roses que Herr Frowein avait posés sur son bureau, étonnée par leur nombre. Qui avait bien pu prendre toutes ces notes ?

— Votre travail consistera à taper ces documents en gonflant les chiffres, afin que tous nos concitoyens saisissent la réalité à laquelle sont confrontés nos soldats ainsi que nos admirables femmes allemandes.

Gonfler les chiffres ? Que voulait-il dire par là ? Perplexe, Ava parcourut le début du premier papier rose afin de mieux comprendre la consigne.

Herr Frowein lui fit signe de se lever.

— Fräulein Müller, veuillez prendre connaissance de ce billet et me dire combien de femmes allemandes ont été violées par les soldats russes cette semaine.

Ava se leva. Baissa à nouveau les yeux sur le billet rose. « Vingt », était-il clairement indiqué sur le rapport. Qu'attendait-on d'elle au juste ?

Elle désigna le chiffre.

— Vingt femmes.

Frowein secoua la tête, comme exaspéré qu'elle ait énoncé le chiffre qui était écrit sur le billet rose. Elle crut qu'il allait la frapper.

— Les Allemands doivent bien comprendre la brutalité des soldats russes, la façon ignoble dont ils traitent nos femmes ! aboya-t-il. Alors, je vous repose la question, Fräulein Müller : combien de femmes allemandes ont été violées cette semaine, Fräulein Müller ?

— Quarante, répondit-elle cette fois, d'une voix plus forte afin de se donner un semblant d'assurance. Quarante femmes ont été violées.

Herr Frowein hocha la tête.

— Quarante femmes, correct. Nous ne voulons pas sous-estimer ce qui se passe, les gens doivent connaître la vérité. Ils doivent comprendre à quels monstres notre peuple est confronté et pourquoi il est capital que notre nation soit victorieuse.

Herr Frowein se dirigea ensuite vers Greta qui, ayant tout de suite compris ce qu'on attendait d'elles, se plia à l'exercice avec succès. Ava, de son côté, se demandait quels étaient les chiffres réels. Avaient-ils déjà été gonflés au moment d'être inscrits sur les billets roses ? Et si on leur demandait officiellement de se prêter à de telles exagérations, comment savoir s'il n'y avait pas d'autres mensonges parmi tous les documents qui passaient sur son bureau ? Pourquoi n'avait-elle jamais songé à s'interroger sur ce qu'elle tapait à la machine ?

Elle repensa aux Goldman, à la façon dont son père les avait regardés, à la façon dont ils lui avaient rendu son regard, à leur peur palpable. Elle avait gobé toutes les fausses vérités qui lui avaient été servies par le régime, comme la plupart des gens, mais sa famille n'avait pas été dupe, elle. Ava comprit que le sentiment de sa propre stupidité ne la quitterait pas avant un bon moment, mais également qu'il ne lui serait pas facile de changer sa vision des choses du jour au lendemain et de ne plus croire à ces mensonges.

J'ai fait partie de ces lâches, mais je ne veux plus en être une. Voilà ce qu'elle s'était dit le matin même, en remontant au grenier en catimini avant le retour de

Helga, chargée d'une brassée de livres, du joli carnet qu'elle avait reçu à Noël et de son stylo-plume préféré. C'était pour Eliana. Elle s'était souvenue à quel point cette dernière aimait écrire, à l'époque où elles étaient en classe ensemble. Elle n'avait pas trouvé autre chose à lui donner, hormis les biscuits qu'elles avaient confectionnés la veille de Noël ; consciente qu'ils étaient en forme de croix gammée, elle n'aurait pas été étonnée que les Goldman crachent dessus. En fait, ce qu'elle aurait voulu faire, c'était ouvrir en grand la fenêtre afin d'aérer l'espace étouffant du grenier et laisser le soleil entrer à flots, ne fût-ce qu'un petit rayon de lumière. Au lieu de quoi, elle avait laissé les Goldman dans le noir, tels des oiseaux dans une cage couverte pour la nuit, et n'avait cessé de penser à eux depuis.

— Fräulein Müller ?

Son nom prononcé à voix forte la fit sursauter. L'avait-on déjà appelée une première fois ? Herr Frowein revenait vers elle en faisant claquer ses bottes à chaque pas.

Ava se mit à transpirer et leva lentement le regard vers lui. Elle s'attendait déjà à ce qu'il lui demande de le suivre, à ce qu'il lui indique par un geste ou une parole qu'il était au courant de ce qu'elle avait accepté de faire. Pour quelle raison l'avait-il repérée parmi toutes les secrétaires ? Pourquoi revenait-il vers son bureau à elle ? Lui avait-il dit quelque chose qu'elle n'avait pas entendu, tandis qu'elle ressassait ses sombres pensées ?

— Vous devez avoir passé des moments agréables en famille, dans la villa de vos parents ?

Ava déglutit nerveusement.

— En effet. J'ai eu beaucoup de chance d'avoir ces deux jours de congé pour Noël.

Il sait. Ça se voit à sa façon de me regarder. On dirait qu'il a été formé à flairer la duplicité comme un chien nazi.

— Oui, votre père m'a dit qu'en dépit du trajet, ça en valait la peine. Bien qu'en fait, il n'ait pu passer qu'une seule soirée avec vous, finalement. La famille, c'est ce qu'il y a de plus important pour un homme.

Ava acquiesça poliment, ne sachant trop quoi répondre. Elle décida de ne rien dire du tout. C'était pour cela que son père était en mesure d'aider la résistance, c'était pour cela qu'elle-même serait capable de relayer son action. Parce que pour autant qu'on sache, ils représentaient aux yeux de tous la famille allemande modèle, entièrement dévouée à la cause. Elle commença à se détendre, comprenant petit à petit pourquoi son père parvenait à duper tout son monde avec autant de calme. *Mon père est un haut dignitaire de l'armée du Reich, mon fiancé est un SS zélé, ma mère est l'image parfaite de l'épouse allemande.* Personne n'avait la moindre raison de douter de leur loyauté au régime, d'aucun point de vue. D'ailleurs, le premier qui aurait osé suggérer le contraire aurait eu plus de chances d'être pendu pour haute trahison que son père d'être interrogé.

— Le docteur Goebbels m'a remis des documents que vous devrez taper dès que vous aurez accompli vos Vérités du jour, Fräulein Müller. Quand ce sera fait, je souhaite que vous me les apportiez directement à mon bureau.

— Bien, Herr Frowein. Ce sera ma priorité.

Il hocha la tête.

— Veuillez venir les chercher dès que vous aurez terminé votre travail. Je vous les remettrai en main propre.

Dès qu'il fut parti, Ava sortit un mouchoir de son sac à main et s'en tamponna le front et la lèvre supérieure. Les battements de son cœur s'étaient calmés, mais elle devait luire de transpiration, même si sa nervosité commençait à retomber.

— Ava, tu ferais peut-être mieux de rentrer chez toi. Tu as mauvaise mine, tu sais.

— Merci pour ta sollicitude, Greta, répondit-elle en redressant la tête et en posant les doigts sur le clavier de sa machine à écrire. Mais je vais tout à fait bien. Je me reposerai ce soir, une fois que j'aurai fini mon travail. *Heil* Hitler !

Greta, les yeux ronds comme des soucoupes, parut blessée par sa réaction. Elle n'avait pas l'habitude de se faire remettre à sa place par sa collègue d'ordinaire si courtoise et si aimable.

— *Heil* Hitler, dit-elle à son tour avant de lui tourner légèrement le dos.

Ava se sentit coupable, car il n'était pas dans sa nature d'être autre chose que gentille, mais pour le moment, l'essentiel était qu'elle passe pour la parfaite Allemande. Ne pas se faire pincer, c'était tout ce qui comptait, à présent : elle avait une mission à accomplir.

Elle venait tout juste de finir de taper ses petits billets roses lorsque son père apparut à la porte de la salle. Elle se leva en s'excusant discrètement.

— Ava, je suis désolé de ne pas avoir réussi à te voir, hier.

— Tu nous as manqué, papa, répondit-elle en toute sincérité. Avec un peu de chance, nous pourrons bientôt tous dîner ensemble ? Maman m'a dit qu'elle nous rejoindrait à l'appartement cette semaine.

— En fait, ta mère vient d'être priée d'organiser un dîner très important vendredi soir, lui apprit son père. Beaucoup de ministres de premier plan y assisteront, accompagnés de leurs épouses.

Ava eut du mal à dissimuler sa surprise.

— Quel honneur pour elle ! Est-ce qu'Anna l'aidera à tout organiser ou bien faut-il que je…

— Ta mère aimerait beaucoup que vous rentriez toutes les deux pour l'assister. Et puis, j'ai une autre nouvelle. Une nouvelle qui, j'en suis sûr, te fera encore plus plaisir qu'un grand dîner.

Ava haussa les sourcils.

— Quelle autre nouvelle ?

— Heinrich a obtenu une permission. C'est moi-même qui ai signé les documents.

Le cœur d'Ava se mit à tambouriner dans sa poitrine.

— Heinrich va rentrer ? Ici, à Berlin ?

Elle déglutit, la gorge nouée.

— Bientôt ?

— Oui, ma chérie. Ton fiancé rentre la semaine prochaine. Il aura une permission de courte durée, puis il ira prendre ses nouveaux quartiers, assez près de chez nous : il a été affecté à un poste très spécial. Mais il t'en dira plus lui-même.

La main de son père se referma sur son épaule. Ava ferma les yeux un instant et le visage de Heinrich s'imposa à son esprit. Encore une semaine plus tôt, voire quelques jours, une telle nouvelle lui aurait fait battre le cœur… de joie. Mais entre-temps, tout son univers avait été chamboulé. Aujourd'hui, son cœur palpitait d'angoisse à l'idée de revoir son fiancé, car elle n'ignorait pas ce que ferait un homme tel que Heinrich si jamais il venait à découvrir ce qui se passait chez eux. Il lui ordonnerait de renier sa famille et dénoncerait ses parents et sa sœur pour haute trahison en raison de leur sympathie envers les Juifs. Au reste, elle était pratiquement sûre qu'il ne la traiterait pas autrement s'il la pensait impliquée elle aussi. Les allégations de Heinrich seraient prises au sérieux, quelles qu'elles soient ; là-dessus, il n'y avait aucun doute, mais cela ne l'empêchait pas de frémir d'excitation à l'idée de se retrouver dans ses bras.

— Merci de m'avoir prévenue, papa. Cela me laisse le temps de préparer son arrivée. Je m'arrangerai pour lui organiser un merveilleux accueil pour son retour parmi nous.

Son père la regarda longuement avant de tourner les talons, la laissant plantée sur le seuil de la porte. Elle prit un moment pour se ressaisir, puis elle se dirigea vers le bureau de Herr Frowein afin de récupérer les notes qu'il lui avait demandé de dactylographier.

— Vous me les rapporterez dès que vous aurez fini de les taper.

— Je n'y manquerai pas, répondit-elle.

Puis, elle revint au bureau en prenant son temps, l'esprit en grand désarroi, agité par des sentiments contradictoires.

Elle régla sa machine à écrire, vérifia que le papier était bien inséré et ouvrit la chemise posée à côté d'elle. En temps normal, elle parcourait rapidement les textes qu'on lui donnait à taper, pour être sûre de bien comprendre la teneur de son travail et aussi pour vérifier d'éventuelles erreurs qu'il lui faudrait rectifier. Ce document-ci n'était en rien différent des autres. Et pourtant, il lui semblait de la plus haute importance, en raison de la nervosité qui l'habitait et du fait qu'on lui avait demandé à elle, personnellement, de le dactylographier.

« La Solution finale. » Ces mots n'évoquaient rien de particulier pour elle jusqu'à ce qu'elle commence à lire le texte. Alors, un vertige la prit.

Les rapports des gardiens d'Auschwitz ont déjà confirmé les excellents résultats des chambres qui viennent d'être terminées.

Nous vous recommandons une visite là-bas, dès que vous en aurez l'occasion, afin de constater par vous-même la simplicité de leur conception.

On peut y traiter environ quatre mille Juifs par jour, voire plus.

Des demandes concernant des livraisons de gaz supplémentaires sont en cours afin d'assurer la productivité.

Prenant conscience de ce qu'on lui avait demandé de mettre au propre, Ava referma précipitamment la chemise et se mit à tousser pour dissimuler un haut-le-cœur.

— Je lui ai pourtant dit de rentrer chez elle, mais elle s'obstine à prétendre qu'elle n'a rien, marmonna Greta à l'intention d'une autre secrétaire.

— Je vais très bien, parvint à articuler Ava sans cesser de tousser.

Elle imaginait les Goldman, là-bas, elle imaginait quel aurait été leur sort. Elle imaginait le sort de *toutes* les familles juives qu'elle avait connues.

Encore quelques jours plus tôt, aurait-elle seulement compris ce qu'elle venait de lire ? Une semaine plus tôt ? Un an ? Aurait-elle saisi ce que signifiait le mot « Auschwitz » et aurait-elle été capable de concevoir ce qui se passait là-bas ? Si elle avait eu encore des doutes sur sa décision de trahir Goebbels ou sur la réalité que sa famille avait voulu lui faire voir, elle n'en avait plus aucun.

Comme quelques instants auparavant, elle tamponna doucement son visage voilé de sueur. Pour ce qui était de paraître malade, elle s'en tirait haut la main. Et dire qu'elle s'était crue prête à dissimuler ses manigances... Elle allait devoir apprendre à se blinder et à feindre l'indifférence, aussi horrible que puisse être son travail.

— Ava, je pense que tu devrais...

Avant que Greta ait pu finir sa phrase, les enfants Goebbels débarquèrent sans crier gare et Ava se leva en même temps que ses collègues pour les saluer. Magda Goebbels était toujours aussi belle et soignée que d'habitude, mais aujourd'hui, elle n'était accompagnée que de deux des filles, les plus petites, qui firent bonjour de la main à tout le monde.

— Votre mari est encore en réunion, Frau Goebbels, indiqua l'une des secrétaires. Voulez-vous que je vous prépare un café pendant que vous l'attendez ou que j'aille chercher quelque chose pour les enfants ?

Magda Goebbels la remercia d'un signe de tête avant de se tourner vers les secrétaires avec lesquelles elle se mit à échanger des banalités. Au même instant, Hedwig et Heidrun se précipitèrent vers Ava. Elle regrettait de ne pas avoir de bonbons à leur donner, car ces fillettes étaient toujours très polies. En outre, elles semblaient encore plus en confiance aujourd'hui, en l'absence de leurs aînés.

— Vous pouvez nous apprendre à taper à la machine ? lui demanda Hedwig avec un sourire timide.

— Je peux jouer à être secrétaire ? s'enquit Heidrun.

— Bien sûr ! répondit Ava d'un ton enjoué, veillant à dissimuler le dossier sur lequel elle travaillait.

Elle décida de le glisser dans l'un des tiroirs du bureau, au cas où les petites le feraient tomber.

— Voulez-vous que je vous montre comment on insère une feuille de papier dans la machine ?

— Oh oui ! s'écrièrent les deux fillettes d'une voix aiguë, ce qui leur valut une sèche réprimande de leur mère.

Mais Ava n'y prêta pas attention, trop heureuse qu'on la distraie quelques instants de son travail. Personne n'oserait lui reprocher de jouer un peu avec les enfants Goebbels, et puis cela lui laissait le temps de souffler, de se calmer après ce qu'elle avait lu. Mais aussi de réfléchir à une phrase qu'avait prononcée sa sœur.

Qu'avait-elle dit, déjà, sur le fait que tous les enfants étaient égaux ? Ava n'ignorait plus le sort des Juifs, maintenant. Pour avoir compris ce que le ministère orchestrait, elle savait que Goebbels était un monstre, mais ses fillettes, elles, n'y étaient pour rien. Il leur fallait encore grandir pour comprendre le monde qui les entourait. Ce n'étaient que des enfants innocentes et rien que pour cela, elle ne pouvait que se montrer gentille envers elles.

Alors que Heidrun grimpait sur son genou et se mettait fièrement à appuyer sur les touches, les yeux d'Ava s'embuèrent. Comment ces petites filles pouvaient-elles être traitées avec autant de respect, alors qu'ailleurs, d'autres enfants étaient massacrés, sans le moindre scrupule, apparemment ? Cela dépassait l'entendement.

Les enfants y sont envoyés avec leur mère. Nous trouvons qu'ils s'y rendent de meilleur gré que lorsque nous les séparons d'elle.

Ces mots se trouvaient dans le dossier intitulé « La Solution finale » qu'elle venait de lire et jamais elle ne pourrait les oublier. Le seul fait d'y repenser l'oppressait douloureusement et lui faisait remonter la bile dans l'arrière-gorge tandis que les yeux fermés, elle imaginait les cris des mères et des enfants.

— Allons, laissez Ava faire son travail, maintenant, intervint Magda Goebbels, comme si elle venait tout juste de remarquer que ses filles lui grimpaient sur les genoux. Votre papa ne sera pas content si vous empêchez ses secrétaires de travailler.

— Mais maman, c'est tellement amusant ! s'exclama Heidrun.

Elle se trémoussait de joie sur le genou d'Ava tout en appuyant sur les touches, ses petits doigts minuscules à côté de l'imposante machine à écrire.

— Elles ne me dérangent pas du tout, affirma Ava. C'est toujours un tel plaisir de les voir.

Magda Goebbels posa une main sur le bureau en lui souriant avec chaleur.

— Je me réjouis de me rendre à la villa de vos parents cette semaine, Ava. Votre mère sait toujours merveilleusement recevoir.

Ava se félicita que son père l'ait avertie de ce dîner, sinon, elle se serait demandé de quoi Magda Goebbels pouvait bien parler. Mais à la seule mention de sa maison, son cœur s'emballa.

— Je suis sûre que ma mère est déjà en pleins préparatifs. C'est un tel honneur pour elle de tous vous recevoir.

— Allez, les enfants. Ce fut un plaisir, Ava. Je ne manquerai pas de dire à votre mère combien vous avez été gentille envers les filles.

Ava sourit, s'obligeant à ne rien laisser transparaître, alors que son univers tout entier était en train de s'écrouler ; alors que dans quelques jours à peine, tant de hauts dignitaires du parti se réuniraient chez elle, deux étages en dessous d'une famille juive qui, elle, serait tenue au silence absolu pendant toute la soirée.

Le cœur cognant dans sa poitrine, elle sentait sa détermination se renforcer de minute en minute. Elle protégerait le secret des Goldman et par là même leur existence, aussi farouchement que s'il s'agissait de sa propre famille. Maintenant qu'elle connaissait la vérité, elle ne pouvait plus se conduire comme une lâche.

Même si cela revenait à risquer sa vie pour la cause.

8

Anna

— Prions pour qu'il y ait un autre miracle.

Anna s'installa sur le siège passager de l'ambulance, reconnaissante envers Dieter, le chauffeur, de l'aider à transporter les enfants. Au fil du temps, leur relation s'était muée en une amitié improbable. En effet, Anna avait beau accomplir la plus grande partie de ses tâches au sein de son service, après chaque bombardement, l'hôpital dépêchait une infirmière sur les lieux afin de faire le tri parmi les blessés. Les frappes aériennes augmentant en fréquence et en intensité, on leur demandait de plus en plus souvent de travailler en binôme. La plupart du temps, ils s'activaient sans même se parler, devinant ce dont l'autre avait besoin, et même si les autres infirmières trouvaient Dieter exagérément bourru, Anna avait toujours apprécié sa façon de faire à la fois silencieuse et pragmatique. Il n'y avait pas la moindre ambiguïté amoureuse entre eux, simplement un profond respect mutuel : Dieter était devenu pour elle le grand frère qu'elle n'avait jamais eu.

Mais surtout, ils avaient un point commun. Tous deux avaient connu des deuils tragiques, liés à la guerre, et c'était pour cela qu'ils acceptaient de risquer leur vie pour aider des enfants juifs, parce qu'ils estimaient n'avoir plus rien à perdre. Chez tout autre qu'eux, cette attitude aurait pu paraître téméraire, mais Dieter et Anna étaient déterminés à sauver le plus d'enfants possible, tant qu'ils le pouvaient encore.

— Je crains que nous ne puissions plus continuer longtemps, avoua-t-elle. Je prie toujours pour que tout s'arrange, mais je me demande parfois si…

— S'ils pourront encore être en sûreté quelque part ?

Anna soupira.

— Oui… Ça ne veut pas dire que je ne veux pas continuer, mais parfois, je pense à toutes les personnes impliquées dans chacune de ces évacuations, à tous les éléments qui doivent s'imbriquer pour que ça marche. À chaque mois qui passe, ça me semble de plus en plus compliqué.

— Je sais, reconnut Dieter. Mais tout ce qu'on peut faire, à notre niveau, c'est essayer d'agir, ce qui est déjà plus que ce que font la plupart des gens.

— Si seulement il y avait moyen d'en faire plus ! De préserver l'unité de ces familles au lieu de devoir faire passer ces enfants tout seuls, livrés à eux-mêmes.

Dieter se contenta d'émettre un grognement indistinct. Anna prit cela pour une marque d'acquiescement, mais en attendant, elle n'était pas plus avancée. Comment faire ? À part cacher d'autres Juifs chez ses parents, elle était à court d'idées.

Ils roulèrent un moment sans rien dire, ballottés par les cahots. Les routes étaient jonchées de morceaux de béton, de bois et autres débris d'immeubles, conséquences du raid aérien de la nuit passée. À un quart d'heure environ de la sortie de Berlin, ils passèrent devant les vestiges fumants d'une usine qui avait été détruite par les puissances ennemies. Anna avait beau espérer que les Anglais et les Américains parviendraient à repousser l'armée allemande et à mettre fin à la guerre, elle savait aussi qu'au moment du bombardement, l'usine frappée abritait nombre de jeunes femmes célibataires et de mères, obligées de laisser leurs enfants seuls à la maison ou avec leurs grands-parents afin de gagner de quoi payer le loyer.

Elle se reconcentra sur Dieter.

— Tu n'as pas eu de messages ? Pas de lettres depuis la dernière fois qu'on s'est parlé ?

L'ambulancier fit non de la tête.

— Je ne sais même pas si elle est encore en vie. La dernière fois que j'ai demandé ce qu'elle était devenue, on m'a dit que j'allais finir par me faire arrêter moi aussi, si je continuais à poser trop de questions.

La femme de Dieter, qui était à moitié juive, avait été rassemblée dans la rue avec d'autres habitants de leur quartier, et emmenée dans un lieu inconnu. Cela s'était passé deux ans plus tôt, quelques mois à peine avant qu'Anna fasse la connaissance de Dieter, soit peu de temps après qu'elle avait été elle-même plongée dans la tragédie. À cette époque-là, les nazis étaient déterminés à purger la société de toute personne ayant une seule goutte de sang juif dans les veines.

Anna regarda par la vitre. Une grosse carcasse gisait dans l'herbe, juste à la sortie de la ville. Elle mit un moment à comprendre qu'il s'agissait d'un cheval. Passé sa première réaction de tristesse à la vue de ce magnifique animal mort, elle pesta intérieurement : laisser pourrir toute cette viande alors que tant de familles mouraient de faim ! Se nourrir était tellement plus difficile en ville où les habitants n'avaient pas la possibilité de chasser ni de faire pousser des légumes pour compléter leurs tickets de rationnement.

— Tu sais ce qui s'est passé, ici ? demanda-t-elle à Dieter qui ralentissait.

La carcasse du cheval était entourée de restes fumants, comme si tout avait été récemment incendié.

Dieter jeta un coup d'œil par la vitre.

— C'était une famille de gitans. La plupart d'entre eux ont été réinstallés il y a longtemps, mais ceux-là étaient arrivés la semaine dernière.

— Ils ont tous été emmenés ?

— À ce qui se dit, on aurait aperçu une petite fille en train de leur parler. Elle aurait été vue en train de caresser le cheval par un gars du coin qui s'est précipité pour la « tirer de leurs griffes ». Comme si les gitans allaient la tuer… Il a été fêté en héros pour lui avoir sauvé la vie.

Anna refoula ses larmes en songeant à ce qui se passait autour d'elle : la cruauté, l'avilissement de ses compatriotes allemands, leur volonté de croire à de tels mensonges… tout cela lui brisait le cœur.

— Ils ont abattu le cheval, le mari et le grand-père, puis ils ont mis le feu avant d'emmener les femmes et les enfants.

— Pour les mettre dans un train à destination des camps, murmura Anna. Si tant est qu'ils ne les aient pas tués avant.

Les nazis haïssaient les gitans presque autant que les Juifs. Petite fille, Anna était fascinée par les gens du voyage lorsque ces familles passaient devant sa maison de campagne et elle allait souvent leur rendre visite sous le regard attentif de sa mère. Parfois, elle leur apportait de la confiture ou quelque autre attention faite maison. Sa mère finissait par repartir en lui disant de se dépêcher de rentrer à la maison lorsqu'elle aurait fini de jouer. C'était facile de se lier d'amitié avec les petits gitans qui, à force d'aller par monts et par vaux, avaient l'habitude de rencontrer des gens. Mais à l'adolescence, ses parents lui avaient défendu d'approcher les campements de gitans, de crainte que quelqu'un puisse la voir.

— Tu penses que les choses changeront un jour, Dieter ?

Il tourna la tête vers elle et à son regard vide, Anna comprit qu'il était aussi pessimiste qu'elle sur l'avenir de leur grand pays.

— À une époque, je l'ai cru, oui. Mais plus maintenant. Je veux croire qu'un jour, les gens retrouveront la raison, mais ils sont comme ensorcelés, hors d'atteinte.

— Si ma sœur est parvenue à changer sa vision du monde, l'espoir est peut-être permis pour les autres, avança-t-elle.

— Tu crois qu'elle gardera le secret ? Tu lui fais confiance ?

Anna hocha la tête.

— Oui, je lui fais confiance. Elle est peut-être encore un peu tiraillée par ses anciens principes, mais pas s'agissant de sa famille. Jamais Ava ne ferait quoi que ce soit qui puisse nous mettre en danger.

Anna se laissa aller contre le dossier de son siège et regarda à nouveau le monde défiler par la vitre. Certains jours, elle se demandait si tout cela en valait vraiment la peine… et puis elle repensait à tous les enfants qu'ils avaient déjà sauvés et à tous ceux qui avaient encore besoin de leur aide. Ce qui l'amenait à s'interroger sur l'attitude de ses compatriotes. Ils étaient si peu à lever le petit doigt pour aider ceux qui en avaient tant besoin. En même temps, elle pouvait les comprendre… Peut-être aurait-elle eu peur d'agir, elle aussi, si elle avait eu des enfants à protéger. Néanmoins, le fait qu'ils acceptent une telle cruauté sans broncher, voire qu'ils restent indifférents à ce qui se passait la révoltait. Le revirement d'Ava, en revanche, lui laissait espérer que d'autres allaient également ouvrir les yeux.

Les enfants qu'ils transportaient dans l'ambulance n'en étaient qu'au tout début de leur itinéraire : tout d'abord, ils devraient traverser la France grâce aux réseaux de la résistance, puis il leur faudrait poursuivre leur périple jusqu'au Portugal avant de pouvoir être réellement en sécurité. Mais Anna savait qu'ils faisaient tout ce qui était en leur pouvoir pour leur donner une chance de s'en sortir. Elle ne savait pas trop ce qui se passait pour ces enfants une fois qu'elle les confiait aux réseaux de passeurs, mais elle connaissait la ville où ils seraient logés et elle conservait des copies de leurs papiers d'identité afin de pouvoir les retrouver, un jour.

L'ambulance ne pouvant trop s'éloigner de l'hôpital, afin de ne pas éveiller les soupçons, leur lieu de rendez-vous habituel se trouvait en dehors de Berlin, sur une route de campagne où ils ne risquaient pas d'être vus. Une autre ambulance les attendait là-bas et tant que tout le monde s'en tenait à la même version, il n'y avait pas de raison pour que l'opération capote, même en cas de contrôle.

Anna se redressa soudain sur son siège.

— Là-bas, je vois l'ambulance, là-bas ! Faisons aussi vite que possible, comme la dernière fois.

Ils se garèrent sur le bas-côté de la route et comme toujours, Anna sentit son rythme cardiaque s'accélérer, davantage sous l'effet de la peur que de l'adrénaline. Si jamais les choses tournaient mal, il y avait d'autres vies que la sienne en jeu.

Dès que Dieter eut coupé le contact, elle descendit de l'ambulance et se précipita à l'arrière pour ouvrir en grand les deux portières. Elle sourit aux deux petits enfants qui étaient assis là bien sagement. Malgré leur bonne mine, ils étaient emmitouflés comme s'ils étaient malades ; leurs petites valises, remplies d'effets personnels, étaient cachées sous les brancards.

— Coucou, mes lapins ! lança-t-elle d'un ton enjoué en montant à l'arrière pour déposer un baiser sur la tête de l'un, puis de l'autre. Vous vous souvenez de ce que je vous ai dit ? Qu'il faudrait se dépêcher au moment de changer d'ambulance ?

Les deux enfants firent oui de la tête en la regardant avec de grands yeux.

— Eh bien, c'est maintenant ! Alors, prenons vite vos affaires et allons-y !

Elle aida d'abord la petite fille à descendre, récupéra sa valise, sortit ses papiers d'identité et les lui épingla au manteau afin qu'ils ne se perdent pas. Après l'avoir confiée à Dieter, elle s'occupa du petit garçon. En le soulevant, elle s'aperçut qu'il tremblait de peur. Son cœur se serra d'horreur et de révolte.

— Allez, maintenant, on va aller jusqu'à l'autre ambulance.

Elle fit une petite pause : le contact de ce petit corps chaud lui rappelait la sensation de son propre fils, la sensation d'être une maman, d'avoir un enfant blotti contre sa poitrine. Les souvenirs la rattrapaient parfois au pire des moments.

— Anna ?

— J'arrive ! s'empressa-t-elle de répondre en vérifiant qu'elle avait bien les affaires et les papiers du petit garçon avant de le confier lui aussi à Dieter.

Elle le suivit jusqu'à l'autre ambulance. Une fois les petits installés à l'intérieur, ils leur firent au revoir de la main. Parfois, leur mission était plus compliquée, car ils devaient cacher les enfants. Mais ces deux-là avaient des papiers d'identité et une histoire plausible à raconter, aussi le plus simple était-il de les transporter au vu et au su de tous. En agissant normalement, comme s'ils transféraient deux jeunes patients, ils seraient plus détendus, chose qui pouvait décider de la réussite de l'opération : les SS avaient le don de flairer la peur chez les autres. Anna ne voulait pas leur donner la moindre raison de douter du bobard qu'elle leur servirait si jamais leur ambulance se faisait contrôler par une patrouille.

— À la prochaine ! leur lancèrent l'autre ambulancier et l'autre infirmière.

Anna hocha la tête et regarda l'ambulance s'éloigner. Si seulement elle avait pu garder les enfants un peu plus longtemps dans ses bras, leur montrer à quel point ils étaient aimés, mais aussi se perdre dans la sensation d'avoir un tout petit blotti contre sa poitrine. Dieter posa sa grosse main sur son épaule.

— Allez, Anna. Il faut qu'on y aille, nous aussi.

Elle le suivit en s'essuyant les yeux. Que la vie était devenue cruelle pour qu'on en soit à devoir faire passer clandestinement la frontière à deux petits enfants, dans le seul but de les sauver de la mort, tandis que leurs parents continuaient à se terrer quelque part, quand ils n'étaient pas déjà en camp de concentration. Vivants, mais pour combien de temps ? Plus elle entendait parler de ces camps, plus elle était convaincue que nul n'en reviendrait jamais.

— Croisons les doigts pour qu'il n'y ait pas de bombardements cette nuit, soupira Dieter. Hier soir, j'ai failli rester dans mon lit tellement j'étais crevé. Impossible de me décider à me traîner jusqu'à l'abri.

— Tu te serais senti mieux ? lui demanda-t-elle, comprenant ce qu'il voulait dire. Si tu étais resté dans ton lit ?

Dieter quitta une seconde la route des yeux pour la regarder.

— Cette nuit, oui. Parce que notre maison n'a pas été touchée. Mais au dernier moment, j'ai pensé à Amelia. Je me suis dit : s'il y a la moindre chance pour qu'elle rentre un jour à la maison, pour qu'elle survive à l'enfer dans lequel elle est en ce moment, qu'est-ce qu'elle serait en pétard contre moi ! Que j'aie eu la flemme de sortir du lit pour aller me mettre à l'abri… Tout ça parce qu'elle n'était pas là pour me mettre des coups de pied aux fesses…

En dépit de sa tristesse, Anna se mit à rire, pleine de reconnaissance envers Dieter qui essayait de lui remonter le moral. Au début, elle pouffa en l'entendant se représenter la scène avec véhémence, comme s'il était réellement terrifié à l'idée de se faire houspiller par une furie. Et puis, ils se mirent à rire tous les deux, si fort qu'elle avait du mal à respirer. Cela faisait bien longtemps qu'elle n'avait pas ri autant, elle en avait mal aux côtes et aux zygomatiques.

Alors, elle posa la main sur celle de Dieter, sachant à quelle vitesse on pouvait passer du rire aux larmes, consciente qu'il était profondément malheureux malgré sa volonté de lui rendre le sourire. Elle considérait Dieter comme un membre de sa famille et si elle l'avait pu, elle n'aurait pas hésité à échanger sa place avec celle de sa femme, afin qu'ils puissent être réunis.

— Elle va revenir, je le sais, murmura-t-elle. Nous devons continuer à croire aux miracles, sinon, que nous restera-t-il ?

Durant le reste du trajet, ils roulèrent en silence. Et comme souvent dans ces moments d'oisiveté, les pensées se mirent à tourner dans l'esprit d'Anna, la ramenant à ce jour fatidique où elle avait tout perdu.

***

Le sourire aux lèvres, elle se faisait une tasse de café. Elle allait s'asseoir dehors, au soleil, en attendant le retour de Michael et d'Hugo. Elle était consciente de sa chance d'avoir toujours son mari à la maison : son métier de pharmacien lui avait évité la mobilisation. Pourtant, elle était toujours épuisée. Courir après un tout-petit n'était pas de tout repos, et puis elle avait été de nuit toute la semaine à l'hôpital. Profiter d'un moment à elle, cela faisait des jours qu'elle en rêvait.

Sa tasse à la main, elle sortit de la maison, s'assit dans le jardin et but une gorgée de café. Elle ferma les yeux en savourant la sensation du soleil sur sa peau. Elle était même tentée d'enlever une couche de vêtements pour bronzer un peu. Avant d'avoir Hugo, elle allait au parc, les jours où elle ne travaillait pas, et prenait des bains de soleil avec ses amies. Mais aujourd'hui, c'était tout juste si elle avait le temps de voir le soleil, alors lézarder… ce n'était même pas la peine d'y penser.

Anna soupira, rouvrit les yeux et but une autre gorgée de café. Mais sa petite oasis de calme parfait fut pulvérisée par un énorme fracas, suivi d'appels au secours. Elle posa sa tasse, se rua à l'intérieur pour mettre ses chaussures et ressortit. Se guidant aux cris, elle eut la surprise de voir une foule massée dans la rue, non loin de chez elle.

Elle se mit à courir. Il devait y avoir eu un accident et elle voulait apporter de l'aide aux blessés, si possible. Il y avait beaucoup moins de médecins qu'avant, en ville, et une ambulance pouvait mettre beaucoup de temps à arriver.

La première chose qu'elle remarqua en approchant, ce fut une Mercedes d'un noir brillant en travers de la chaussée. Ensuite, elle vit un petit homme qui hurlait après un autre, le chauffeur, apparemment. C'était le docteur Joseph Goebbels – elle l'aurait reconnu entre mille – et un autre officier nazi de haut rang qui lui rappelait vaguement quelqu'un, une connaissance de son père, peut-être.

— Reconduisez-moi tout de suite au bureau ! Et roulez moins vite, cette fois !

— Bien, Monsieur, mais que fait-on pour l'homme et l'enfant ? Ne devrions-nous pas attendre qu'une ambulance arrive ou faire une déclaration à la…

— L'homme ? Aucune importance ! Ce n'est pas un soldat, il ne m'intéresse pas. Quant à l'enfant, il est déjà mort. Quelqu'un d'autre s'en occupera.

Anna se frayait un chemin à travers la foule de badauds lorsqu'elle entendit mentionner la présence d'un enfant parmi les blessés. Cela ne fit que renforcer sa détermination à proposer son aide.

— Laissez-moi passer, s'il vous plaît, je suis infirmière.

Alors que la dernière personne s'écartait, Anna s'arrêta net, clouée sur place, les yeux écarquillés. Une petite chaussure bleu marine, que le choc avait expédiée sur la chaussée, gisait sur le côté. Anna sentit une vague de panique la submerger. Cette petite chaussure, c'était celle d'Hugo, non ? Elle avait fait rentrer son petit pied dedans à peine un quart d'heure plus tôt, elle avait choisi cette paire pour aller avec son nouveau manteau en laine.

Par pitié, pas Hugo. Faites que ça ne soit pas Hugo, pensa-t-elle.

Mais à l'instant où elle vit le corps de l'enfant, ses petites jambes atrocement déjetées, elle sut. L'enfant mort dont on avait parlé en termes si désinvoltes, c'était son fils. Un sanglot jaillit de sa gorge. Elle se rua vers lui, tomba à genoux devant le corps de son petit garçon et se coucha littéralement sur lui pour l'ausculter, guettant un souffle, cherchant un pouls, tentant de percevoir un battement de cœur : un signe qu'Hugo était toujours en vie, que ces hommes s'étaient trompés.

« L'enfant, il est déjà mort. » Ces mots tournaient en boucle dans son esprit tandis qu'elle essayait en vain de réveiller son petit garçon. Alors, secouée de sanglots, elle lui souleva doucement la tête à deux mains, ses larmes tombant sur la peau trop blanche de son visage.

Un bruit l'arracha à son chagrin. Elle tourna la tête : non loin de là, Michael gisait sur la chaussée. Des gémissements montaient de sa poitrine. Anna se traîna vers lui comme une folle, vit la mare de sang sur le ciment. Autour de la tête de son mari.

— Michael, murmura-t-elle. Reste avec moi, je t'en supplie. Je ne peux pas te perdre, toi aussi. Je t'en supplie, ne me laisse pas seule…

Elle serra sa main de toutes ses forces dans la sienne, comme si elle pouvait le maintenir en vie à la seule force de sa volonté, mais elle entendit son dernier souffle franchir ses lèvres dans un frémissement. Au même instant, elle releva la tête en entendant la Mercedes disperser la foule à grands coups de klaxon rageurs.

Cet homme, le bras droit de leur Führer, avait écrasé un enfant. Un père et son fils. Et cet homme qui proclamait sur tous les tons que les enfants allemands étaient le bien le plus précieux de leur nation, cet homme était reparti avec son chauffeur, sans se soucier de la vie qu'ils venaient d'ôter.

Anna se traîna à nouveau vers son fils, tandis que deux braves femmes d'un certain âge s'accroupissaient auprès d'elle pour tenter de lui apporter un peu de réconfort. Elles ne cherchèrent pas à l'arrêter lorsqu'elle emporta le petit corps d'Hugo pour retourner s'écrouler près de Michael en essayant de prendre dans ses bras son mari et son fils décédés.

Ils devaient simplement aller chercher de la crème glacée. Ils devaient rentrer à la maison et jouer dans le jardin ensemble, s'étendre au soleil et contempler le ciel bleu après que leur fils se serait régalé avec son goûter de crème glacée. Ensuite, elle l'aurait mis à la sieste.

Au lieu de quoi, Anna les avait perdus tous les deux. Et les responsables s'étaient comportés comme s'ils avaient heurté un animal insignifiant et non un père et un fils bien-aimés. Comment pouvaient-ils être repartis comme si rien ne s'était passé ? Comme s'ils n'avaient pas ôté la vie à deux êtres si précieux ? Son mari et son fils chéris, qui marchaient tranquillement main dans la main dans le soleil de l'après-midi… On les lui avait arrachés sans crier gare.

Anna hurlait, un son inhumain, un cri de bête. Quelqu'un tentait en vain de la séparer de sa famille et de la relever. Tout ce qu'elle voulait, c'était se mettre en boule et mourir avec eux, ne pas éprouver la souffrance de rentrer à la maison sans eux.

Son beau petit garçon et son mari adoré, les deux amours de sa vie, n'étaient plus.

9

En fin d'après-midi, encore accablée par le poids de la mission à laquelle elle avait participé, Anna rentra à la villa du Bogensee. Dans à peine une heure, ses parents donneraient un somptueux dîner et sa mère lui avait demandé de venir la seconder. Ava allait bientôt arriver, elle aussi, ayant convaincu leur père qu'elle était désormais prête à évoluer dans leur univers clandestin, à entrer dans la duperie familiale. Anna espérait simplement que sa sœur ne se faisait pas d'illusions sur sa capacité à dissimuler.

— Dieu merci, te voilà ! soupira sa mère lorsqu'elle frappa à la porte de sa chambre, à l'étage.

Sa mère était en train de s'habiller. Elle se tourna vers la commode où un petit verre était posé et le vida d'un trait.

— Je l'ai dit à ton père, je ne sais pas combien de ces soirées je pourrai encore supporter.

Anna se plaça derrière sa mère, prit l'épingle à cheveux qu'elle lui tendait et la piqua dans son chignon.

— Même si ça te rend malade, souviens-toi que ce sont eux, les traîtres, et pas nous. Rien ne nous empêche de garder la tête haute.

Sa mère lui étreignit l'épaule.

— Je sais, ma chérie, je sais.

— Nous avons transféré deux patients, aujourd'hui, dit Anna en lui souriant dans le miroir.

Mais son regard était triste et sa mère loin d'être dupe.

— Eh bien, répondit-elle, je pourrai y repenser ce soir, derrière mon sourire de façade.

Anna vérifia que le chignon était parfait, avant de lui murmurer à l'oreille :

— Il faut que je monte voir Eliana. Pourrais-tu t'arranger pour que je puisse rester là-haut une dizaine de minutes ?

Sa mère se leva.

— Bien sûr. Et si tu allais choisir ta robe ? De mon côté, j'occuperai Helga afin qu'elle ne monte pas à l'étage.

Anna entra dans sa chambre, referma la porte et alla à sa penderie. Se dressant sur la pointe des pieds, elle accéda à la boîte à chaussures qu'elle avait rangée en hauteur. Elle s'assit sur le lit, ouvrit la boîte et contempla tous les papiers qu'elle contenait. Elle n'avait pas besoin de les compter pour savoir combien il y en avait : quatorze. Néanmoins, elle les prit un par un et lut le nom de chaque enfant à voix haute avant de laisser le papier retomber dans la boîte. Puis, elle sortit de sa poche les papiers des deux enfants d'aujourd'hui. Où se trouvaient-ils à cet instant précis ? se demanda-t-elle en ajoutant leurs papiers aux autres.

Depuis qu'elle avait commencé à compiler leurs noms et à consigner des détails sur leur fuite, elle se demandait comment les conserver efficacement, mais la nuit dernière, elle avait compris ce qu'elle devait faire. C'était comme si le vent avait tourné : comme écrasée par le sentiment que quelque chose était en train de la rattraper, elle avait compris qu'elle devait archiver ces noms en lieu sûr avant qu'il ne soit trop tard.

On frappa doucement à la porte de sa chambre.

— Anna ? appela sa mère.

Anna referma la boîte à chaussures et se hâta de suivre sa mère jusqu'au bout du couloir. Là, elles déplièrent le plus discrètement possible l'escalier escamotable qui menait au grenier.

— Je reviens dans dix minutes, la prévint sa mère. Dépêche-toi, tu n'as pas beaucoup de temps.

Anna grimpa les marches étroites, la boîte à chaussures sous le bras, et lorsque sa mère referma la trappe, elle cligna des yeux, le temps de s'accommoder à l'obscurité. Il régnait dans le grenier l'odeur caractéristique de tout lieu clos rempli de trop de gens et de trop d'affaires, un mélange de sueur et de parfum, mais elle refusa de plisser le nez.

Les quatre membres de la famille Goldman restèrent immobiles, habitués à rester silencieux et à se déplacer le moins possible dans la journée. C'est donc elle qui alla vers Eliana et David en murmurant des « Bonjour » au passage, tout en faisant attention où elle mettait les pieds. Elle ne prit pas la peine de leur rappeler qu'une soirée avait lieu en bas (ils le savaient déjà), mais elle dut répondre au débotté aux questions de David qui fusèrent dès qu'elle s'assit.

— Nous avons entendu des bombardements, cette nuit. Qu'est-ce qui se passe ? Quelles sont leurs cibles ?

— Ce sont des représailles, expliqua-t-elle. La *Luftwaffe* n'a cessé de pilonner le sud de l'Angleterre. Cela dit, d'après Ava, nous aurions perdu plus de la moitié de nos avions. Mais je suis sûre que le gouvernement nous présentera l'opération comme une grande victoire pour nous.

David et Eliana se penchèrent en avant, visiblement impatients d'en savoir plus sur les événements.

Anna poursuivit :

— Il n'empêche que les Anglais ont eu plus de succès que nous. La RAF a bombardé Magdebourg sans relâche cette nuit, c'est ce que vous avez entendu. Ils ont envoyé des centaines d'avions, ce n'est pas étonnant que vous l'ayez entendu d'ici.

— Qu'est-ce qu'on fera si les Anglais frappent la zone du Bogensee ? s'inquiéta David. Nous sommes des cibles faciles pour un raid aérien !

Anna attendit qu'Eliana ait calmé son frère en lui rappelant de ne pas élever la voix.

— Je n'en peux plus de chuchoter, grommela-t-il. Je veux sortir d'ici, je veux me battre au lieu de rester planqué !

— Je suis désolée, dit Anna, car il n'y avait rien d'autre à dire. Je regrette de ne pas pouvoir trouver un moyen de vous faire sortir d'ici, mais faire passer des Juifs, c'est pratiquement impossible, tu le sais bien. Père s'occupe de vous procurer des faux papiers, mais ces choses-là prennent du temps, sans parler des risques encourus.

— Mais moi, je pourrais t'aider, Anna ! J'ai commencé mes études de médecine, avant la guerre, je pourrais t'aider à sauver les enfants qu'on te confie.

Il détourna la tête, la voix brouillée par l'émotion.

— Je serais peut-être mieux dans un camp, finalement. Là-bas, au moins, je pourrais aider, être utile…

— Je te comprends, David, du moins, autant qu'il est possible de comprendre. Mais si jamais tu te faisais prendre et qu'on te transférait dans l'un de ces camps... Il y aurait de fortes chances que tu ne passes pas la première nuit, que tu n'aies même pas l'occasion d'aider qui que ce soit. Tandis qu'ici, au moins...

Il hocha la tête et Anna revit le jeune homme qu'il était avant, celui qui rêvait de devenir médecin, qui était toujours le premier à leur ouvrir la porte s'ils descendaient au même moment qu'elles ou leur mère, toujours le sourire aux lèvres. Un homme dont les rêves étaient toujours bien réels, même s'ils ne tenaient plus qu'à un fil.

Dans le silence qui suivit, Anna prit le risque d'ouvrir sa boîte à chaussures, sachant qu'elle n'avait plus que quelques minutes avant que sa mère revienne la chercher.

— Eliana, j'aimerais que tu me rendes un service. Ce sont les papiers d'identité de tous les enfants que j'ai réussi à faire sortir clandestinement de Berlin : je voudrais que tu scelles chaque document dans un pot en verre.

Eliana lui prit la boîte à chaussures des mains et se mit à en sortir les papiers un à un, les passant à David pour qu'il en prenne connaissance. Frau Goldman se rapprocha un peu elle aussi, puis elle dévisagea Anna.

— Tous ces enfants ? Ils ont tous été sauvés grâce à vous ?

— Je ne puis qu'espérer qu'ils soient sauvés, Frau Goldman, et ce n'est pas grâce à moi. Je ne suis qu'un rouage dans un réseau bien plus vaste, à Berlin, en France et au Portugal. Mais nous avons fait de notre mieux pour les faire sortir d'Allemagne.

— Où comptes-tu cacher ces papiers ? s'enquit Eliana. Tu veux que nous les gardions ici ?

— Non, j'ai l'intention de les cacher dans le jardin, là où personne n'aura l'idée d'aller chercher. Ensuite, nous planterons des légumes par-dessus, afin de justifier que le sol ait été retourné à cet endroit.

Eliana sourit.

— C'est ingénieux. Bien sûr, nous allons t'aider. C'est très beau ce que tu fais, Anna.

Entendant un petit coup frappé à la trappe, Anna se hâta d'embrasser Eliana.

— Tu trouveras des pots à confiture vides quelque part par là, dans l'un de ces grands cartons. Je dois y aller, maintenant. Et surtout, ne faites pas plus de bruit qu'une petite souris ce soir, c'est bien compris ?

— Promis, dit David.

Anna les regarda une dernière fois, tandis qu'Eliana lui demandait avec émotion :

— Tu me permettras de faire aussi une bouteille pour ma famille ? Pour qu'il reste une trace de nos noms et de notre généalogie ?

Anna plaignait les Goldman de tout son cœur. Voir Eliana et David cachés dans ce grenier lui brisait le cœur à chaque fois. Mais entendre Eliana prononcer ces mots, savoir qu'ils risquaient de ne pas voir la fin de la guerre (à condition qu'elle finisse un jour) lui fit l'effet d'un coup de poignard dans le ventre.

— Bien sûr, répondit-elle sobrement.

Quelques secondes après, l'escalier était de nouveau déplié. Anna se dépêcha de redescendre, puis d'aider sa mère à le replier.

— Tu leur as rappelé qu'on donnait un dîner, ce soir ?

— Oui, maman, je le leur ai rappelé. Mais, à mon avis, ils ne risquaient pas de l'oublier, vu les personnes qu'on reçoit.

Elles restèrent un moment face à face, les yeux dans les yeux, le souffle court, chacune redoutant la suite. À l'instant où la porte d'entrée s'ouvrirait, elles devraient bouger, agir, ressentir, rire, comme deux femmes au comble du bonheur, comme si c'était un immense privilège d'avoir à leur table un ramassis de monstres accompagnés de leurs épouses.

— Nous allons très bien nous en tirer, Anna, comme toujours, la rassura sa mère. On forme une bonne équipe.

Anna se laissa aller contre elle, la tête sur son épaule.

— Je sais, maman. Je sais.

Sauf que faire semblant ne lui avait jamais semblé aussi difficile que ce soir où justement, on attendait qu'elle livre sa meilleure prestation de comédienne. Autant dire que ce n'était pas l'idéal. Une chose cependant la soulageait : ne plus avoir à cacher ses convictions et ses agissements à sa sœur.

***

Moins d'une heure après, Anna se reconnut à peine dans le miroir. Ses pommettes lui parurent plus saillantes, sa bouche plus grande, sans doute parce que son visage s'était creusé, ces derniers mois. Elle se força à sourire, constata que cela lui éclairait le regard et transformait sa physionomie, et sut que d'ici la fin de la soirée, elle aurait mal aux joues d'avoir gardé cette expression figée.

Si seulement j'avais mal aux zygomatiques à force de sourire et de rire sans modération avec ma famille... Avec mes amis.

Elle se contempla une dernière fois dans le miroir, longuement, avant de prendre une profonde inspiration et de redresser la tête. *Je vais y arriver. Il faut simplement que je me rappelle pourquoi et pour qui je le fais et je me rendrai compte que ça en vaut la peine.*

Ava vint se placer près d'elle et referma ses doigts sur les siens en regardant leur reflet à toutes les deux dans le miroir. Sentant le tremblement qui agitait sa sœur, Anna répondit en lui serrant la main encore plus fort. En réalité, elle avait aussi peur qu'Ava, voire plus, car c'était le premier soir où elle allait devoir jouer la comédie en société.

— Tu es prête ? murmura-t-elle.

Ava opina du chef.

— Fin prête.

10

Anna descendit l'escalier, les yeux baissés, effleurant la rampe des doigts. Elle mourait d'envie de s'y agripper, mais elle s'en empêcha : elle avait un rôle à jouer et Ava n'était qu'à quelques marches derrière elle. Lorsqu'elle releva enfin les yeux, c'est sa mère qu'elle vit en premier : blonde, élégante et posée, elle incarnait l'épouse parfaite, son chignon mettant en valeur le collier en diamants que son mari lui avait offert pour leur vingtième anniversaire de mariage, un an avant le commencement de la guerre. Puis elle vit son père qui lui souriait au bas de l'escalier. Il s'entretenait avec quelques-uns de ses collègues. Ceux-ci, tirés à quatre épingles dans leur uniforme impeccablement repassé, avaient le regard fixé sur elle.

Elle savait ce qu'ils pensaient tous : ils auraient bien aimé l'avoir à eux, ou la donner à l'un de leurs fils. Aucun des invités de ce soir ne savait qu'elle était veuve. Heureusement, Ava se ferait moins reluquer qu'elle, puisqu'elle était déjà fiancée à l'un des leurs, songea Anna avec satisfaction.

— Ah, la voilà ! annonça son père avec un grand sourire.

Il s'avança pour lui prendre le bras et l'embrassa sur la joue.

— Je suis sûr que vous vous souvenez tous d'Anna, ma fille aînée ?

Anna sourit et, de sa main libre, lissa des plis imaginaires sur sa robe en entendant Ava être accueillie par leur mère et saluée par les femmes qui l'entouraient. Mais ce n'est qu'au prix d'un gros effort qu'elle put garder le sourire en voyant la table magnifiquement dressée, les verres de vin remplis à ras bord et le fastueux déploiement de victuailles. Tous ces hommes allaient se remplir la panse, tandis que les patients qu'elle soignait à l'hôpital souffraient tellement de la faim qu'on leur voyait les côtes, leurs tickets de rationnement ne suffisant pas à les nourrir. Tant de gens s'accommodaient de si peu, alors que cet étincelant assortiment de l'élite nazie ne devait même pas connaître le rationnement du café.

L'un des hauts gradés lui prit la main.

— Fräulein Müller, quel plaisir de vous revoir.

Poliment, elle contint un frémissement de dégoût lorsque sa moustache lui chatouilla le dessus de la main où ses lèvres humides s'attardaient un peu trop.

— Dites-moi, y a-t-il déjà un petit veinard sur les rangs ? Ou pourrais-je vous convaincre de faire la connaissance de mon fils dès qu'il aura une permission ?

Anna lança un coup d'œil à son père qui se contenta de sourire.

— Ces derniers temps, répondit-elle, je suis tellement accaparée par mon travail à l'hôpital que je n'ai pas eu l'occasion de rencontrer quelqu'un, hélas. Mais je me réjouis à l'idée de voir rentrer tous nos soldats victorieux dans un proche avenir.

— Eh bien, entre nous soit dit, certains de nos fils, tous d'excellents partis, vont bientôt être basés plus près de chez nous ! lança un autre dignitaire du parti en donnant un coup de coude à son père. Nous ne serions que trop heureux de vous les présenter le moment venu, Fräulein Müller.

Sa mère apparut.

— Viens avec moi, ma chérie.

Et elle l'attira vers elle en décochant son sourire le plus éblouissant à l'assemblée. Si Anna avait éveillé l'intérêt de ces hauts gradés, sa mère semblait littéralement les subjuguer. Elle savait quel geste faire et comment se servir de son regard pour détourner l'attention d'un homme, sans jamais rien oser qui puisse paraître inconvenant.

— Ne parlons plus de mariages et de maris ! déclara-t-elle. Notre petite Ava doit déjà convoler en justes noces dès que la guerre sera finie ; quant à notre chère Anna, elle est très prise par son travail d'infirmière. Elle a tout le temps de se marier, après tout, elle est encore jeune.

Un grommellement indigné parcourut le groupe d'officiers. Que des femmes doivent occuper les postes laissés vacants par les hommes, c'était tout de même incroyable ! Mais Anna connaissait le refrain : la place d'une femme était au foyer, où elle devait s'occuper de son mari et faire des enfants. La sexualité ne devait avoir qu'un seul objectif : peupler leur grand pays d'une kyrielle d'enfants. Seuls les plus âgés de ceux qui la reluquaient devaient avoir leur plaisir en tête. Elle regrettait de ne pas pouvoir leur crier à la face qu'elle n'était pas une fille à marier, mais une veuve qui pleurait toujours son mari. Et quand bien même l'auraient-ils su, ils s'en seraient bien moqués : tout ce qu'ils voyaient, eux, c'était une jeune femme qui cochait toutes les cases de leur petite liste d'idéaux, ce qui faisait d'elle une parfaite jument poulinière.

— Tu es très belle, comme toujours, lui murmura sa mère avant de la prendre par la main pour la présenter aux épouses de ces hommes. Continue simplement de sourire et n'oublie pas de respirer, cela suffira à les charmer. Fais-leur croire que tu es ravie de les voir ce soir.

— Anna, il paraît que vous êtes infirmière, l'interrogea l'une des femmes en buvant une gorgée de vin. Dites-nous, les blessures causées par les bombardements sont-elles très graves ?

— Il paraît qu'ils ciblent les enfants et les usines où travaillent leurs mères ! s'indigna une autre.

Anna regarda ces femmes aux yeux inquisiteurs qui formaient un cercle autour d'elle. Que savaient-elles réellement de la guerre ? C'était de jolis oiseaux de volière, qui n'avaient pas la moindre idée de ce qui se passait dans le monde réel, hors de leur cage dorée. Anna regarda sa sœur qui souriait poliment.

— C'est vrai, répondit-elle, il y a beaucoup de femmes et d'enfants parmi les blessés. Je passe le plus clair de mon temps en pédiatrie, à soigner ces enfants qui ont tant besoin de nous, et parfois aussi, on m'envoie en ambulance faire le tri des victimes sur des lieux de bombardements ou d'incendie.

Les femmes étouffèrent des exclamations horrifiées, murmure collectif qui fit se retourner leurs maris.

— Qu'est-ce qui se raconte de si dramatique, là-bas ? lança l'un d'eux.

Anna passa le bras sous celui d'Ava qui s'était rapprochée et afficha un air innocent.

— Je vous prie de m'excuser, messieurs, j'ai choqué ces charmantes dames avec le récit des blessures que je vois à l'hôpital. Le résultat des derniers raids aériens…

Soudain, elle crut que son cœur s'arrêtait de battre : Goebbels en personne venait d'apparaître dans son champ de vision. Il devait être aux toilettes lorsqu'elle était descendue, tout à l'heure, car elle était bien certaine de ne pas l'avoir vu à ce moment-là. Une violente bouffée de chaleur lui embrasa tout le corps. Sa mère lui prit la main fermement tout en faisant signe à Helga d'apporter un verre de vin.

— Continuez, Fräulein Müller, intervint Goebbels. Ou devrais-je dire Frau Wittels ?

Anna déglutit péniblement. Témoin de sa détresse, son père vint à sa rescousse.

— Il me semble important, Joseph, que tout le monde, y compris les femmes, prenne la mesure de la barbarie de l'ennemi, tu ne trouves pas ? Pour ma part, j'ai toujours encouragé Anna à nous dire la vérité, à nous faire part des blessures horribles qu'elle voit quotidiennement à l'hôpital, et je sais que les Vérités du jour que nous venons de mettre en place permettront aux femmes de cerner d'autant mieux notre ennemi, tu n'es pas de cet avis ?

— Je t'approuve de tout cœur, répondit Goebbels avec un sourire. Ivan est un ennemi féroce, d'une intelligence primaire, mais brutal au combat. Les Anglais, en revanche, sont rusés. Ils ne comprennent pas notre objectif aussi clairement que nos amis polonais ou italiens et nous posent clairement plus de problèmes.

Tout le monde avait fait silence pour l'écouter religieusement. Goebbels était le bras droit d'Hitler, un homme qu'on devait à la fois craindre et vénérer, et personne n'aurait osé l'interrompre.

— Qu'en pensez-vous, Fräulein Müller ?

Anna baissa légèrement la tête et prit une lente inspiration avant d'oser croiser son regard. *On dirait qu'il sait tout ce qu'il m'a pris, mais c'est impossible. Il ne peut pas savoir, il ne peut pas mesurer l'ampleur de mon deuil.* Mais lorsqu'il l'avait appelée par son nom de femme mariée, tout à l'heure, elle avait eu l'impression qu'il la narguait.

Elle parvint néanmoins à prendre la parole.

— Je pense qu'évacuer toutes ces familles de Berlin était la meilleure chose à faire, car, comme vous avez eu raison de le souligner, nos ennemis sont très rusés. Nous avons perdu beaucoup trop de bons citoyens allemands dans les bombardements et il est impératif de protéger les enfants.

Sa voix se brisa sur le dernier mot. Goebbels soutenait son regard.

— Bien dit, approuva-t-il.

Sur ce, il lui adressa un bref sourire avant de s'éloigner.

Anna regarda son père, s'attendant à ce qu'il dise quelque chose, mais lorsqu'elle vit la sueur qui perlait à son front, sa main posée sur sa poitrine, elle comprit qu'elle devait agir avant que l'un des hauts dignitaires du parti s'aperçoive que quelque chose n'allait pas.

Elle le prit par le bras.

— Papa, pardon de t'interrompre, mais j'avais oublié que…

— Laisse donc ton père tranquille, petite ! gloussa l'un des hommes en lui faisant signe de s'écarter. À moins qu'Hitler en personne n'ait besoin de ses…

— Je vous demande bien pardon, mais cela concerne le cognac et les cigares que vous prendrez après le dîner, murmura-t-elle en lui adressant un petit sourire discret. Je ne voudrais pas que ces messieurs soient déçus.

À ces mots, ils rirent de plus belle, mais pas à ses dépens cette fois et, agrippant le bras de son père, elle le conduisit jusqu'à son bureau.

Elle referma la porte derrière eux et l'aida à s'asseoir sur le canapé en cuir. Il avait le visage blême et voilé de sueur. Anna lui défit le col et lui desserra sa cravate.

— Il faut que tu voies un médecin, chuchota-t-elle. Je n'ai pas assez d'expérience en…

— Pas de médecin, articula son père en fermant les yeux, la main sur le cœur. Tu sais bien que je ne peux pas.

Elle lui prit le pouls en le considérant avec inquiétude. Soudain, elle se figea, le souffle coupé, en entendant le cliquetis de la porte.

— Ava ! s'exclama-t-elle dans un murmure, en lâchant le poignet de leur père. Tu m'as fait une de ces peurs !

— Il est malade, n'est-ce pas ? dit sa sœur, les larmes aux yeux. Je savais que quelque chose n'allait pas, j'ai bien compris que ce n'était pas un simple rhume, la semaine dernière, au bureau, et je vois bien que son état ne s'est pas amélioré.

Anna se mordit la lèvre inférieure en croisant le regard d'Ava et hocha lentement la tête.

— Serais-je donc toujours la dernière informée dans cette famille ?

Leur père épargna à Anna de devoir lui répondre, mais elle mit tout de même de la musique, sachant à quel point son père était paranoïaque au sujet de leurs conversations.

— Il faut que personne ne soit au courant, tout ceci doit rester entre ces quatre murs, dans le cercle fermé de notre famille, dit-il d'une voix si faible et rauque qu'Ava dut s'approcher pour l'entendre. Tout signe de maladie grave ou d'incapacité serait vu comme une faiblesse de ma part, et ce n'est pas quelque chose que je suis prêt à leur donner, pas encore.

— Cela fait un moment que nous essayons de le cacher, murmura Anna, mais il refuse de voir un médecin. Je pense que c'est le cœur.

Elle vit les doigts d'Ava se crisper sur son verre à vin et les larmes couler sur ses joues.

— Je l'ai emmené ici le temps qu'il reprenne sa respiration et que la morphine fasse effet. J'ai réussi à en subtiliser un peu à l'hôpital : apparemment, une petite dose permet de le soulager sans entraver ses capacités.

— Il va revenir au salon ? s'enquit Ava.

— Il n'a pas tellement le choix.

Sa sœur s'essuya les joues et releva le menton.

— Dis-moi ce que je peux faire, alors. Tu veux que je retourne là-bas ou que je reste ici avec lui ?

— Va plutôt leur faire ton numéro de charme, afin qu'ils oublient l'absence de papa, répondit Anna en lui prenant la main. Nous te rejoindrons très vite, c'est promis. Laisse-moi simplement le temps d'apaiser sa douleur et de lui redonner quelques couleurs.

— Ça, c'est dans mes cordes. Ces hommes-là, je les croise tous les jours au bureau. Je sais très bien comment me comporter avec eux.

Ava se pencha pour déposer un baiser sur la joue de son père pendant qu'Anna allait chercher la morphine qu'elle avait cachée dans le tiroir du bureau. En quelques minutes, elle rajusta la cravate de son père, l'aida à se remettre debout et bras dessus, bras dessous, ils retournèrent dans le salon.

— Je vais voir si on a besoin de moi en cuisine, dit Anna en adressant au cercle d'hommes son sourire le plus envoûtant, du moins l'espérait-elle. Veuillez m'excuser.

— Qu'est-ce qui t'a retenu si longtemps, Karl ? s'enquit l'un des militaires en lui donnant une grande claque dans le dos.

Anna retint sa respiration : son père se mit à tousser, le visage marqué par la souffrance, mais alors qu'il portait une main à sa poitrine, le rire d'Ava fusa, détournant l'attention de l'assemblée masculine. Anna n'avait jamais éprouvé une telle reconnaissance envers sa sœur. Elle coula un regard en direction de son père : la manœuvre d'Ava lui avait donné le temps de se ressaisir. Sa sœur ne mentait pas lorsqu'elle prétendait être capable de s'occuper de leurs invités.

Anna s'éloigna pendant que les femmes murmuraient sur son passage : quel gâchis qu'une aussi belle femme n'ait pas encore d'enfants et qu'elle doive travailler autant ! Lorsqu'Anna arriva devant la porte de la cuisine, elle se retourna pour regarder non pas les femmes qui parlaient d'elle, mais Goebbels. Elle avait l'impression qu'il l'observait, qu'il la suivait du regard, mais non. Il lui tournait le dos, s'adressant à un groupe d'hommes subjugués par l'histoire qu'il leur racontait. *Mon esprit me joue des tours, il ne sait rien du tout. Il ne sait pas ce qu'il m'a pris et il est impossible qu'il soit au courant de l'état de mon père.*

Elle reprit son chemin vers la cuisine, flageolant sur ses jambes en raison du subterfuge dont elle venait d'user. À deux doigts de s'effondrer, elle trouva Helga, entourée de victuailles.

— Anna, tu te sens bien ? s'inquiéta cette dernière en s'interrompant.

Anna opina du chef.

— Tant que tu ne me demandes pas de retourner là-bas tout de suite, ça ira. J'ai besoin de m'isoler un peu de toute cette agitation, c'est tout.

Agrippée au plan de travail, elle ferma les yeux le temps d'une seconde.

— Anna…

— Je vais bien, je t'assure. Ou du moins, ça va aller. Laisse-moi te préparer un panier à emporter chez toi, dit-elle en rouvrant les yeux.

Elle se plaqua à nouveau un sourire sur le visage, son répit déjà terminé.

— Il y a bien trop à manger pour un seul dîner et je doute fort que nos invités veuillent repartir avec les restes.

Helga contourna le plan de travail et prit la main d'Anna en la regardant droit dans les yeux. Elles se comprenaient sans mot dire, la guerre leur ayant arraché des êtres chers à toutes les deux.

— Prends ton temps, j'aime bien avoir de la compagnie en cuisine.

— Merci, répondit Anna en lui pressant les doigts.

Elles s'essuyèrent les yeux et Anna considéra une fois encore le festin.

— Je vais commencer à apporter les plats à table pendant que tu termines. C'est un repas de roi que tu nous as fait là.

Mais elle ne devait pas s'occuper que de la table : si elle voulait prendre sa place parmi les invités, elle devait se montrer charmante et discrète, afin d'incarner la fille parfaite de Karl Müller ; c'était le meilleur moyen de s'élever au sein du parti. Ce qui signifiait qu'elle allait devoir faire semblant de s'intéresser à au moins l'un des partis dont on allait lui parler, car le sujet du mariage ou des fréquentations n'allait pas tarder à revenir sur le tapis, une fois de plus.

Par chance, les invitées passèrent le repas à parler entre elles de leurs propres enfants et Anna se retrouva à écouter Magda Goebbels leur raconter que l'une de ses filles venait d'intégrer la *Jungmädelbund* et que son petit uniforme lui allait à ravir. Anna avait du mal à garder le sourire ; cela lui rappelait l'époque de sa propre intégration dans le groupe local et surtout l'humiliation d'avoir dû rester allongée, nue et parfaitement immobile, sous le regard du vieux médecin nazi qui l'avait examinée sous tous les angles. Tout ce dont elle se souvenait, c'était qu'on lui avait dit de ne pas bouger quand elle s'était mise à gigoter et qu'à la fin de l'inspection, on lui avait dit qu'elle était une fille très spéciale. Sur le moment, elle n'avait pas saisi ce que cela voulait dire, ce n'était que plus tard qu'elle avait compris qu'on l'avait classée dans la meilleure catégorie, celle des reproductrices. Les blondes aux yeux bleus et à l'air sain sortaient toujours du cabinet du médecin les poches pleines de friandises, en guise de récompense.

Anna chassa ces souvenirs et sourit avec les autres invitées, s'efforçant d'avaler sa bouchée de nourriture alors qu'elle avait envie de tout recracher de dégoût.

***

À la fin de la soirée, tandis qu'elle souhaitait bonne nuit à tous les invités en compagnie de ses parents, Anna crut qu'elle allait s'écrouler.

— Encore un numéro de haute voltige, ce soir, murmura sa mère en ôtant négligemment ses escarpins pour se masser les pieds. Mais par pitié, Karl, dis-moi que je n'aurai pas à donner une autre soirée mondaine avant quelques mois ?

— Ça, ma chérie, je ne peux pas te le promettre.

Anna regarda son père déposer un baiser sur le front de sa mère avant d'aller vers son bureau. Elle savait qu'il prenait sur lui, sacrifiant sa santé à son dévouement à leur cause, et que ce genre de soirée était un cauchemar, pour lui comme pour elle.

— Tu te sens mieux ? lui demanda sa mère au passage.

— Je vais très bien, répondit-il. Il n'y a aucune inquiétude à avoir, Anna s'occupe de moi.

Sa mère soupira, mais cela n'empêcha pas son père de s'éloigner.

— Anna, s'enquit-elle. Tu as veillé à ce que Helga emporte quelque chose ?

— Oui, maman. Elle s'est même servie largement.

— Tant mieux.

Sa mère poussa un soupir.

— Ava, peux-tu préparer des assiettes de restes pour là-haut ?

Anna et sa mère firent le tour de la maison, vérifiant et revérifiant que chaque porte était bien fermée et que les rideaux étaient bien tirés, avant de préparer un plateau pour les Goldman. Au fil des mois, elles en étaient venues à former une bonne équipe, ce qui avait permis à Anna de se rendre compte à quel point elles se ressemblaient, toutes les deux. Sa mère était la seule personne à qui elle pouvait parler de son double deuil et de sa difficulté à faire face certains jours, ce qui les avait encore rapprochées.

Elles montèrent toutes les trois à l'étage. Anna posa les assiettes sur le parquet afin de pouvoir déplier l'escalier du grenier. Dès que la lumière d'une des lampes à pétrole se mit à briller par la trappe, Anna appela les Goldman.

— Vous pouvez descendre vous dégourdir les jambes. Ils sont tous partis.

Eliana apparut la première. Elle aida sa mère à descendre après elle, puis ce fut le tour de David et enfin de son père. Tous clignaient des yeux, le temps de s'accommoder à la lumière. Anna, qui leur avait ordonné le silence absolu et le noir total dès l'arrivée du premier invité, devinait qu'ils avaient dû trouver la soirée bien longue et lugubre.

— Il y a du rôti de porc, des pommes de terre, des carottes et du pain frais, annonça-t-elle.

À sa grande surprise, elle vit Ava tourner les talons, mais ne fit rien pour la retenir.

— Oh, j'oubliais ! Il y a aussi des chocolats.

— C'est magnifique, commenta Eliana, mais Anna vit qu'elle suivait du regard la silhouette d'Ava qui s'éloignait.

— Je regrette simplement que vous ayez dû attendre votre repas si longtemps, répondit Anna avec gaieté. En tout cas, je peux vous dire que c'est délicieux.

Les Goldman s'exprimaient de moins en moins, et bien qu'Anna n'ait pas fait part de ses inquiétudes à sa mère, elle était sûre que celle-ci s'en était également aperçue. Cela pouvait se comprendre : depuis le temps que les Goldman vivaient comme des animaux en cage, elle n'osait imaginer comment ils parvenaient à supporter une existence si étriquée. Sans compter l'angoisse qui avait dû les étreindre à l'idée qu'Ava découvre leur présence dans le grenier.

Mais ils étaient vivants, c'était ce qu'elle se rappelait chaque fois qu'elle se mettait à s'inquiéter pour eux. Certes, ce n'était pas une vie épanouissante, mais tant qu'ils étaient en sécurité, ils avaient l'espoir de retrouver un jour une existence normale. Elle allait travailler sa sœur au corps pour qu'elle les aide.

— Allons nous dégourdir les jambes avant de manger, suggéra David. Nous devons bouger autant que possible pour éviter la fonte musculaire.

Voyant qu'Eliana laissait passer son frère et ses parents, Anna devina qu'elle voulait lui dire quelque chose.

— Sommes-nous toujours en sécurité, ici ?

— Bien sûr. Pourquoi cette question ? Vous y êtes autant en sécurité qu'hier, et que la semaine passée.

Eliana lui prit les mains.

— Je veux dire… maintenant qu'Ava est au courant. Tu lui fais confiance ?

— Oui, répondit Anna en la serrant dans ses bras. Je lui fais entièrement confiance. Sinon, je vous aurais immédiatement transférés ailleurs. Je ne ferai jamais rien qui vous mette sciemment en danger. Ava a encore du mal à se faire à la situation, c'est tout… Et si tu veux mon avis, c'est surtout parce qu'elle se sent coupable.

Eliana s'apprêtait à dire autre chose lorsqu'on frappa bruyamment à la porte d'entrée. Anna se figea, avant de se retourner vers sa mère. En bas, on tambourinait encore avec impatience.

— Vite ! s'écria sa mère, tandis que les Goldman se précipitaient vers l'escalier escamotable en ramassant les assiettes à la va-vite.

Bousculant sa mère, Anna se précipita en bas. Plus elles tardaient à répondre, plus la situation risquait de s'aggraver. Son père s'était-il endormi ? Ava apparut en haut de l'escalier, les yeux écarquillés : elle était déjà en chemise de nuit et ses cheveux défaits lui couvraient les épaules.

— Papa ! lança Anna en dévalant les dernières marches. Papa, il y a quelqu'un !

Son père apparut et, la précédant à grands pas, il ouvrit la porte à toute volée pendant qu'elle restait en arrière, hésitante, s'attendant au pire. Mais c'était l'un des officiers qu'ils avaient reçus, la face rubiconde sous l'effet de l'alcool.

— Déjà de retour ? le taquina son père. Si tu voulais un autre cognac, il fallait le dire !

— C'est ma femme qui a oublié son étole, dit l'autre en entrant sans plus de cérémonie et en donnant une claque dans le dos de son camarade. Mais je ne dirais pas non à un dernier cognac, excellente idée !

— Un instant, je vais vous en chercher un, s'empressa de proposer Anna.

Le temps qu'elle fouille frénétiquement la pièce du regard, l'homme décida cavalièrement d'aller se servir lui-même.

Anna aperçut une étole en soie rose pâle. Elle allait la récupérer lorsqu'un bruit sourd résonna en haut.

Elle tendit l'étole à l'officier d'une main tremblante.

Certaine d'avoir blêmi, elle décida de ne pas dissimuler son inquiétude, mais au contraire d'en jouer.

— Je dois aller voir maman ! Je ne voudrais pas qu'elle soit tombée. Je crains qu'elle n'ait un peu trop bu, ce soir…

Laissant son père et leur invité plaisanter sur les femmes qui ne tenaient pas l'alcool, elle monta les marches quatre à quatre jusqu'à l'étage. Elle espérait que sa prompte réaction avait paru plausible, mais elle n'osait pas se retourner pour vérifier. En approchant du haut de l'escalier, elle marqua une pause : Ava était en train de ramasser un petit pain et de le cacher dans son dos. Dans la précipitation, il devait avoir roulé sur les premières marches tandis que les Goldman repartaient se cacher. Le cœur d'Anna se gonfla de reconnaissance. Grâce à Ava, elle n'aurait pas à expliquer au SS planté en bas la présence d'un petit pain dans l'escalier.

— Désolée de t'avoir fait peur, ma chérie ! lança sa mère d'une voix théâtrale, assez forte pour porter jusqu'aux oreilles de l'officier. J'ai trébuché dans la salle de bains !

Anna poussa un soupir de soulagement. Pour la deuxième fois de la soirée, ils l'avaient échappé belle… La chance était de leur côté, mais pour combien de temps encore ?

11

Ava

Absorbée par le document qu'elle dactylographiait, Ava ne leva pas immédiatement la tête lorsqu'elle entendit quelqu'un entrer dans le bureau. Il fallut qu'une de ses collègues se racle la gorge pour qu'elle prenne conscience du silence qui s'était fait dans le bureau des secrétaires.

Son cœur fit un bond dans sa poitrine. Dire que la lettre qu'elle était en train de taper, elle comptait en faire une copie et la faire passer à son père à la fin de sa journée de travail…

Heinrich se tenait près de la porte, en uniforme, un petit bouquet de fleurs à la main. Un soupir d'extase collective lui fit comprendre que toutes ses collègues l'enviaient. Heinrich était si beau ! Il n'avait pas changé depuis la dernière fois qu'elle l'avait vu : ses cheveux blonds ramenés en arrière, son impeccable raie sur le côté, ses yeux d'un bleu pétillant… Ses lèvres esquissèrent un sourire dès qu'elle croisa son regard. Malgré son récent revirement, Ava oublia tout et, le cœur battant la chamade, elle bondit de sa chaise pour aller l'accueillir.

— Heinrich, tu es revenu ! Je n'arrive pas à y croire.

Il lui offrit les fleurs avec un grand sourire et s'avança pour déposer un baiser sur sa joue. Lorsqu'il lui effleura la taille, elle sentit tout son corps s'embraser. *Je dois être rouge comme un coquelicot*, songea-t-elle avec embarras.

— Ava… Tu es aussi belle que dans mon souvenir. Un régal pour les yeux.

Elle se mit à rire en levant le regard vers lui.

— Merci. Mais je n'en reviens pas que tu sois là, après tous ces mois passés à t'écrire…

Elle jeta un coup d'œil par-dessus son épaule. Aucune des secrétaires n'avait repris son travail, toutes davantage intéressées par la scène qui se déroulait devant elles que par leurs tâches de dactylographie.

— Tu es très occupée, à ce que je vois, commenta Heinrich, mais puis-je revenir plus tard et te raccompagner chez toi, à la fin de ta journée ? Voire t'emmener dîner au restaurant ?

Il lui prit la main et Ava le laissa faire. Elle avait oublié à quel point elle aimait sa compagnie. Dès qu'il la touchait, elle éprouvait toujours le même frisson. Le seul fait de le voir lui rappelait précisément pourquoi elle était tombée amoureuse de lui.

— Bien sûr. Je demanderai à papa s'il est d'accord et…

— Inutile, je suis déjà passé le voir et il m'a donné la permission de t'inviter ce soir. Je lui ai même promis que nous sortirions en petit comité, afin qu'il ne se préoccupe pas de te trouver un chaperon.

Ava sentit son cœur manquer un battement.

— Dans ce cas, puis-je demander à Anna de se joindre à nous ?

— Oui, avec plaisir. Bon, je reviendrai te chercher à cinq heures, alors.

Il lui tint la main encore un moment avant de lui adresser un dernier sourire.

— Je suis si heureux de te revoir, Ava. Cela faisait des mois que je rêvais à ce moment.

Elle lui rendit son sourire.

— Moi aussi, je suis très heureuse de te revoir, Heinrich. Quelle merveilleuse surprise de t'avoir parmi nous…

Le clin d'œil complice qu'il lui adressa avant de tourner les talons acheva de dissiper toutes ses craintes. Le bouquet serré contre son cœur, elle revint à son bureau en tentant d'ignorer les murmures surexcités des autres secrétaires. Sa raison avait beau savoir que leurs chemins avaient divergé, son cœur avait envie de croire qu'elle pourrait faire revenir Heinrich sur ses opinions. Certes, son père lui avait interdit de parler de sa volte-face à son fiancé, et jamais elle n'oserait lui désobéir, mais si son père avait pu changer, Heinrich devait en être également capable, non ? Après tout, il était peut-être lui aussi révulsé par certaines choses…

— Si j'étais toi, je profiterais de sa permission pour l'épouser, murmura Greta en s'éventant de la main, alors qu'Ava allait se rasseoir à son bureau. C'est l'un des hommes les plus beaux que j'aie jamais vus.

Ava se contenta d'en rire, posa les fleurs sur son bureau et tâcha de se concentrer sur son travail, tout en sachant que c'était impossible. Mais lorsqu'elle regarda la chaise qui avait été celle de Lina, sa joie se mua en tristesse, car c'était avec Lina qu'elle aurait dû échanger des confidences à voix basse. Sauf qu'elle ne savait toujours pas ce qu'était devenue son amie.

***

À cinq heures, Ava parcourait la courte distance qui séparait le ministère de son immeuble au bras de Heinrich. Au bureau, quand Goebbels en personne était venu parler à son fiancé, l'avait complimenté sur ses exploits et s'était félicité de son retour, elle avait senti son cœur se gonfler de fierté, en dépit de tout. Pourtant, ses mains tremblaient encore, lui semblait-il. Quelques minutes à peine avant l'arrivée de Heinrich, elle avait fait passer subrepticement la copie du document à son père tout en l'embrassant. Elle ne pouvait se défaire de l'impression que quelqu'un les avait peut-être vus.

— Tu ne m'as pas dit combien de temps tu restais ? dit-elle. Quelques jours ?

Elle avait bien l'intention de profiter du moindre moment avec lui.

— Davantage, en fait, répondit-il. Je pense que je vais être affecté près de Berlin.

— Un nouveau poste ?

Il lui fit un clin d'œil.

— Pour le moment, c'est encore top secret, mais dès que j'aurai le feu vert de ma hiérarchie, je te le dirai.

Ava sentit son estomac se serrer, comme lorsqu'elle l'avait revu, tout à l'heure, partagée entre l'excitation d'être avec lui et la terreur que l'homme qu'elle aimait puisse ne pas se rallier à sa nouvelle façon de penser. Sans parler des conséquences que cela pouvait avoir pour elle… Pourtant, depuis que Heinrich était là, elle se demandait au fond d'elle-même s'il était au courant des atrocités subies par les Juifs, s'il savait vraiment ce qui se passait dans les camps.

Ils arrivèrent enfin devant son immeuble.

— J'aurai vite fait de me préparer, promit-elle. Papa ne verra pas d'inconvénient à ce que tu m'attendes là-haut.

Heinrich lui décocha un sourire.

— Si tu le dis.

Ava hocha la tête et ils montèrent à l'appartement. Anna était déjà rentrée : elle préparait le dîner dans la cuisine.

— Votre mère n'est pas là ? s'étonna Heinrich.

— Non, elle est restée dans notre maison de campagne, répondit Ava en lui jetant un regard par-dessus son épaule. Papa préfère la savoir en sécurité là-bas, loin des bombardements.

— Il doit être triste de ne pas la retrouver quand il rentre chez lui.

— Anna ! s'écria Ava avec enthousiasme, soulagée de pouvoir changer de sujet. Regarde, nous avons un invité !

— Heinrich ?

Ava vit une ombre de quasi-terreur traverser le visage de sa sœur, mais Anna fut si prompte à se ressaisir qu'il parut ne rien remarquer. Elle lui sourit.

— Quel plaisir de te voir, Heinrich. Tu vas bien ? Tu n'es pas blessé ?

— Non, pas blessé. En revanche, j'ai envie de sortir ce soir, et avec la meilleure compagnie qui soit, bien entendu. Tu veux bien te joindre à nous ?

— Très volontiers, répondit Anna. Je finis de préparer le repas, au cas où papa rentrerait tôt, et je file me changer.

Heinrich alla s'asseoir dans le salon. Il prit place dans le fauteuil de leur père, mais Ava s'abstint de tout commentaire et lui servit un verre d'eau avant de se hâter vers sa chambre. Quelques minutes après, Anna la rejoignait.

— Tu savais qu'il devait rentrer aujourd'hui ? chuchota Anna en refermant la porte. Pourquoi ne m'as-tu rien dit ?

Ava fronça les sourcils.

— Mais non, je n'en savais rien ! Père m'avait simplement dit qu'il devait revenir cette semaine ou la semaine prochaine. C'est Heinrich qui m'a fait la surprise, il est venu me voir au bureau. Mais quand qu'il m'a invitée au restaurant, je lui ai tout de suite demandé si tu pouvais nous accompagner.

Anna changea de physionomie.

— As-tu la moindre idée ce qu'il fait, Ava ? T'a-t-il déjà parlé de son travail ?

Elle soupira.

— J'aurais dû en discuter avec toi…

Ava secoua la tête.

— Il a été envoyé au front, c'est tout ce que je sais.

Anna la guida vers le lit, s'assit à côté d'elle et lui prit les mains. Toujours à voix basse, elle lui expliqua :

— Ava, ce n'est pas pour rien que Heinrich fait figure de favori parmi l'élite des SS. Il paraît qu'il va être affecté à Ravensbrück, le camp de concentration pour femmes, à quatre-vingts kilomètres de Berlin.

Ava sut qu'elle avait blêmi, car sa sœur lui posa une main sur la joue, comme pour la réchauffer.

— À ce qu'on dit, poursuivit Anna, il a des…

Elle jeta un coup d'œil par-dessus son épaule, comme pour vérifier que Heinrich n'était pas là, que personne ne les écoutait.

— … des « talents particuliers ».

— Des talents ?

— Écoute, nous en reparlerons plus tard, mais en attendant, fais bien attention. Le fait que tu sois fiancée à lui nous protège tous, cependant, tu dois savoir qu'il est sans pitié lorsqu'il s'agit d'obéir aux ordres. C'est pour cela qu'il est le protégé de Himmler.

Ava déglutit, l'estomac retourné. Fallait-il vraiment revenir là-dessus ?

— Heinrich a toujours été si gentil avec moi, si doux. Quand je l'ai revu aujourd'hui… Je sais au fond de mon cœur qu'il n'est pas l'homme que tu décris, qu'il…

— Ava, écoute-moi. Je sais que ça fait beaucoup, mais promets-moi d'être prudente. Tu n'as pas le droit de nous trahir, aussi gentil et attentionné soit-il. Tu me le promets ? Tu ne peux pas tout lui dire.

Ava se contenta d'opiner du chef. Sa sœur scrutait son visage, comme si elle hésitait encore à lui faire confiance.

— Dis-le-moi, insista-t-elle. J'ai besoin de te l'entendre dire. Promets-moi que tu seras prudente avec lui.

— Je te le promets, répondit Ava, voyant à quel point c'était important pour sa sœur.

— Bon, et maintenant, il faut nous préparer, dit Anna en se levant.

Au même moment, elle haussa le ton, comme pour se faire entendre de Heinrich.

— Nous allons passer une soirée de rêve en compagnie de fringants officiers SS !

Comment faisait-elle pour si bien jouer la comédie ? se demanda Ava. Comment arrivait-elle à sortir avec Heinrich et ses amis, un sourire plaqué sur le visage, après lui avoir raconté de telles horreurs sur lui ? Mais à la lumière de ce qu'Anna venait de lui dire, tout devenait clair : le regard de son père lorsqu'elle avait mentionné Heinrich, l'autre soir, dans son bureau… La façon dont il l'avait prévenue que son fiancé allait bientôt avoir une permission… Son père avait déclaré à qui voulait l'entendre qu'il n'aurait pu rêver d'un meilleur gendre, il était même allé jusqu'à donner une fête avant son départ. À présent, elle comprenait que pour lui, il ne pouvait sans doute pas y avoir pire gendre que Heinrich, au contraire.

Elle se tamponna les yeux, puis s'assit devant son miroir : elle devait se faire belle pour son fiancé, même si pour le moment, elle n'avait envie que d'une chose : se pelotonner sur son lit pour réfléchir à tout cela. Maintenant qu'elle avait transmis des renseignements confidentiels à son père, c'était officiel : elle avait trahi sa patrie.

***

Heinrich n'aurait pas pu être plus attentionné que ce soir-là, en compagnie de ses amis, ce qui ne faisait qu'accroître l'angoisse d'Ava, déchirée entre l'homme qu'elle aimait et celui que sa sœur lui avait dépeint. Elle n'arrêtait pas de regarder Anna qui faisait la conversation avec deux autres jeunes gens et leur racontait certaines des blessures les plus terribles auxquelles elle avait été confrontée récemment. Ce n'était pas ses anecdotes d'infirmière qui les fascinaient : sa sœur avait toujours attiré le regard des hommes, jeunes et vieux, et Ava admirait sa façon de jouer au chat et à la souris avec eux. Anna méprisait les SS, mais ils n'en sauraient jamais rien. Elle semblait capable de berner tout le monde.

Heinrich se tourna vers elle et posa le bras sur le dossier de sa chaise, lui effleurant le dos au passage. Les autres étant pris par leur conversation, elle se retrouva l'objet de toute son attention, captive de son regard pénétrant.

— Je regrette que nous n'ayons pas pu sortir seuls, lui avoua-t-il en souriant. J'aurais préféré un dîner en tête à tête.

— C'est très bien ainsi. Tu nous as manqué et tout le monde avait hâte de te retrouver. C'est une bonne chose que nous puissions passer du bon temps ce soir avec tes amis. En tout cas, moi, je suis touchée que tu sois venu me voir en premier, directement.

Il se rapprocha encore d'elle.

— Tu m'as tellement manqué, Heinrich. C'est merveilleux de t'avoir ici à nouveau.

— Ava, je n'ai pas cessé de rêver de toi depuis que je suis parti, dit-il en lui écartant une mèche du visage. Évidemment que je suis venu te voir en premier.

Émue, Ava le dévisagea longuement et se laissa aller contre lui, à nouveau gagnée par le doute. Heinrich était-il vraiment aussi horrible que l'affirmait Anna ?

— Maintenant que je vais être basé près de Berlin, loin des combats… reprit-il, je me disais que nous pourrions envisager d'avancer la date de notre mariage.

Le cœur d'Ava se mit à tambouriner et sa bouche se dessécha.

— Notre mariage ?

Elle tenta de calmer sa respiration. Comment diable pourrait-elle continuer ses actions clandestines en étant l'épouse de Heinrich ?

— Je pensais que nous allions attendre encore un peu, je n'ai même pas…

— Ava, je sais que tu as été très prise par ton travail et que tu dois ressentir les effets de ce surcroît de responsabilités au ministère. Il est inadmissible que des femmes comme toi doivent travailler si dur au lieu de rester à la maison, mais maintenant que je suis revenu, je ne veux plus repousser notre mariage.

Ava lui sourit en espérant avoir l'air sincère.

— Pour moi, c'est un honneur de faire mon devoir de citoyenne. Car j'occupe un poste important, même si, c'est vrai, je rêve du jour où je pourrai rester à la maison et élever mes enfants.

Une ombre passa sur le visage de Heinrich. Se rendant compte de son impair, Ava lui posa une main apaisante sur le bras.

— *Nos* enfants.

— Oui, bien sûr… D'ailleurs, on dit beaucoup de bien de toi. Tous tes supérieurs te tiennent en très haute estime et ils se réjouissent de notre union à venir.

Il lui sourit, toute contrariété envolée.

— Tu sais, je crois que nous allons devenir l'un des couples préférés de la grande famille des SS, une fois que nous serons mariés.

La gorge nouée, Ava déglutit avec peine et détourna le regard, espérant paraître pudique et non terrifiée. Submergée par un flot d'émotions contradictoires, elle ne savait plus où elle en était.

— Ma foi, se ressaisit-elle, ce serait un honneur, c'est certain. Mais que penserait-on de nous si je quittais le ministère au moment où l'on a le plus besoin de mes services ? Ce serait mal vu, je le crains.

Sans parler du fait qu'elle ne serait plus d'aucune utilité à son père et à sa sœur.

Heinrich se rembrunit.

— Je sais… C'est pour cela que le docteur Goebbels et ton père n'ont pas sauté de joie lorsque je leur ai annoncé que je nous avais trouvé une petite maison, près du village de Ravensbrück. Apparemment, Goebbels te croit irremplaçable, alors que des tas de femmes seraient à même de faire ton travail de secrétaire.

Ava ne releva pas l'insulte manifeste, mais son cœur se remit à cogner.

— Ravensbrück ?

Anna avait-elle donc raison à son sujet ?

— C'est horriblement loin de Berlin, non ?

Heinrich opina du chef, l'air radieux.

— C'est à Ravensbrück que je serai basé pour un certain temps, bien que je ne sois pas encore autorisé à te parler de mes nouvelles responsabilités.

Son sourire s'élargit encore.

— C'est pour cela que nous sommes revenus à Berlin, pour fêter l'événement ! Nous avons tous reçu de nouvelles affectations, loin de la ligne de front, dans les camps.

Les camps. Se forçant à garder la tête haute, Ava regardait Heinrich droit dans les yeux, espérant y voir une lueur qui lui permettrait de croire qu'il ne participait pas aux atrocités qui se commettaient dans ces lieux. Que l'homme qu'elle avait choisi d'épouser était bien celui qu'elle pensait connaître.

— Ces camps m'ont l'air épouvantables, Heinrich. J'avoue que te savoir là-bas ne m'enchante guère. Ne pourrais-tu pas être affecté ailleurs ?

Heinrich ne fit qu'en rire.

— Oh, tu t'y feras vite ! Et puis, j'ai déjà réussi à tirer profit de mon nouveau poste : je vais fournir à ta famille quelques prisonnières de Ravensbrück, elles vous aideront à entretenir votre propriété. C'était censé être une surprise, elles arriveront chez vous le mois prochain.

— Des prisonnières ?

Ava prononça ce mot dans un souffle, le trouvant presque impossible à expulser de sa bouche.

— En fait, ce sont des témoins de Jéhovah, mais on leur a appris à trimer dur et elles entretiendront votre villa à la perfection. Ton père aurait pu en faire la demande depuis des mois, je ne comprends pas pourquoi il n'y a pas pensé plus tôt.

Le torse bombé de fierté, Heinrich ne semblait pas remarquer qu'elle restait muette, qu'elle luttait pour cacher son ahurissement, trop occupé qu'il était à la régaler de sa propre importance.

— En revenant ici, j'ai passé quelques jours chez mon oncle et ma tante, Rudolf et Hedwig Höss. Eh bien, ma tante est très heureuse dans sa petite maison près d'Auschwitz…

Il se pencha pour lui murmurer en confidence :

— Me croiras-tu si je te dis que mon oncle Rudolf lui a fait faire une chaise en ossements humains ? Et dans leur grenier, ils gardent des éditions uniques de *Mein Kampf*… reliées en peau humaine. Je t'assure, Ava, les expériences qu'on mène dans ces camps sont extraordinaires. Tout à fait extraordinaires.

Incapable de masquer son dégoût, Ava sentit son estomac se soulever. Elle s'était trompée sur Heinrich. Elle avait désespérément voulu croire en lui, mais il était aussi monstrueux que les autres. Quelle idiote elle avait été ! Aveuglée par l'idée qu'elle s'était faite de lui, elle n'avait pas su voir l'homme qu'il était vraiment.

— Enfin, Heinrich, c'est absolument horrible ! Comment peux-tu dire des choses pareilles !

Autour d'eux, le silence se fit. Ava se tourna vers le reste de la tablée et chercha le regard de sa sœur qui, imperceptiblement, lui fit non de la tête, comme un avertissement. Ava se reprit et tenta d'afficher un visage qui ne traduisait pas son horreur.

— Ah, ma jolie petite fiancée... Elle est encore plus délicate que dans mes souvenirs ! lança Heinrich dans un rire, mais ses doigts s'étaient crispés sur son verre d'eau. Il semblerait que j'ai oublié toute notion de bienséance, après tout ce temps passé en compagnie de soldats.

Les conversations reprirent, mais Ava sentit que Heinrich lui battait froid. Elle devait faire quelque chose pour l'amadouer, pour dissiper sa colère. Sans le vouloir, elle l'avait humilié devant ses amis et il s'attendait sans doute à ce qu'elle fasse amende honorable.

— Je te demande pardon, Heinrich... C'est que je croyais qu'on ne parlait pas de ces sujets-là à son épouse. Je ne pense pas que mon père confie ce genre de choses à ma mère, c'est tout.

Elle laissa passer quelques secondes.

— Tu m'as prise de court.

Il reprit son verre et en but une gorgée, lentement, avant de se retourner vers elle.

— Peut-être, mais ma tante Hedwig, elle, est au courant de ce que fait son mari : elle est sa confidente, Ava, et je veux que tu sois la mienne. J'ai besoin que tu croies en la Solution finale, comme moi. Il est crucial que nous purgions ce pays de la vermine qu'on a laissée vivre ici durant si longtemps.

Pendant qu'il crachait ses propos haineux, Ava battait des cils, prenait de toutes petites inspirations, puisant dans ses dernières ressources pour ne rien laisser paraître.

— Bien sûr, mon amour, répondit-elle avec prudence. Je comprends ce que tu me demandes. Mais il me faut peut-être encore un peu de temps pour me faire complètement à mon nouveau rôle, ainsi qu'à tes attentes. Tu dois avoir raison, je suis plus délicate que je ne le pensais.

Heinrich retrouva le sourire et l'embrassa impulsivement sur la joue, à sa grande surprise. Il semblait avoir à nouveau changé de personnalité. De toute évidence, il la préférait réservée et contrite.

— Demain, je suis invité à déjeuner à la Chancellerie du Reich, murmura-t-il, à la table du Führer lui-même. Quand je t'ai dit que nous étions le nouveau couple en vue de la grande famille des SS, je le pensais. Tout le monde va nous adorer, Ava. Imagine un peu les invités que nous aurons à notre mariage…

Elle lui pressa les doigts et s'épanouit dans un sourire qui se voulait enthousiaste. À cet instant, sa sœur se leva et décréta qu'il était temps qu'elles rentrent, ce qui arracha aux hommes des gémissements de contrariété.

Heinrich se leva et lui caressa tendrement le bras.

— À très vite, Ava.

— Je suis si heureuse que tu sois revenu…

Elle se força à se dresser sur la pointe des pieds et, la main sur son épaule, lui effleura la joue d'un baiser, ses lèvres s'attardant juste assez pour qu'il se sente désiré.

— Bonne nuit, mon amour.

— S'il te plaît, Ava, laisse-moi te raccompagner…

— Nous rentrerons très bien toutes seules, répliqua Anna au nom de toutes les deux. Profite donc de ta soirée avec tes amis, Heinrich. Tu l'as bien méritée, après tant de mois passés au service du pays.

Tandis qu'elles quittaient le restaurant, bras dessus, bras dessous, Ava posa la tête sur l'épaule de sa sœur, s'efforçant de retenir ses larmes, en vain. Cramponnée au bras d'Anna, elle les sentait ruisseler sur ses joues.

— Tu avais raison, murmura-t-elle en marchant aussi vite que ses jambes le lui permettaient pour mettre le plus de distance possible entre elles et Heinrich. C'est un monstre. Un monstre de cruauté, sans une once de pitié.

— Un monstre qui pourrait devenir très dangereux pour nous, sœurette. Tu dois faire très attention avec ce type-là.

Ava n'avait pas besoin qu'on le lui rappelle. Elle avait vu le danger briller dans le regard de Heinrich, elle avait été témoin de son irascibilité dès lors qu'elle ne se conduisait pas selon ses critères. Elle prenait peu à peu conscience qu'elle n'était plus amoureuse de lui. Au contraire, il la *terrifiait*. Heinrich et tous les hommes de son espèce n'étaient que des loups déguisés en agneaux.

***

Ava s'aspergea le visage, puis se lava les bras et le cou – tous les endroits où Heinrich avait pu la toucher. Avant, elle se serait épanouie sous son regard et aurait follement désiré ses caresses, mais à présent, elle se sentait salie et avait besoin d'effacer les empreintes qu'il avait pu laisser sur elle, la moindre preuve de contact entre eux.

Les sirènes anti-aériennes n'avaient pas retenti jusque-là. Pourvu que la nuit soit paisible… Cette soirée l'avait exténuée. Elle se voyait mal sortir de son lit pour se traîner jusqu'à la cave. Une fois prête à aller se coucher, elle passa devant la chambre de sa sœur, s'arrêta devant la porte ouverte et tendit l'oreille. Anna dormait-elle déjà ? Mais au lieu d'une respiration régulière, elle entendit sa sœur l'appeler :

— Tu veux entrer une minute ?

Ava sourit. Rejoindre son aînée l'attirait davantage que d'aller se coucher toute seule dans son lit glacé. Elle entra dans la chambre d'Anna et se glissa entre les draps. Toutes deux se serrèrent l'une contre l'autre pour se tenir chaud.

Elles étaient seules dans l'appartement ce soir – leur père devait travailler tard –, et c'était bien agréable de pouvoir profiter d'Anna comme avant. Ces derniers mois, sa sœur s'était peut-être servie de son travail comme prétexte pour l'éviter, mais maintenant qu'Ava avait été mise dans la confidence, elles passaient davantage de temps ensemble, elles étaient redevenues aussi proches qu'avant la guerre.

— Ça me manque d'avoir quelqu'un avec moi dans le lit, avoua Anna dans un murmure. Parfois, j'avais Michael d'un côté et Hugo de l'autre. C'est l'une des choses qui me manquent le plus, ses menottes potelées qui me tapotaient le visage pour me réveiller, le matin, son petit corps blotti contre le mien.

— Je regrette que tu ne me l'aies pas dit plus tôt, chuchota Ava. Je serais venue dormir avec toi toutes les nuits.

Au bout d'un long silence, Anna reprit la parole :

— Ça t'a fait quel effet de passer toute la soirée avec Heinrich ? Tu l'as bien cerné, maintenant, n'est-ce pas ? Tu as compris quel genre d'homme c'était ?

— J'avais l'impression que ma peau grouillait d'insectes. Je ne sais pas comment tu peux continuer à sourire et à avoir l'air aussi normale avec ces hommes-là. J'ai cru que j'allais vomir.

Anna poussa un soupir.

— J'ai plus d'entraînement que toi, c'est tout. Et ce qui m'aide à tenir, c'est d'imaginer des types comme lui se faire arrêter et être entassés dans des bétaillères, de les imaginer subissant le sort qu'ils infligent à ceux qu'ils haïssent. C'est à cela que je pense quand je leur souris gentiment.

— Tu crois que ça arrivera un jour ? Qu'ils seront punis pour tout ce qu'ils ont fait ? Pour ce à quoi ils ont participé ?

Quelques heures plus tôt, ses sentiments pour Heinrich auraient fait écran, mais à présent, elle voyait très clairement la brute qu'il était devenu.

Anna se tourna vers elle ; Ava ne distinguait que ses yeux dans le noir.

— Ça, je n'en sais rien. Ce qui est sûr, en revanche, c'est qu'il ne faut pas que Heinrich et ses amis aient le moindre soupçon sur nous. Maintenant qu'il est revenu, nous devons redoubler de prudence.

Elles se turent un moment. Ava tentait de ne pas penser à Heinrich, à ce qu'il pourrait lui faire si jamais il découvrait dans quoi elle et sa famille s'étaient engagées. Elle déplaça légèrement la main afin que son petit doigt touche celui d'Anna. Sa sœur réagit immédiatement et coula ses doigts entre les siens.

— Anna… est-ce que papa va bien ? Est-ce qu'il va…

— Je n'en sais rien, la coupa sa sœur dans le noir. Mais il a raison, il ne peut pas consulter de médecin. Si jamais ils le jugent vulnérable, si jamais ils le trouvent moins fort qu'avant…

Anna n'eut pas besoin d'achever sa phrase, Ava avait compris. Si leur père perdait sa position, son autorité au sein du parti, ce serait leur famille tout entière qui serait en péril.

— Rentre à la maison avec moi samedi, chuchota Anna. J'ai quelque chose d'important à te montrer.

— Quoi donc ?

— Tu verras…

12

Ava était toujours heureuse d'être à la maison, mais jamais autant que ce jour-là. Elle avait fait le trajet avec son père qui avait passé la journée en famille avant que son chauffeur le ramène à Berlin. Ils avaient même pris un agréable repas tous ensemble. Pourtant, la pensée des Goldman qui vivaient au-dessus d'eux, en silence, ne la quittait pas un seul instant. Toute sa famille devait éprouver ce sentiment. Peut-être qu'en fermant toutes les portes à clef et en tirant les rideaux, on pourrait les faire descendre pour passer quelque temps avec eux ? Mais non, c'était trop risqué.

Elle était en train de parler avec sa mère dans la cuisine lorsque son père s'arrêta devant la porte.

— Ava, tu peux venir avec moi, s'il te plaît ?

Elle le suivit, le cœur joyeux, curieuse de savoir pourquoi il avait besoin d'elle.

— Tu es sûr de ne pas pouvoir rester plus longtemps, papa ? lui demanda-t-elle alors qu'ils entraient dans son bureau. Je regrette que nous ne vivions plus tous ensemble sous le même toit. Ce serait si agréable de t'avoir tout le week-end !

— Un jour, quand je serai moins accaparé par le travail, je resterai à la maison et je n'en repartirai plus, c'est mon vœu le plus cher.

Ava perçut une pointe de tristesse dans la voix de son père : pensait-il franchement que tout cela finirait un jour ?

Elle, en revanche, n'avait aucun mal à imaginer un tel avenir. L'ennui, c'était qu'elle était censée rêver de vivre auprès de Heinrich, une fois la guerre finie. Heinrich... Un homme dont l'esprit était habité de pensées monstrueuses, un homme dont elle allait devoir partager le lit si elle ne trouvait pas un moyen d'échapper à ce mariage. À l'idée qu'il la touche à nouveau, elle frissonna.

Son père referma la porte du bureau et mit de la musique avant de lui faire signe de le suivre. Il ouvrit le panneau de la bibliothèque qui dissimulait son coffre-fort. Quand elle était petite, ce coffre la fascinait, elle adorait qu'on le lui montre, mais lorsque son père lui confia le code, elle ressentit le poids de la responsabilité sur ses épaules. Il le lui fit répéter, trois fois de suite, avant de hocher la tête et de plonger sa main à l'intérieur du coffre pour y récupérer quelque chose.

— Il y a là-dedans des papiers d'identité pour Eliana, dit-il. Je veux que tu les lui donnes. Pour le moment, je n'ai pu m'en procurer que pour elle, mais grâce à cela, nous pourrons au moins la faire sortir d'ici et la loger à l'appartement en tant qu'invitée de la famille sans éveiller les soupçons.

— C'est vrai ? s'exclama Ava en se jetant au cou de son père. Quelle merveilleuse nouvelle ! Et les autres ? Tu pourras leur procurer des papiers à eux aussi ?

— En ce qui concerne les autres, je crains de ne pas avoir de solution avant un certain temps. Mais je fais de mon mieux.

— Tu crois qu'ils vont devoir rester cachés jusqu'à la fin de la guerre ? Dans notre grenier ?

Le regard de son père et le léger affaissement de ses épaules lui indiquèrent que oui, c'était hélas ce qu'il pensait.

— Je regrette qu'on ne puisse pas faire autrement, Ava, mais pour le moment, je ne peux aider qu'Eliana et j'ai déjà pris de gros risques pour ce faire. En tout cas, s'il devait arriver quoi que ce soit, si pour une raison ou pour une autre, je devais ne pas revenir ou si nos agissements venaient à être découverts, tu devrais prendre tout ce qu'il y a dans le coffre. Si jamais je réussis à me procurer des papiers, pour chacun de nous, c'est là-dedans qu'ils seront. J'essaie de parer à toute éventualité, tu comprends ?

— Parce que tu crois que nous pourrions avoir besoin de faux papiers, nous aussi ?

Son père détourna un instant le regard avant de lui répondre les yeux dans les yeux :

— Ce que je crois, c'est que certains officiers ne sont plus fidèles à notre Führer, ce qui sème le soupçon parmi nous de manière inédite. C'est pour cette raison que des jeunes comme Heinrich, qui ont fait preuve de leur dévotion fanatique au parti, sont rappelés du front et affectés à de nouveaux postes.

— Papa, à propos de Heinrich…

Elle s'interrompit, rattrapée par la chair de poule.

— J'espère qu'il sera bientôt muté ailleurs, répondit son père. Il est devenu le protégé de Goebbels et de Himmler ; ils ont des projets pour lui, en dehors de Berlin. J'espérais moi-même l'envoyer ailleurs, mais jusqu'ici, tous mes efforts ont été contrecarrés.

À l'hésitation dans la voix de son père, Ava devina que quelque chose le préoccupait. Y avait-il eu du changement ? Son influence au sein des SS avait-elle décru ?

— Heinrich m'a fait part des projets que ses supérieurs ont pour lui, papa. Il veut que le mariage soit célébré le plus vite possible pour que nous emménagions dans une petite maison près de… du…

Elle hésita en voyant son père froncer les sourcils.

— … du camp de concentration. Il veut que je vive près de l'endroit où il va travailler.

Elle se souvenait de ce qu'Anna lui avait raconté sur Ravensbrück, de ce qu'elle avait lu elle-même. Il était hors de question qu'elle vive aussi près de ce camp en sachant ce qui s'y passait.

Son père la dévisagea longuement, avec une expression indéchiffrable.

— Monte le son du gramophone, Ava, dit-il enfin en allant s'asseoir dans l'un des fauteuils, muni des faux papiers d'identité.

Elle obéit. Prenant place dans l'autre fauteuil, elle écouta son père lui expliquer avec calme ce qu'il voulait qu'elle fasse pour garantir la sécurité d'Eliana et comment il allait s'y prendre pour retarder son mariage avec Heinrich. Mais lorsqu'ils se levèrent de leur siège, il lui embrassa le front et, la serrant dans ses bras, il prononça des paroles qui résonneraient à jamais dans son esprit.

« J'irai en enfer pour tout ce à quoi j'ai participé, Ava, pour tout ce que j'ai ordonné et pour tout ce dont j'ai été témoin. Néanmoins, j'espère que ce petit acte de bonté, cette famille que nous avons aidée, comptera au moins pour quelque chose. »

Que pouvait avoir fait son père en tant qu'officier SS ? À quelles actions brutales avait-il pris part ? Comment envisageait-il de pouvoir se regarder dans une glace, une fois la guerre finie ? Il avait beau être son père, un père qu'elle aimait tendrement, voire farouchement, que penserait-elle de lui lorsqu'elle découvrirait ce qu'il avait fait ? S'il avait joué un rôle dans ce qui était arrivé à la pauvre Lina… elle craignait de ne jamais pouvoir le lui pardonner.

***

Ava sortit de la maison. Une heure plus tôt, son père avait repris la route pour Berlin, tandis qu'elle était restée dans son bureau, le temps de réfléchir à tout ce qu'il lui avait dit, à tout ce qu'il lui avait demandé de prendre en considération. Il avait fallu que sa mère l'appelle pour qu'elle se ressaisisse. Elle s'était mise en devoir de la trouver, mais sa mère n'était nulle part, ni dans le salon ni dans la cuisine. Du coin de l'œil, elle avait perçu du mouvement à l'extérieur : sa mère et sa sœur étaient dans le jardin. Elle prit son manteau qui était accroché près de la porte de derrière, laça ses chaussures et alla les rejoindre.

— Qu'est-ce que vous faites ? leur lança-t-elle en s'avançant.

Sa mère et sa sœur étaient à une certaine distance de la maison, mais assez près pour qu'elle voie qu'elles étaient en train de jardiner. Munie d'une pelle, Anna semblait creuser pendant que leur mère transportait des végétaux.

Arrivée devant elle, elle les contempla, les bras croisés.

— Eh bien, je ne vous connaissais pas une telle passion pour le travail de la terre !

De fait, le jardinage n'avait jamais compté parmi ses passe-temps favoris, elle préférait de loin rester à l'intérieur.

Appuyée sur sa pelle, Anna tourna la tête et lui fit signe d'approcher.

— Viens m'aider, Ava ! Il faut le faire le plus vite possible.

— Qu'est-ce qu'il faut faire le plus vite possible ? Je ne suis pas très versée dans le jardinage, moi, tu sais bien. Qu'est-ce que c'est, d'ailleurs ? Un nouveau carré de légumes ?

Elle n'avait pas encore parlé à sa mère des prisonnières, ou plutôt des esclaves que Heinrich comptait leur envoyer, mais elle soupçonnait Anna d'avoir vendu la mèche. Cela expliquait-il leur soudain intérêt pour le jardin ?

— Nous devons enterrer tous ces pots à confiture, expliqua Anna. C'est Eliana qui les a préparés.

Ava ramassa l'un des pots en verre d'un air distrait, pour voir ce qu'il contenait.

— C'est donc ça, la fameuse surprise que tu voulais me montrer ?

Cela faisait longtemps qu'elle n'avait pas vu Anna aussi gaie. Elle s'accroupit à côté de sa sœur qui chuchota :

— Ces pots correspondent à chaque enfant que j'ai aidé. Le but est qu'un jour, leur famille puisse les retrouver. J'ai fait sortir beaucoup d'enfants de Berlin, des enfants juifs bien sûr, et à l'intérieur de chaque pot, il y a des renseignements les concernant : l'endroit où ils habitaient, qui étaient leurs parents, leurs grands-parents…

Bouleversée, Anna s'interrompit, le temps de surmonter son émotion.

— Enfin, qui ils étaient avant tout ça.

Ava refoula ses propres larmes, ramassa un autre pot en verre et s'assit par terre, saisissant toute la portée de l'entreprise.

— Mais tu ne crois pas que c'est risqué de les enterrer ici ? lui fit-elle remarquer avec douceur. C'est un geste tellement beau, Anna… Je ne voudrais pas que nous ayons à regretter un jour de l'avoir accompli dans notre jardin.

— Si ce n'est pas ici, alors où ?

Du dos de la main, sa sœur s'essuya le front, y laissant une trace terreuse.

— Je n'ai cessé de tourner et de retourner la question dans ma tête : tout ce que je veux, c'est m'assurer que chacun des enfants que j'ai fait sortir clandestinement de Berlin ait une chance de retrouver sa famille. Il me semble tout indiqué de cacher ces pots ici, à un endroit que nous ne pourrons pas oublier, à un endroit qu'on ne pourra pas nous confisquer.

Ava leva les yeux vers leur mère qui s'approchait.

— Maman ? Ça ne te dérange pas de faire ça ici ? Chez nous ?

— Nous allons prendre quelques jeunes plants bien vigoureux au potager et les repiquer ici, en y ajoutant des fleurs. Moi, je trouve ce projet magnifique, à condition de faire vite et de creuser suffisamment profond. Personne n'aura jamais l'idée de retourner un carré de légumes.

Ava hocha la tête, pensive. Toute cette entreprise la mettait mal à l'aise. La seule pensée du châtiment qui s'abattrait sur elles si jamais elles se faisaient prendre la terrifiait. D'un autre côté, elle comprenait très bien l'intention de sa sœur.

— Ce sera la seule trace qui restera d'eux ? Si ces enfants en réchappent, si leurs parents en réchappent, ces renseignements pourraient leur permettre de se retrouver ?

Anna acquiesça.

— Ce sera comme des archives qui leur permettront de reconstituer leur famille. Tant que l'une de nous trois sera en vie, nous pourrons toujours déterrer ces pots et remettre ces papiers aux autorités.

Sans plus discuter, Ava s'empara d'un des outils de jardin et se mit à creuser à côté de sa sœur, pendant que leur mère déterrait de jeunes plants d'un autre carré de légumes. Elle continuait à trouver l'entreprise téméraire : enfouir ces pots si près de la maison, c'était laisser la preuve permanente de leur implication dans le sauvetage d'enfants juifs. Néanmoins, elle savait que moralement, c'était la chose à faire.

Elle déposa le pot en verre au fond d'un trou profond et commença à le recouvrir, plongeant les mains dans la fraîcheur de la terre retournée.

— Combien y en a-t-il en tout ?

— Seize, répondit Anna.

Seize. Seize enfants pour lesquels sa sœur avait risqué sa vie, seize enfants à qui l'on avait donné la possibilité de survivre, quand tant d'autres n'avaient pas eu cette chance. Elle avait beau s'appliquer à suivre les consignes de son père et à retenir par cœur le contenu des documents top secret qui lui passaient entre les mains, ce n'était pas demain la veille qu'elle allait accomplir une œuvre aussi ambitieuse. Il y avait de quoi être impressionnée par ce que sa sœur avait déjà accompli pour la bonne cause.

Elle lui passa un autre pot.

— Merci, lui dit Anna.

— Merci pour quoi ?

— Pour ne pas avoir tenté de m'en empêcher.

Anna laissa passer quelques secondes avant de reprendre :

— Pour moi, cette idée compte plus que tout, Ava. J'ai parfois même l'impression que c'est la seule chose qui me fait tenir le coup, qui donne un sens à ma vie. J'ai besoin d'avoir encore un but sur cette Terre.

— Alors, nous enterrerons chacun de ces pots ensemble, répondit Ava, bouleversée par le visage empreint de souffrance de sa sœur. Mais il faut faire vite et ne plus jamais en reparler tant que la guerre ne sera pas finie. Tu veux bien ?

Anna opina du chef.

— Entendu.

Leur mère vint s'agenouiller à côté d'elles et toutes les trois se mirent à ensevelir les pots les uns après les autres. Quand elles eurent fini, elles contemplèrent leur œuvre : un banal carré de légumes. Sauf que les nombreux plants avaient été disposés avec soin afin que nul ne puisse soupçonner la présence des précieuses archives qui étaient enfouies dessous.

— C'est une bien belle chose que nous venons de faire là, déclara leur mère. Il se peut que notre courage permette à une maman et son enfant d'être un jour réunis. Alors, en dépit de tous les risques, nous pourrons dire que cela en valait la peine.

À condition qu'elles soient encore en vie pour le voir, songea Ava, persuadée que cette pensée avait également traversé l'esprit de sa mère, mais que celle-ci s'était abstenue de la formuler.

Lorsqu'elles se remirent debout, alignées toutes les trois devant le carré de terre fraîchement retournée, Ava comprit qu'elle venait de vivre un moment qui resterait gravé en elle jusqu'à la fin de ses jours.

— J'ai pensé à quelque chose, dit-elle soudain, en regardant tour à tour sa mère et sa sœur. Et si nous montions des matelas supplémentaires aux Goldman ?

Elle baissa la voix.

— Il doit bien y avoir quelque chose à faire pour, comment dire... pour adoucir leur quotidien là-haut ? Nous pourrions aussi leur donner d'autres vêtements ? D'autres livres ?

Un peu plus de confort ?

— Non, nous ne devons rien faire qui puisse attirer l'attention, répliqua sa mère. Si nous prenions le matelas d'une des chambres, Helga s'en apercevrait aussitôt. Et même si on s'en faisait livrer un neuf, comment expliquer que l'ancien se soit volatilisé ? Nous faisons tout ce que nous pouvons pour les Goldman, Ava, mais dans les limites de la prudence. Que nous prenions une décision ou que nous leur montions quelque chose, nous devons faire en sorte de ne jamais attirer l'attention, de quelque manière que ce soit.

Sa mère marqua une pause.

— Cela dit, tu pourrais peut-être chercher d'autres livres ou des jeux de société pour Eliana et David ? Ce sont des affaires personnelles que nous pouvons leur faire passer sans risque.

Ava acquiesça d'un hochement de tête. Leur trouver des livres, c'était bien le moins qu'elle puisse faire.

***

Ce soir-là, après le départ de Helga, lorsque le silence se fit dans la maison, Ava monta au grenier pendant que sa mère et sa sœur préparaient le repas des Goldman. Ce n'était que la deuxième fois qu'elle allait les voir depuis qu'elle avait découvert qu'ils vivaient là-haut. À sa grande surprise, elle constata qu'ils étaient parvenus à rendre l'endroit chaleureux avec le peu qu'ils avaient. Toutefois, cela n'atténuait pas sa tristesse de les voir serrés les uns contre les autres dans ce lieu exigu. Ils devaient avoir l'impression d'être des lions en cage, tournant en rond sans possibilité de s'échapper, rêvant de pouvoir retourner dans le monde.

— Ava ?

Elle reconnut la voix d'Eliana.

Dans les ombres que jetaient les lampes à pétrole, elle eut d'abord du mal à les distinguer tous les quatre. Quand ses yeux se furent accoutumés à la faible lumière, elle s'aperçut que sa venue les rendait nerveux. Elle aurait voulu leur dire à quel point elle était navrée pour eux, à quel point elle regrettait la façon dont elle s'était conduite. Mais s'il y avait un moyen de gagner leur confiance, c'était en leur prouvant qu'elle se souciait d'eux, et elle était bien décidée à le faire.

— Je ne sais pas par où commencer, dit-il en cherchant ses mots. Je…

Elle s'aperçut que David la regardait avec intensité. Elle se souvenait de lui, à l'époque. Des années plus tôt, ils s'étaient croisés devant leur immeuble et il lui avait porté les livres qu'elle venait d'emprunter à la bibliothèque. Mais ce souvenir lui revint en même temps qu'un autre, qu'elle aurait préféré pouvoir oblitérer.

Assise à une petite table en terrasse avec ses amies de la BDM, elle dégustait une glace en bavardant au soleil. Soudain, une des filles poussa un cri d'horreur en se repoussant sur sa chaise : un jeune homme bien habillé passait dans la rue, l'étoile jaune épinglée à sa poitrine le désignant à la vindicte publique.

Ava le reconnut tout de suite : c'était son voisin, David Goldman. Ses amies se mirent alors à faire tout un foin et à scander une chansonnette hostile aux Juifs. Le regard du jeune homme croisa le sien, implorant, mais elle détourna la tête et chantonna elle aussi le petit air insultant, tout bas. Elle s'attendait à ce que David rentre la tête dans les épaules et presse le pas, mais il se redressa, au contraire, comme sourd à leurs moqueries cruelles.

— Sale Juif ! lança une des filles les plus âgées en lui jetant sa glace.

David la prit en plein dans le dos, comme si elle lui avait lancé un ballon. Mais contrairement à un ballon, la crème fondue resta collée au tissu et se mit à dégouliner le long de sa veste. Cependant, David ne s'arrêta pas, il poursuivit tranquillement sa route, la tête haute.

— D'après mon père, il n'y en aura bientôt plus un seul, commenta l'une des filles.

Ava se concentra sur sa propre glace. Une seule fois, elle jeta un coup d'œil par-dessus son épaule pour regarder David, pour voir si le soleil avait cuit la tache de crème glacée sur sa veste, mais il avait déjà disparu.

Ava se força à revenir au présent en regardant Eliana.

— Mon père m'a demandé de vous annoncer quelque chose. Mais avant cela, je voudrais vous dire que je regrette profondément la façon dont je me suis comportée, l'autre soir. Sur le moment, cela m'a fait un choc de vous découvrir dans ce grenier, mais…

— Tu avais quelque chose à nous annoncer, la coupa David. S'il te plaît, dis-nous pourquoi tu es montée nous voir.

Elle lui jeta un coup d'œil et se racla la gorge pendant que Herr et Frau Goldman allaient s'asseoir sur des tabourets qui avaient été disposés au milieu du grenier. Elle-même préféra s'asseoir par terre pour ne pas les priver d'un de leurs rares conforts.

— Mon père est retourné à Berlin, commença-t-elle, mais avant de partir, il m'a confié ceci.

Elle tira les papiers de sa poche et les tendit directement à Eliana.

— Qu'est-ce que c'est ? s'enquit cette dernière.

— Des faux papiers d'identité. Tu t'appelles désormais Eleonora Müller, ou Elea.

Eliana examina les papiers avec de grands yeux avant de relever brusquement la tête.

— Et les autres, où sont-ils ? Il n'y a que moi qui ai des papiers ?

Elle fronça les sourcils.

— Et je dois prendre ton nom de famille ?

Embarrassée, Ava changea de position.

— Je suis désolée, mais c'est tout ce que mon père a pu obtenir jusqu'ici. Tu comprends, il faut que la filiation soit irréfutable afin que personne ne puisse remettre ton identité en question… et cela nécessite un processus minutieux. Mon père tenait à ce que ces papiers soient inattaquables, d'autant plus que nous serions censés t'héberger comme un membre de la famille, Eliana.

— Parce qu'elle est la seule d'entre nous qui puisse passer pour une goy, siffla David. N'est-ce pas ?

Ava, surprise par son ton vindicatif, prit une profonde inspiration.

— Mon père veut qu'Eliana se fasse passer pour sa nièce. Elle logerait chez nous, à Berlin, le temps qu'elle trouve du travail. Il pense qu'Eliana pourrait être utile à la résistance, à condition qu'elle soit d'accord, bien sûr.

D'après lui, personne n'aura jamais l'idée de mettre en doute son lien de parenté avec les Müller.

Eliana étouffa un cri, tandis que David la fusillait du regard.

— Quoi ? Vous voulez me laisser croupir dans ce grenier pendant que ma sœur ira se battre dehors ? Je suis censé moisir ici jusqu'à ce qu'on m'oublie, c'est ça ?

— David… tenta Ava.

— Je l'ai déjà dit à Anna ! J'ai besoin d'agir, de faire quelque chose ! Tout plutôt que de rester planqué comme un lâche. Je ne sais pas combien de temps je vais encore pouvoir supporter de rester dans ce grenier.

Ava plongea son regard dans ses yeux bleu clair.

— Crois-moi, David. S'il y avait quoi que ce soit qu'on puisse faire, mon père l'aurait déjà fait. Mais je ne peux pas te laisser dire que tu es un lâche, ce n'est pas vrai.

Elle marqua une pause, la lèvre tremblante d'émotion, bouleversée par David qui restait planté devant elle, le visage marqué par la souffrance, le corps frémissant.

— Il n'y a qu'une seule lâche dans ce grenier, c'est moi. Alors, je t'en prie, ne dis plus jamais cela de toi.

David l'écoutait, les mâchoires serrées. Rester dans ce grenier lui était insupportable et il avait beaucoup de mal à accepter son sort.

— Écoute, reprit-elle, je te promets que nous trouverons un moyen de tous vous faire sortir d'ici, mais en attendant, Eliana est en mesure de nous aider. Elle peut jouer un rôle dans la résistance d'une manière qui ne t'est pas permise. Et pour être tout à fait franche, tu as raison. C'est vrai qu'elle peut passer pour un membre de ma famille, contrairement à toi. C'est comme ça et on n'y peut rien.

— Mais ton père est sûr que son plan va marcher? s'inquiéta Herr Goldman. Qu'Eliana ne risquera rien si elle sort d'ici?

Tous les regards se braquèrent sur Ava.

— Herr Goldman, mon père tenait à ce que je vous dise qu'à Berlin, tout le monde traiterait Eliana comme un membre de notre famille, au même titre qu'Anna et moi, en raison du rang qu'il occupe au sein des SS et de notre supposé lien de parenté, attesté par ces papiers. Bien sûr, il y aura des risques, il ne le nie pas, puisque les gens chez qui elle va travailler font partie d'un réseau de résistants, mais dites-vous que c'est pour la bonne cause. De toute façon, ma sœur et moi menons nous aussi des actions clandestines et mon père a bien précisé qu'il mettait également ses propres filles en danger, pas seulement la vôtre.

— Je t'en prie, papa! supplia Eliana. Tu dois me laisser partir. Je ne peux pas rester ici en sachant que je pourrais être d'une quelconque aide dehors!

David partit brusquement à l'autre bout du grenier. Sa sœur le suivit du regard et après quelques secondes d'hésitation, Ava se décida à aller vers lui, tant pour lui parler que pour laisser Eliana s'entretenir avec ses parents dans une relative intimité.

— Je suis désolée, David, dit-elle avec douceur. Je suis sincèrement désolée, pour tout.

Il lui répondit par un grognement, mais ses épaules se soulevèrent avant de retomber d'un coup, comme s'il avait pris une profonde inspiration.

— Et si on cherchait un moyen pour que tu puisses nous aider? suggéra-t-elle. Si on trouvait quelque chose que tu puisses faire d'ici?

— Ava, il n'y a rien que je puisse faire d'ici. Tu crois peut-être que je n'y ai pas déjà réfléchi ? Puisque je dois rester dans ce grenier, je suis inutile à tout le monde.

— Inutile, c'est mieux que mort.

Elle se plaqua une main sur la bouche. Comment avait-elle pu dire une chose pareille ?

— Pardon, je ne voulais pas…

— Au moins, c'est franc !

Il se mit à rire, malgré la gravité de leur conversation.

— Mais honnêtement, Ava, je me demande parfois si tout ça en vaut vraiment la peine. Parce que rester planqué dans ce grenier, ce n'est pas une vie. C'est de la survie, c'est tout. Je ne sais pas combien de temps je pourrai encore tenir. Combien de temps peut-on vivre dans ces conditions, hein ?

Ava regarda David, elle le regarda *vraiment*, et pour la première fois, elle le vit tel qu'il était vraiment. Et elle en fut bouleversée. David n'était qu'un homme parmi tant d'autres, mais subitement, il représentait à ses yeux tous ceux qui avaient disparu sans qu'elle leur accorde une seule pensée.

— Notre vie était faite d'amis, de travail, d'études. Et maintenant…

Il détourna la tête, comme s'il voulait regarder par la fenêtre, sauf qu'elle était en permanence tendue de noir à cause du black-out et n'offrait donc aucune perspective sur le dehors.

— J'avais commencé mes études de médecine, tu le savais, ça ? Toute ma vie était planifiée : j'avais tellement de rêves, de projets, d'endroits où je voulais exercer…

Ava sentit une boule d'émotion se former dans sa gorge.

— David… tes rêves, tes projets, je veux que tu les retrouves, tu peux me croire. Moi non plus, je ne veux pas que ta vie se réduise à ce grenier, mais pour le moment, la seule chose que nous puissions faire, c'est te garantir la sécurité.

— Alors, il faut que tu retournes parler à ton père. Essaie au moins de me procurer une arme, n'importe laquelle, pour que je puisse protéger mes parents si jamais on vient nous arrêter.

— Je te procurerai une arme, David. Tu as ma parole.

D'un geste timide, elle posa une main sur son bras et sentit ses muscles tendus sous ses doigts.

— Si tu as besoin de cela pour te sentir en sécurité, considère que c'est chose faite.

Ils se dévisagèrent longuement, puis David finit par hocher la tête.

— Merci, Ava. Je n'oublierai jamais la bonté dont ta famille a fait preuve envers la mienne.

Elle allait tourner les talons lorsqu'il referma la main sur la sienne, le temps d'une fraction de seconde.

— Et tu n'es pas une lâche, Ava.

Elle retourna vers Eliana, préoccupée par David, encore sous le coup de ses paroles. Il aurait fait un excellent médecin, car de toute évidence, c'était un homme bon, compatissant et brillant. Restait à espérer qu'il pourrait mettre un jour ses qualités à profit. Elle regarda sa main, la paume qui avait touché son bras. Comment avait-elle pu croire une seule seconde qu'il était néfaste d'entrer en contact avec un Juif, qu'elle risquait d'être contaminée ou abîmée par le seul pouvoir de leur religion ? Tout cela lui semblait si ridicule à présent, comme si elle avait émergé d'un mauvais rêve.

— Eliana ? fit-elle, son regard allant de son amie à ses parents.

— Où est-ce que ma sœur va travailler ? s'enquit David qui s'était approché dans son dos.

— Dans une épicerie de Berlin. Chez des gens très bien qui prendront soin d'elle. D'après mon père, c'est une famille qui s'est engagée très activement dans la résistance, depuis le début du mouvement.

Elle regarda Eliana, puis ses parents, avant de se retourner vers David.

— Mon père expliquera à tout le monde qu'elle tenait à se rendre utile, mais que faute d'avoir un diplôme d'infirmière ou d'institutrice, elle s'est rabattue sur une place de vendeuse en épicerie. Ce sera une bonne couverture pour elle, dans l'intérêt de tous.

— Tu me promets qu'il ne lui arrivera rien ?

Ava fit oui de la tête.

— Je l'espère, David.

Le lui promettre, c'était impossible.

***

Deux heures après avoir laissé les Goldman prendre leur repas, elle revint chercher Eliana pour lui faire essayer des tenues dans sa chambre. Eliana avait toujours été mince, mais ces années d'angoisse et de manque d'exercice l'avaient fait fondre : elle flottait dans les vêtements d'Ava. Ils ne paraissaient pas ajustés à sa silhouette, alors que normalement, ils auraient dû être à sa taille.

— Je me suis dit qu'un bon chocolat chaud était de rigueur, annonça Anna en entrant avec un plateau.

— Ma foi, vu que nous allons passer la moitié de la nuit à faire de la couture, répliqua Ava en prenant une tasse avec reconnaissance, c'est exactement ce qu'il me fallait. Merci !

— Je me sens terriblement coupable d'être ici, avec vous, comme si tout était redevenu normal, alors que mes parents et David sont là-haut, murmura Eliana. Ça me semble tellement injuste ! J'éprouve le même sentiment que lorsque vous m'avez fait sortir de Berlin et que j'avais dû laisser mon frère à l'appartement. Nous avons toujours été si proches, David et moi… Je n'arrêtais pas de me dire que lui, il ne serait jamais parti sans moi.

Ava échangea un regard avec sa sœur, mais ce fut Anna qui s'exprima la première :

— Souviens-toi que ta contribution à la résistance pourrait bien mener à leur libération. S'il y avait un moyen pour que David nous rejoigne en toute sécurité, j'aurais insisté pour qu'on le recrute, lui aussi. D'ailleurs, c'est peut-être encore possible…

— Comment cela ? s'enquit Eliana, pleine d'espoir.

— Il sait taper à la machine ?

Eliana se mit à rire tout en se tournant pour permettre à Ava de lui boutonner la robe qu'elle essayait.

— Comme un pied ! Mais il apprend vite et il a désespérément besoin d'agir, de faire quelque chose.

— Dans ce cas, je me charge de lui trouver une machine à écrire et de lui donner une tâche à accomplir. Quelque chose d'utile qui lui occupera l'esprit, afin qu'il ait lui aussi le sentiment d'apporter sa pierre à l'édifice.

Ava vit Eliana se redresser, un sourire aux lèvres à l'idée que son frère puisse finalement jouer un rôle dans l'histoire. De son côté, si elle avait pu faire quoi que ce soit pour aider David à quitter ce grenier, elle n'aurait pas hésité une seule seconde. En attendant, elle allait lui trouver une arme, ce serait déjà ça. Tout ce qu'il demandait, c'était un moyen de protéger sa famille et elle avait bien l'intention de le lui fournir. C'était la moindre des choses.

— Quand vais-je commencer mon travail à l'épicerie ? s'enquit Eliana.

— Lundi. Une voiture nous ramènera à Berlin de bonne heure et je t'y emmènerai moi-même avant d'aller au bureau. Tout ce qu'on te demandera, c'est de donner un coup de main. Et si jamais quelqu'un te pose une question, tu dois répondre que tu ne voulais pas rester chez toi à te tourner les pouces.

— Et les épiciers, je peux leur faire confiance ? Ils sauront qui je suis vraiment ?

Ava opina du chef.

— Ils sauront que tu es juive, si c'est le sens de ta question, et que tu as besoin de passer inaperçue. En revanche, ils ne sauront rien de ta véritable identité ni de ton passé, et ce afin de vous protéger, toi comme eux.

Elle marqua une pause.

— Ainsi que nous.

Enfin, Eliana se retourna pour que les deux sœurs puissent juger de l'effet produit. Ava et Anna s'extasièrent. Certes, il leur faudrait bien toute la nuit pour confectionner à leur « riche cousine munichoise » une garde-robe digne d'elle. Mais Eliana était d'une telle beauté qu'il suffirait de la teindre en blonde et de la maquiller un peu pour que même un SS se retourne sur elle dans la rue.

13

Anna

Assise au volant de l'ambulance, Anna maudissait Dieter de ne pas être venu travailler aujourd'hui. Personne ne savait où il était, fait extrêmement inhabituel, car jamais il n'avait été absent. Résultat, elle allait devoir faire le trajet toute seule. Quelques jours plus tôt, elle avait reçu un message et s'était vu confier de faux papiers d'identité pour deux enfants qu'elle devait faire sortir de Berlin. Le point de rendez-vous était le même que la dernière fois, mais l'horaire différent.

Dans tout le pays, les frappes aériennes se faisaient de plus en plus ciblées et visaient fréquemment les usines. Le message qu'on lui avait transmis était clair : les puissances ennemies allaient détruire l'usine de Magdebourg, à deux heures de Berlin. Dès que le bombardement aurait eu lieu, Dieter et elle devraient s'y rendre et rouler aussi près du bâtiment que possible. Là, on leur amènerait les enfants à transférer. C'était un trajet bien plus long que ceux qu'on leur assignait d'habitude, ce qui impliquait des risques bien plus grands. C'était une des raisons pour lesquelles elle aurait préféré faire la route avec Dieter.

Tel qu'on le lui avait présenté, ce plan ne l'avait pas dérangée, hormis le fait que les enfants allaient peut-être devoir attendre des semaines avant d'être sauvés. Mais en définitive, il ne s'était écoulé que quinze jours entre le moment où elle avait reçu les instructions et celui où l'usine avait été frappée ; après tout, Magdebourg était la cible de nombre de raids aériens des forces ennemies. Le seul ennui, c'était qu'elle allait devoir conduire l'ambulance elle-même, à moins d'emmener une autre infirmière ou un autre conducteur, au risque de se trahir. En effet, comment expliquer qu'elle parte secourir des blessés à une telle distance de l'hôpital ? Elle avait donc choisi de passer l'absence de Dieter sous silence et était sortie munie de sa sacoche d'infirmière, comme s'il l'attendait devant l'ambulance.

Elle patienta un moment, le temps de vérifier que personne d'autre ne sortait de l'hôpital, puis elle démarra et manœuvra dans la cour avant de s'engager dans la rue. Elle n'avait pas l'habitude de conduire l'ambulance, mais sa détermination lui donnait tous les courages : en aucun cas elle ne laisserait l'absence de Dieter contrecarrer le sauvetage de deux enfants.

***

Une heure plus tard, agrippée au volant à s'en faire blanchir les jointures, Anna passa devant les camions de pompiers et les soldats afin de se garer le plus près possible du tas fumant de cendres et de bois calciné qui avait été une usine. Mais ce qui la perturbait le plus, ce n'était pas les décombres, c'était le nombre de corps alignés au sol. Se pouvait-il qu'il y ait eu des rescapés ?

— Au secours !

Quelqu'un était sorti en courant de la maison la plus proche, un enfant dans les bras.

L'habitation présentait un trou béant sur le côté, comme ces maisons de poupée dont un pan s'ouvre afin de pouvoir regarder à l'intérieur.

Une seconde personne apparut, un autre enfant dans ses bras. Anna s'empressa de sortir de l'ambulance et d'aller ouvrir les portières arrière.

— Par ici ! lança-t-elle.

Il ne lui fallut que quelques minutes pour entrer dans le jeu des pseudo-parents et leur faire déposer les enfants à l'arrière du véhicule. Elle les installa sur des brancards et les enveloppa de couvertures en leur souriant, dans l'espoir de les rassurer.

Mais alors qu'elle allait redescendre de l'ambulance, une ombre tomba sur la portière arrière : deux officiers SS la regardaient faire. Le couple qui lui avait amené les enfants, cloué sur place, la dévisageait avec intensité, comme si elle avait le pouvoir de les faire partir. Anna considéra le premier SS, puis le second et sourit aux deux avec un tranquille aplomb. Ils ne l'intimidaient pas, elle dont le père arborait le même uniforme, sans parler de tous les hauts gradés qui fréquentaient leur maison.

— Papiers, ordonna l'un des deux. Pour les deux enfants.

— Les voilà, répondit-elle en les sortant de sa veste. J'avais déjà demandé à ce qu'on vérifie leur identité avant de les embarquer dans l'ambulance.

Les deux SS parcoururent les documents des yeux, puis l'un d'eux se tourna vers le couple.

— Vous êtes les parents ? Nous devons voir vos papiers à vous aussi.

Anna intervint :

— Excusez-moi, mais l'un de ces enfants semble présenter un traumatisme crânien et l'autre respire mal. Il est impératif que je les emmène à l'hôpital le plus vite possible.

Elle tendit la main pour récupérer les papiers d'identité et referma les doigts dessus avec insistance.

— Vu que vous appartenez aux SS, vous connaissez sans doute mon père l'*Oberst-Gruppenführer* Karl Müller? C'est lui qui tient à ce que j'exerce mon métier d'infirmière, en particulier pour que les enfants reçoivent les soins adéquats. Ils sont l'avenir de la nation, après tout.

L'effet fut immédiat : les papiers lui furent rendus sans plus d'histoires. Elle referma les portières de l'ambulance, promit aux «parents» de veiller à ce que leurs deux enfants reçoivent les meilleurs soins, puis elle se remit au volant et démarra, laissant les deux SS plantés sur la route.

C'était la première fois qu'elle se servait du rang de son père, mais le stratagème avait fonctionné et elle n'hésiterait pas à recommencer en cas de besoin. À présent, il lui fallait déposer les enfants au lieu de rendez-vous en espérant que son contact l'attendrait là-bas. Sinon, que ferait-elle des deux enfants apeurés qui avaient été confiés à sa garde?

***

Bousculée par un passant, Anna fit un saut de côté. Elle rentrait chez elle après le travail, toujours préoccupée par le sort des enfants qu'elle avait confiés à son contact. Absorbée par ses pensées, elle ne s'aperçut que l'homme n'était pas du tout un inconnu que lorsqu'il se mit à marcher à sa hauteur. Il l'avait heurtée à dessein, afin d'attirer son attention.

— Pardon, Fräulein.

Elle coula un regard dans sa direction.

— Johann ? murmura-t-elle. Tu as de la chance de ne pas t'être pris un coup de sac à main !

De l'extérieur, on aurait juré qu'ils ne se connaissaient pas : Johann ralentit de façon à rester à moins d'un mètre derrière elle, tout en continuant à marcher dans la même direction. Cela faisait des mois qu'Anna ne l'avait pas vu, elle s'était même demandé s'il n'avait pas quitté Berlin, et voilà qu'il était là, en chair et en os et que, de toute évidence, c'était elle qu'il cherchait.

Johann se montrait rarement en ville, alors que la plupart des jeunes gens célibataires qui n'étaient pas au front paradaient dans les rues en uniforme. C'était un jeune homme au physique extrêmement avantageux, doté de toutes les caractéristiques prisées par les nazis. Mais Johann boitait, ce qui le rendait inapte au service. Anna s'interrogeait parfois sur la réalité de ce handicap, car par ailleurs, Johann semblait athlétique et en pleine forme. Néanmoins, il possédait des papiers attestant de son invalidité qui, jusque-là, l'avait exempté du service militaire. Cela dit, sa claudication ne l'en rendait pas moins magnétique, un peu comme Joseph Goebbels dont les infirmités physiques ne l'empêchaient pas de subjuguer les foules.

— C'est à cause de ce qui s'est passé ce matin que tu veux me voir ? lui demanda-t-elle discrètement.

Comment pouvait-il être au courant ? Était-il arrivé quelque chose aux enfants ?

— Tu n'as pas respecté le protocole, Anna. Tu es partie toute seule au volant de l'ambulance. Même si j'admire ton dévouement à la cause, je dois le reconnaître. En revanche, les transferts, c'est terminé jusqu'à nouvel ordre, ça devient trop dangereux d'agir autour de Berlin. Il y a des mouchards partout, du coup, on doit attendre de les avoir tous identifiés avant de reprendre les opérations.

Anna sentit sa gorge se serrer. Qu'allait-il advenir des enfants qui continuaient d'espérer du secours ? Des familles qui avaient appris qu'un réseau était en mesure de les faire passer à l'étranger et qui savaient que de faux papiers avaient déjà été fabriqués à cet effet ? L'Allemagne avait déjà été largement purgée de ses Juifs, de ses homosexuels ainsi que de tout individu qui n'avait pas l'heur de plaire au régime nazi, mais il y avait encore des familles et des enfants cachés dans les caves et les greniers de tout le pays.

— Une famille a été arrêtée à Berlin, cette nuit, dit Johann. Ils ont été dénoncés, ce qui confirme la présence d'un traître parmi nous. Voire de plusieurs.

Anna frissonna, les poings serrés.

— Ils ont été emmenés ? Cette nuit ?

— À mon avis, ils sont déjà en route pour Auschwitz, tout comme la famille qui les cachait dans leur cave.

Il laissa passer quelques secondes et son expression s'adoucit, ce qui ne lui ressemblait pas. Anna comprit qu'il allait lui révéler quelque chose qu'elle n'avait pas envie d'entendre.

— La famille, c'était celle de ton ambulancier, Dieter. Je suis désolée, Anna, mais c'est pour cela qu'il n'est pas venu travailler aujourd'hui, c'est pour cela que tu as été obligée d'agir seule.

— Dieter a été arrêté ? hoqueta-t-elle. Et ses parents aussi ?

Bouleversée, elle imagina la terreur qui avait dû les assaillir. Où pouvait bien être Dieter, à présent ? Il s'était toujours montré aussi déterminé qu'elle à sauver ces enfants, mais la différence, c'était que lui avait encore l'espoir, aussi mince soit-il, que sa femme ait survécu aux conditions dans les camps et qu'il puisse la retrouver si la guerre prenait fin un jour.

Dieter ne lui avait jamais dit qu'il cachait des gens.

— Est-ce que ça veut dire que je suis en danger ? s'inquiéta-t-elle. Que ma famille est en danger ?

Elle enfonça ses ongles dans son poing serré, focalisée sur les conséquences que l'arrestation et l'interrogatoire de Dieter pourraient avoir sur elle.

— Est-ce que ça signifie l'anéantissement potentiel du réseau tout entier ?

— Nous sommes tous en danger, Anna, depuis le début. Mais si nous avons été dénoncés, et par quelqu'un qui nous touche de près… ils vont nous éliminer, un par un.

Il lui lança un regard aigu avant de conclure :

— Ou bien ils peuvent venir nous arrêter dans la nuit et tous nous descendre d'un seul coup.

Anna se concentra sur sa respiration pour tenter de calmer les battements affolés de son cœur.

— Qu'est-ce que tu veux que je fasse ? Comment puis-je t'être utile ?

Elle aurait voulu lui demander si elle pouvait venir en aide à Dieter, de quelque manière que ce soit, mais ce n'était même pas la peine de poser la question. Quand quelqu'un entrait dans l'un de ces camps, personne ne pouvait plus rien faire pour lui.

— Tu peux me présenter à ta sœur, répondit Johann alors qu'ils arrivaient devant l'immeuble où elle habitait.

Ils le dépassèrent afin de ne pas indiquer l'adresse d'Anna à un éventuel espion.

— Je sais que ton père l'a recrutée, poursuivit Johann, et j'aurais besoin qu'elle me rende un service. Nous devons avancer notre calendrier, au cas où nous serions obligés de fuir le pays plus vite que prévu.

Anna rentra la tête dans les épaules, le menton enfoncé dans son écharpe, et resserra les pans de son manteau autour d'elle.

— Non. Ma sœur ne peut t'être d'aucune aide. Laisse-moi plutôt m'en occuper. Quoi que ce soit, je peux très bien m'en charger.

— Tu ne peux pas m'aider, Anna. À moins que tu n'aies accès à l'agenda personnel de Joseph Goebbels.

— Si ma sœur nous faisait passer ce genre de renseignements, elle signerait son arrêt de mort, tu le sais très bien ! Ils comprendraient immédiatement qu'elle est dans le coup ! s'indigna-t-elle en lui lançant un regard noir. Non, ça, je ne le permettrai pas, Johann. Tu vas devoir te débrouiller autrement.

— Si tu ne veux pas me présenter ta sœur, je trouverai quelqu'un d'autre pour organiser notre rencontre.

Il la dévisagea d'un regard froid comme l'acier.

— À toi de voir, Anna. Mais sache que, quoi qu'il arrive, je trouverai un moyen de rencontrer ta sœur, avec ou sans ton aide.

Ce n'était pas du bluff. Johann était connu pour son caractère impitoyable : il ne reculait devant rien pour arriver à ses fins. S'il s'était mis en tête d'entrer en contact avec Ava, il trouverait le moyen de le faire, c'était une quasi-certitude, tout comme elle savait que le projet qu'il tramait ne serait pas abandonné, aussi risqué soit-il.

— Très bien, concéda-t-elle alors qu'il s'apprêtait à faire demi-tour. Trouve-toi demain au café Kranzle, à midi. Je m'arrangerai pour que ma sœur soit là.

Elle avait choisi un établissement où elles pourraient facilement se rendre à pied. Johann hocha la tête et croisa son regard avec un petit sourire.

— Vous vous installerez à la table voisine de la mienne et vous commanderez un café, dit-il. Ne me dis pas bonjour, fais comme si tu ne me connaissais pas. Nous parlerons sans nous regarder. Personne ne doit soupçonner qu'il s'agit d'un rendez-vous.

Anna opina du chef.

— Je comprends. Nous serons très discrètes. Mais tu sais tout de même à qui elle est fiancée ? Tu sais qu'il est rentré à Berlin ? Tu sais le danger qu'elle courra en prenant part à notre action ? Ce qu'il te fera s'il estime que c'est toi qui l'as enrôlée là-dedans ?

Elle le regarda durement.

— Le seul fait d'être vue avec toi alors qu'elle est fiancée à un homme tel que Heinrich pourrait vous condamner à mort, toi comme elle.

— Je sais déjà tout ce qu'il y a à savoir sur ta sœur, Anna. Et n'oublie pas que nous jouons au chat et à la souris, c'est dangereux pour nous tous. Mais si jamais ça marche... alors, on pourrait mettre un terme à tout cela, une bonne fois pour toutes, et nous pourrions tous retrouver notre vie d'avant.

Il lui lança un regard d'une intensité qui l'effraya avant de lui demander :

— Anna, est-ce que ton père est souffrant ?

Elle déglutit péniblement, mais s'efforça de conserver un visage impassible.

— Pourquoi cette question ?

— Disons que j'ai eu vent de certaines rumeurs, c'est tout.

Anna s'enfonça de nouveau les ongles dans la paume en se forçant à sourire.

— Mon père va très bien, mais je te remercie de ta sollicitude.

Là-dessus, Johann tourna les talons. Elle le regarda s'éloigner en relâchant enfin sa respiration. Comment quelqu'un pouvait-il être au courant de l'état de son père ? À moins qu'elle n'ait pas réagi assez vite lors du dîner de l'autre soir. L'un des invités avait-il remarqué quelque chose ? Pourvu qu'Ava n'ait pas été assez sotte pour en parler à Heinrich… Elle se réprimanda aussitôt pour avoir pensé une telle chose de sa sœur. Ava avait bien compris quel genre d'homme était Heinrich, il était impensable qu'elle fasse quoi que ce soit qui puisse mettre leur père en danger.

Anna revint d'un pas vif vers son appartement, aussi inquiète pour sa sœur que pour son père. Elle savait avec quelle facilité sa sœur se laisserait prendre dans les filets de Johann qui pourtant la laisserait tomber dès qu'il n'aurait plus besoin d'elle. Pire : si jamais les choses tournaient mal, Ava risquait carrément la mort.

Johann organisait l'évacuation d'enfants juifs de Berlin depuis la Nuit de cristal. Il était venu la trouver peu de temps après le décès de son mari et de son fils, comme s'il avait senti en elle la candidate idéale pour servir sa cause. Elle l'avait régulièrement croisé sur sa route jusqu'au jour où il lui avait demandé tout de go de l'aider. Il l'avait recrutée en jouant sur sa conscience. Il savait exactement comment la manipuler et elle était entrée dans son réseau de son plein gré, d'autant plus qu'il lui avait raconté que ses propres parents avaient été exécutés par les SS pour avoir hébergé sa petite amie juive ainsi que sa famille. Mais depuis, Johann était passé à l'échelle supérieure, il s'était mis à coordonner des actions de plus en plus hardies, destinées à perturber l'action du Führer. Ce qui avait fait comprendre à Anna le danger qu'il y avait à être associée à un homme tel que lui.

Elle espérait simplement que le projet qu'il nourrissait pour sa sœur ne faisait pas partie de l'opération plus vaste qui se tramait, car alors, jamais elle ne pourrait se pardonner d'avoir été à l'origine de leur rencontre, de ne pas avoir protégé Ava sans réserve. La perte de son mari et de son fils l'avait brisée. Elle ne pensait pas pouvoir se remettre un jour de ce double deuil, mais si elle devait aussi perdre sa sœur… Elle frissonna. Après avoir rapidement fait le tour du pâté de maisons, elle se retrouva devant son immeuble. Elle ne survivrait pas à la perte d'Ava : il ne lui restait donc qu'une seule solution.

Elle allait devoir informer son père de la démarche de Johann et le laisser décider de l'attitude à adopter face à la situation. Johann serait furieux contre elle, mais Ava était sa sœur et elle avait le devoir de la protéger, quoi qu'il arrive. Si son père estimait que le jeu en valait la chandelle, soit. Mais ce n'était pas une chose à laquelle elle pouvait consentir sans le consulter d'abord.

14

Ava

Ava marchait vers le café Kranzle en compagnie d'Anna. C'était sa sœur qui lui avait proposé d'aller prendre un café là-bas, mais elle se sentait nerveuse. Elle ne sortait pas souvent à l'heure du déjeuner et lorsqu'Anna lui avait dit que quelqu'un voulait la voir, son estomac s'était noué. Et si c'était Heinrich ? Mais par chance, il était trop occupé pour venir la voir, ces derniers temps. Chaque jour qu'elle passait sans le voir était un soulagement, même si à un moment ou à un autre, il allait falloir lui rendre visite, à lui et à ses parents.

— Tu ne vas donc rien me dire au sujet de cet homme, Anna ?

— Disons que c'est quelqu'un que je n'aurais jamais voulu que tu rencontres. Au départ, j'avais même refusé, et puis j'ai pensé qu'il valait mieux que cela se passe en ma présence, plutôt qu'il t'approche par un autre biais.

— Mais il y a bien une raison pour que tu sois si opposée à ce que je rencontre ce type ?

Anna s'arrêta et croisa les bras sur sa poitrine d'un air contrarié.

— Il est dangereux, Ava, voilà ce qu'il y a. Il est dangereux parce qu'il ne reculera devant rien pour changer la situation dans laquelle se trouve le pays.

— Mais c'est un révolutionnaire, alors ? lança Ava en riant.

Anna leva les mains au ciel, exaspérée.

— Je t'en prie, Ava ! Ce n'est pas un jeu, personne ne joue.

Ava poussa un soupir et se remit à marcher au même rythme que sa sœur.

— Je suis bien consciente que ce n'est pas un jeu, Anna, lui glissa-t-elle à l'oreille. Je passe mes journées à me ronger les sangs, au bureau. Je vis dans la crainte que quelqu'un lise dans mes pensées ou que les SS viennent me chercher parce que j'aurai transmis un document que je suis la seule à avoir eu entre les mains. Alors, je sais très bien que nous devons faire très attention.

— C'est une bonne chose que tu aies peur, répliqua Anna. C'est lorsque le sentiment de peur disparaît qu'on tombe dans l'excès d'assurance et c'est là qu'on commet une imprudence. C'est là qu'on se fait prendre.

— N'oublie pas que j'ai un autre souci, lui fit remarquer Ava. Je suis fiancée à un fanatique nazi. Par bonheur, il ne parle plus d'avancer la date de notre mariage. Papa doit l'avoir convaincu qu'il valait mieux attendre, car si ça n'avait tenu qu'à lui, Heinrich m'aurait épousée la semaine prochaine, tu peux me croire.

— À moins que papa n'ait réussi à lui faire entendre qu'aucune de ses filles n'accepterait de vivre à un jet de pierre de l'un des plus abominables camps de concentration qui soient ? hasarda Anna.

Soudain, elle lui prit le bras et lui murmura à l'oreille :

— Tiens, c'est lui ! L'homme assis tout seul dans le café, de l'autre côté de la rue. Ne le fixe pas !

Ava suivit le regard de sa sœur, en veillant à ne pas s'attarder trop longtemps sur l'individu en question. Très bel homme, ne put-elle s'empêcher de remarquer ; d'une certaine manière, il ressemblait à Heinrich, mais il avait le teint plus hâlé, comme s'il aimait passer l'été au soleil. Et tandis qu'elles s'approchaient de lui, elle vit qu'il avait les yeux d'un brun chaud et non bleus comme ceux de Heinrich.

— Il m'a l'air tout à fait inoffensif, commenta-t-elle.

— Crois-moi, il ne l'est pas, répliqua Anna.

Elle la précéda dans le café tout en marmonnant :

— Johann est *tout* sauf inoffensif.

Elles commandèrent chacune un café en présentant leur carnet de rationnement, puis se frayèrent un chemin jusqu'à la table voisine de celle de Johann. Anna continuait à bavarder comme si de rien n'était, tandis qu'Ava faisait de son mieux pour répondre sur le même ton. Elles ignorèrent totalement le fameux Johann jusqu'à ce qu'on leur apporte leur commande. Ce n'est que lorsqu'elles burent la première gorgée de leur café corsé qu'il se mit à parler sans les regarder :

— Je suis ravi de faire ta connaissance, Ava, dit-il en se renversant contre le dossier de sa chaise, sa propre tasse de café entre ses mains. Il est vital que nous nous comportions toujours comme des inconnus l'un pour l'autre et que nous ne nous asseyions jamais à la même table. Si tu as quelque chose pour moi, tu le poseras sur la table, enveloppé dans une serviette, et tu t'en iras avant moi afin que je puisse le récupérer après ton départ.

— Qu'est-ce que je devrais laisser à votre intention ?

— Des documents, des notes que vous aurez prises, des renseignements que je vous aurai demandés.

Un long silence s'ensuivit. Ava réfléchissait aux requêtes de ce Johann. Finalement, ce n'était pas très différent de ce qu'elle faisait déjà pour son père.

— Et si j'ai besoin de vous contacter ? s'enquit-elle. Et si jamais quelque chose tourne mal ?

— Quoi, vous n'avez pas prévu de plan en cas de pépin ? s'étonna-t-il. Parce que, croyez-moi, à un moment ou à un autre, ça tournera mal. Ce n'est qu'une question de temps.

Ava jeta un coup d'œil à Anna qui, pour toute réponse, se contenta de hocher la tête.

— Que voulez-vous de moi ? reprit-elle. Pourquoi m'approcher maintenant ? Et pourquoi vous adressez-vous directement à moi plutôt qu'à mon père ?

Alors, Johann la regarda… Il la regarda vraiment. Ses yeux s'attardèrent sur elle et elle se sentit rougir sous son regard insistant. De son côté, elle ne put s'empêcher d'admirer sa bouche sensuelle.

Enfin, il détourna la tête et porta la tasse à ses lèvres.

— Parce qu'on m'a dit que tu étais devenue la secrétaire particulière d'une personne qui nous intéresse beaucoup et que tu pourrais avoir accès à son agenda personnel… entre autres choses. J'ai besoin de connaître la date et le lieu de toutes ses rencontres avec le Führer. Si Hitler vient à Berlin, je veux savoir quand et où. Et pour répondre à votre dernière question, mon petit doigt me dit que votre père n'aimerait pas que sa petite fille chérie fasse des choses aussi culottées. Bien que son influence soit sur le déclin, comme nous le savons tous les deux.

— Sur le déclin ? répéta Ava en regardant Anna sans comprendre.

Que voulait-il dire par là ?

Elle vit les doigts de sa sœur se crisper sur sa tasse de café : Anna était soit irritée, soit prise de court, soit les deux.

— Notre père n'a absolument rien perdu de son influence, malgré ce qu'on a pu vous dire.

Johann haussa les épaules.

— Il se peut que je me sois trompé, alors. Mais peu importe… revenons plutôt à toi, Ava. Es-tu prête à nous aider ou pas ?

Ava avait l'impression que Johann ne se trompait que très rarement, au contraire, aussi pesa-t-elle soigneusement sa réponse, dans l'espoir de ne pas paraître aussi naïve qu'elle l'était en réalité.

— Vous devez savoir que je suis actuellement la seule employée du bureau à avoir accès à son agenda personnel. S'il devait y avoir une fuite de renseignements confidentiels, on saurait tout de suite que c'est moi, il ne pourrait pas en être autrement.

— D'où notre conversation, répliqua Johann. Tout est entre tes mains, Ava. Quoique, je diffère avec toi sur un point : si nous usons avec prudence des renseignements que tu nous fourniras, je ne pense pas que les soupçons se porteront automatiquement sur toi.

Son prénom dans sa bouche, son regard qui la parcourait la faisaient vibrer de manière presque inconfortable. Elle voyait bien qu'Anna n'était pas contente – très raide, sa sœur tournait légèrement le dos à Johann –, mais à cet instant, tout ce qu'elle était capable de ressentir, c'était de l'excitation. Que cet homme-là puisse lui demander quelque chose qu'elle seule était en mesure de lui donner…

Réfléchissant à voix haute, elle murmura dans un souffle :

— J'ai entendu dire que certains officiers de la *Wehrmacht* ne seraient plus aussi loyaux qu'ils avaient pu l'être dans le passé. Si la rumeur dit vrai, il se pourrait qu'on soupçonne plutôt l'un de ses proches lieutenants de l'avoir trahi, quelqu'un en qui il aurait toute confiance... Même si c'est moi qui serais la première dans le collimateur, j'en suis sûre.

— Oui, murmura Anna avec ressentiment. Ou bien ils pourraient comprendre tout de suite que c'est toi, scénario bien plus plausible, à mon sens. Rien ne t'oblige à accepter, Ava, et encore moins à prendre ta décision aujourd'hui. Tu peux encore y réfléchir.

— Je vais le faire, dit Ava en maudissant son intonation tremblante.

— Nous n'oublierons jamais ton aide, Ava, dit Johann. Tu pourrais bien nous fournir la dernière pièce du puzzle, celle que nous attendons depuis longtemps. Alors, merci.

À cet instant, quelqu'un héla Anna, sur le trottoir d'en face. Elle se leva, effleura l'épaule de sa sœur en passant et lui murmura qu'elle n'en aurait que pour une minute. Ava se retrouva seule avec Johann.

Elle continuait à regarder droit devant elle, comme s'ils étaient de parfaits inconnus l'un pour l'autre, mais elle avait toutes les peines du monde à ne pas tourner la tête vers lui.

— On m'avait dit que tu étais une fille très capable, Ava, mais on avait oublié de me préciser que tu étais également très belle.

Elle rougit et se mordit la lèvre pour ne pas sourire.

— Dis-moi, Ava, comment te sens-tu, maintenant que tu as pris conscience de la réalité ?

— Stupide, avoua-t-elle en secouant la tête. De ne pas avoir vu ce qui se passait sous mes yeux.

— Tu n'es pourtant pas stupide, Ava, dit-il d'un ton plus grave. Tu es fine et intelligente, en d'autres termes, la recrue idéale pour nous.

Elle lui coula un regard. Combien de fois avait-il prononcé ces mots-là ? Se pouvait-il qu'ils lui soient destinés à elle seule ?

— Ce sont des femmes comme toi qui peuvent nous aider à gagner la guerre.

Anna revint vers eux et, tournant ostensiblement le dos à Johann, elle fit un signe de tête à sa sœur.

— Allons-y, maintenant.

Ava se leva pour la suivre, mais alors qu'elle passait devant la table de Johann, elle sentit ses doigts frôler les siens. Il lui avait fait passer un message. Elle fourra vivement la main dans sa poche et lui jeta un coup d'œil par-dessus son épaule. Mais il regardait ailleurs, comme s'il ne les connaissait pas, comme si les deux jeunes femmes qui sortaient du café n'existaient pas pour lui.

La main dans la poche, Ava sentait le minuscule bout de papier sous ses doigts. Que lui avait-il fait passer ? N'était-ce pas risqué d'avoir ce mot sur elle au ministère ? Mais il lui faudrait attendre d'être au bureau pour en prendre connaissance : elle ne voulait pas le déplier devant Anna.

— Tout ça ne me plaît pas, marmonna cette dernière tandis qu'elles traversaient la rue. La façon dont il t'a approchée, les risques qu'il te demande de prendre… Je ne supporte pas l'idée que tu sois reliée de si près à ce qu'ils projettent de faire, quoi que cela puisse être.

— Ça n'a pas à te plaire, répliqua Ava. Moi non plus, je n'aime pas les risques que tu as pris dernièrement.

Ce que j'y vois, moi, c'est une chance de me racheter. De me faire pardonner mon aveuglement et mon manque de compassion. Et puis, de toute façon, il n'y a que moi qui suis en mesure de lui fournir les renseignements dont il a besoin.

Elles ralentirent le pas en approchant du ministère.

— Tu n'as rien à te faire pardonner, Ava. Le fait que tu m'aides maintenant, que tu aies choisi d'agir alors que la plupart des gens préfèrent fermer les yeux… c'est ça qui compte. Pour le reste, rien ne t'oblige à te mettre en danger ainsi. Et ne te méprends pas sur l'attitude de Johann : il joue sur ton amour-propre. Et s'il flatte ta vanité, c'est uniquement pour arriver à ses fins. C'est sa manière de faire.

— Mais enfin, Anna, pourquoi serait-ce normal que tu prennes des risques, que tu mettes ta vie en danger, et pas moi ? Pourquoi est-ce toujours toi qui décides de ce qu'on doit faire ou pas ?

Anna la regarda avec tristesse, les yeux brillants de larmes.

— Parce que tu as la vie devant toi. Parce que ma vie à moi n'a plus de sens, Ava, alors que la tienne regorge de promesses.

Les mots de sa sœur lui firent l'effet d'un coup de poing à l'estomac. Elle lui passa un bras autour de la taille et l'attira contre elle, bouleversée par sa souffrance.

— Mais si, Anna, ta vie a un sens. Tu as une famille qui t'adore, qui ne serait plus jamais la même s'il devait t'arriver quelque chose. Je t'en prie, ne dis plus jamais ça, parce que ce n'est pas vrai, tu entends ?

Anna émit un son indistinct et Ava la serra encore plus fort contre elle, afin de lui faire sentir à quel point elle était aimée.

— Je ne serai plus jamais la même, Ava. Ce jour-là, quelque chose s'est brisé en moi, un élan que je ne retrouverai jamais. Certains jours, je me demande même comment je peux continuer de respirer en sachant que je ne les reverrai plus jamais, que je ne tiendrai plus jamais mon fils dans mes bras, que je n'entendrai plus jamais le rire de mon mari. Je ne peux pas t'expliquer à quel point ça me rend difficile le seul fait de vivre, mais c'est pourtant le cas, et savoir que vous m'aimez, papa, maman et toi, n'y change rien. Ce n'est plus comme avant.

Ava s'abstint de lui dire que le temps atténuerait sa peine, car qu'en savait-elle, en réalité ? Comment aurait-elle pu imaginer la douleur de perdre d'un seul coup son mari et son fils, de devoir vivre jour après jour avec ce deuil ? Rien d'étonnant à ce qu'Anna soit prête à risquer sa vie, à faire tout ce qui était en son pouvoir pour empêcher qu'une autre mère perde elle aussi son enfant à jamais.

— Je serai prudente, Anna. Très prudente, je te le promets.

Sa sœur secoua la tête.

— Je ne sais même pas si ce que te demande Johann t'en laisse seulement la *possibilité*. Parce qu'il ne s'arrêtera pas là, tu sais. Il est tellement obnubilé par sa mission qu'il n'a peut-être pas conscience du danger qu'il te fait courir.

Ava sentait le petit bout de papier brûler le fond de sa poche. Le seul fait de l'avoir sur elle lui donnait l'impression de berner sa sœur, d'avoir accepté de participer à quelque chose de très secret, même si elle ignorait encore la teneur de ce message. En tout cas, elle ne croyait pas Anna lorsqu'elle lui affirmait que Johann pouvait être un homme aussi dangereux qu'impitoyable.

Une chose pourtant la chiffonnait.

— Ce qu'il a dit à propos de papa…

Anna secoua la tête.

— Il ne peut pas savoir. Je ne pense pas que quelqu'un puisse être au courant.

Ava toucha le bras de sa sœur.

— En tout cas, moi, je ne l'ai dit à personne. Donc, si tu n'en as pas parlé non plus, il ne peut s'agir que d'une rumeur, rien de plus. Pour autant, est-ce qu'on ne devrait pas en toucher un mot à papa ? Le prévenir ?

Anna opina du chef avant de la serrer dans ses bras.

— Tu as raison, je lui parlerai. Il a besoin de savoir ce qui se raconte dans son dos.

Au bout d'une longue étreinte, elle consentit enfin à la lâcher.

— Je t'aime, sœurette. Alors, je t'en prie, sois prudente.

Ava la regarda s'éloigner, soudain saisie par un sentiment étrange, comme si Anna lui avait fait ses derniers adieux. Mais elle se reprit, entra très vite dans le bâtiment du ministère et alla droit vers les toilettes. Elle prit soin de fermer la porte avant de sortir le petit bout de papier de sa poche. Enfin, le cœur battant la chamade, elle le déplia : c'était une adresse.

Elle ferma les yeux et repensa à Johann : son regard, son sourire, son ton confiant, l'étincelle au fond de ses yeux… Cet homme était peut-être dangereux, mais il était aussi incroyablement magnétique, passionné par son action clandestine. On frappa à la porte. Quelqu'un voulait utiliser les toilettes. Ava lut et relut l'adresse pour l'apprendre par cœur, puis elle mit le bout de papier dans sa bouche.

Malgré sa petitesse, il se transforma en boule informe et pâteuse, mais elle réussit à l'avaler. Elle ouvrit la porte et décocha un sourire radieux à la secrétaire qui attendait de prendre sa place.

Aurai-je le culot d'aller voir Johann ?

Elle redressa la tête. Bien sûr ! Mais ils avaient un accord : elle était là pour l'aider, rien de plus. Imaginer qu'il veuille la voir pour une tout autre raison n'était que folie de sa part.

***

Ava prit une profonde inspiration avant de frapper à la porte. À la sortie de son travail, elle avait marché droit vers l'immeuble où habitait Johann, de plus en plus nerveuse à chaque pas. Maintenant qu'elle se tenait devant sa porte, elle avait le cœur qui tambourinait. Peut-être avait-elle eu tort de venir à cette adresse. Ce n'était pas dans ses habitudes de se retrouver seule avec un homme, encore moins avec un homme qui, au fond, lui était un parfait inconnu, mais si elle voulait vraiment travailler pour lui, elle allait devoir cesser de se poser ce genre de question.

Pourtant, lorsque la porte s'ouvrit, son cœur fit un bond.

Johann portait la même tenue que plus tôt, sauf qu'il ne tenait pas une tasse de café, mais un verre d'alcool, et qu'il avait ouvert les deux premiers boutons de sa chemise, laissant apercevoir le haut de son torse. Au café, elle l'avait trouvé beau, mais à présent, elle n'avait même plus de mots pour le décrire. Il dégageait une confiance en soi qui l'attirait inexplicablement. Il était si différent des hommes qu'elle connaissait !

— Je ne savais pas si tu viendrais, dit-il.

— Je n'en savais rien non plus. Je n'ai pas vraiment l'habitude de ce genre de subterfuge.

Il la frôla pour aller inspecter le couloir.

— Tu n'as pas été suivie ?

Elle ouvrit de grands yeux.

— Je ne crois pas… J'aurais dû vérifier ?

Johann eut un petit rire.

— Tu as encore beaucoup à apprendre, petit papillon, mais c'est aussi ta naïveté qui fait de toi la recrue parfaite. Avec ce visage innocent, personne ne soupçonnera jamais que tu puisses tremper dans quoi que ce soit.

Ava hésitait entre se rebiffer et l'admettre de bon cœur, mais à la façon dont Johann lui souriait, elle décida de prendre cette remarque comme un compliment. Il s'effaça pour la laisser entrer, puis elle ôta son manteau et le plia sur son bras tandis qu'il refermait la porte à clef.

— Quelqu'un sait que tu es ici ? lui demanda-t-il.

Vu qu'elle était seule dans l'appartement d'un inconnu, elle fut tentée de mentir et de répondre par l'affirmative, mais elle secoua la tête et opta pour la vérité :

— Non.

Johann traversa la pièce pour aller chercher un verre dans un placard de la cuisine, le remplit d'alcool et compléta son propre verre jusqu'à ras bord.

— Ça te dit ?

Ava acquiesça d'un signe de tête, même si elle ne buvait presque jamais. La dernière fois, c'était lorsqu'elle avait découvert les Goldman dans le grenier et que son père lui avait demandé de le suivre dans son bureau.

— Oui, répondit-elle.

Peut-être l'alcool lui apaiserait-il les nerfs…

Johann se rapprocha – trop près, de l'avis d'Ava –, avant de l'inviter à prendre place en face de lui.

Elle promena son regard autour de l'appartement.

— C'est donc ici que tu habites…

Cela ressemblait plus à un foyer qu'à une garçonnière.

— Je ne reste jamais plus de quelques jours au même endroit. Plus je m'implique dans toutes ces actions et plus je deviens parano : je crains d'être dénoncé. Du coup, je change sans arrêt de point de chute.

Ava le regarda attentivement en buvant une gorgée de son verre. L'eau-de-vie lui fit monter les larmes aux yeux, lui incendia la bouche et laissa un sillage de feu dans sa gorge. Décidément, elle ne s'habituerait jamais aux alcools forts.

— Mon père est comme toi, il a tendance à verser dans la paranoïa. Son obsession, c'est qu'il y ait des micros chez nous.

— Ton père a toutes les raisons de se montrer prudent. Il côtoie les hommes les plus puissants du pays, des hommes qui donneraient cher pour assister à sa chute et prendre sa place. Y compris ton fiancé.

Ava blêmit.

— Heinrich ?

Que savait-il de Heinrich ?

Johann soutint son regard.

— Tu dois bien savoir le danger que peut représenter un jeune SS ambitieux ?

Il rit.

— Ne prends pas cet air surpris, Ava, je me suis renseigné sur toi. Vu mes activités, je ne peux pas me permettre de faire confiance au premier venu.

Mal à l'aise, elle se racla la gorge et prit une autre gorgée d'alcool afin de ne pas avoir à répondre.

— Pourquoi es-tu venue, Ava ? Tu es fiancée à un officier SS, tu as un bon travail… tu as tout pour plaire au parti nazi. Qu'est-ce qui t'a décidé à prendre part à notre action ?

— J'essaie peut-être de réparer mes torts…

Elle baissa les yeux.

Johann sourit.

— Peut-être.

Elle prit une profonde inspiration.

— Ma sœur m'a dit que tu étais un homme impitoyable. À l'en croire, tu es un beau parleur qui, en réalité, n'hésite pas à sacrifier autant de personnes que nécessaire, du moment que c'est dans l'intérêt général. Elle était tout sauf ravie que j'aie accepté de t'aider.

— Elle t'a dit ça ?

Ava s'éclaircit la voix.

— Elle m'a dit que tu pouvais être aussi dangereux qu'Adolf Hitler pour une femme, même si c'est pour d'autres raisons. Et que tu ne reculerais devant rien pour atteindre tes objectifs.

— Et t'a-t-elle dit quels sont ces objectifs ? T'a-t-elle expliqué pourquoi je suis à la fois tout et son contraire, à l'image de notre estimé Führer ?

Ava prit encore une petite gorgée de son verre, tandis que Johann avançait le buste vers elle, se rapprochant de quelques centimètres. Il vida son verre d'un trait et le garda dans ses mains. Les coudes sur les genoux, il planta ses yeux dans ceux d'Ava qui, hypnotisée, n'arrivait pas à détourner le regard. Avait-elle eu tort d'obéir à son instinct ?

— Non, murmura-t-elle. Elle ne m'a rien dit de tout cela.

— Ta sœur a raison, je ne reculerai devant rien pour éliminer le mal qui ronge notre pays. Je veux restaurer la situation du pays, revenir à l'Allemagne d'avant-guerre, voire à celle d'avant 1914. Et si cela implique de perdre de bons éléments en route, soit ! C'est le prix de guerre. Il y a des millions de Juifs qui moisissent dans des camps, qui sont exterminés par milliers, c'est cela qui me rappelle constamment le véritable enjeu. Voilà pourquoi il arrive que nous soyons obligés de faire des sacrifices, afin d'accomplir un destin qui nous dépasse.

Ava était de plus en plus mal à l'aise. Elle n'aurait jamais dû venir ici. Et pourtant, elle était incapable de se lever et de partir. Johann avait une présence magnétique, c'est pourquoi, malgré la peur qui montait en elle, elle demeurait assise, les yeux rivés aux siens.

— Ta sœur a raison, reprit-il. Je suis comme Hitler en ceci que je ne reculerai devant rien pour arriver à mes fins. Mais contrairement à lui, je ne tolérerai ni haine ni mensonges. Mon but est d'unifier les peuples, je ne veux pas d'une race qui serait supérieure aux autres.

— Pourquoi ? se surprit-elle à demander. D'où te viennent ces convictions si différentes de celles de la plupart des gens ?

— J'ai perdu des êtres que j'aimais profondément, Ava. J'ai vu le désespoir dans les yeux de ceux qu'on emmenait de force.

Il posa son verre sur la table basse.

— Et puis, je suis l'un des rares à avoir été interné dans l'un des camps et à être encore en vie pour en parler. En réalité, je ne pense pas être si différent des autres, je crois que beaucoup de gens partagent mes opinions, mais qu'ils ont trop peur pour faire quoi que ce soit.

Ava se força à finir son verre, prit son temps pour avaler sa dernière gorgée d'alcool et sentit la chaleur se répandre dans son ventre. Peut-être finirait-elle par y prendre goût, tout compte fait.

— Alors, qu'est-ce que tu comptes faire, exactement ? lui demanda-t-elle alors qu'il rapprochait son fauteuil du sien. Pourquoi tu t'intéresses tant à son agenda ? Qu'est-ce que je dois chercher, en fait ?

Johann sourit et, avançant la main pour repousser une mèche de son front, il lui frôla doucement le visage.

— Nous essayons de donner un nouveau départ à l'Allemagne. Et de mettre fin à la guerre.

— Et tu penses que les renseignements que je te transmettrai t'aideront à le faire ?

Il se pencha en avant, le regard comme aimanté par ses lèvres. Le souffle court, le visage incliné en arrière, Ava attendait malgré elle qu'il supprime cette distance entre eux. Elle aurait dû penser à Heinrich, à la promesse qu'elle lui avait faite, mais à cet instant, Heinrich était le cadet de ses soucis.

— Oui, murmura Johann. Toi, Ava Müller, tu peux nous aider à tout changer.

Elle déglutit nerveusement.

— Je crois que je devrais m'en aller, maintenant, articula-t-elle dans un filet de voix, sentant le souffle tiède de Johann sur sa peau.

— Mais tu es libre d'aller et venir à ta guise. Je ne te retiens pas.

Sauf qu'elle n'avait pas envie de partir et lorsqu'il l'embrassa enfin, elle noua les bras autour de son cou, perdue dans son étreinte.

Comment avait-elle pu se croire un jour amoureuse de Heinrich ? Ses baisers ne lui avaient jamais fait cet effet-là.

15

Eliana

Debout dans l'épicerie, Eliana regardait autour d'elle. On n'allait pas tarder à ouvrir, les rayons avaient été garnis et en dépit des gens qui faisaient la queue au-dehors, à l'intérieur du magasin, le silence régnait encore. Durant tous ces mois passés dans un grenier, le silence était devenu la norme pour elle, un silence permanent auquel ils avaient eu tant de mal à se faire au début. Mais la peur, obsédante, était plus forte que tout. Le moindre bruit aurait trahi leur présence, aussi s'étaient-ils astreints à se déplacer aussi discrètement que des petites souris.

Malgré tout, il ne lui avait pas fallu longtemps pour se réadapter au monde extérieur, un monde toutefois bien différent de celui qu'elle avait connu des années plus tôt. Personne ne la remarquait plus, maintenant. Elle pouvait aller et venir librement dans le magasin, s'entretenir avec les clients, profiter d'une existence dont elle avait été privée depuis bien longtemps. Elle avait l'impression d'être à la fois visible et invisible : certaines clientes, mères de ses anciennes camarades de classe, lui étaient passées devant ou lui avaient même adressé la parole sans tiquer. Ses cheveux blonds et sa nouvelle apparence n'avaient pas vraiment changé ce qu'elle-même voyait dans le miroir. C'était les mêmes yeux qui la regardaient, les mêmes expressions qui animaient son visage, mais sa métamorphose extérieure avait suffi pour qu'on ne la reconnaisse plus. À moins que le phénomène s'explique tout simplement par le fait que personne ne s'attendait à voir encore une fille telle qu'elle à Berlin : de toute évidence, les gens pensaient que tous les Juifs avaient été éradiqués de la bonne société. Dans tous les cas, elle n'avait plus peur d'être démasquée et, au fil des jours, sa confiance en elle augmentait.

— Eleonora ?

Elle se retourna. Hermann apportait d'autres cageots de marchandises. Elle croisa ses yeux bleus et ne put s'empêcher d'admirer sa large carrure et ses biceps saillants. D'un coup de tête, il rejeta en arrière la mèche brune qu'il lui tombait sur le front.

Elle se précipita vers lui, trop heureuse de pouvoir lui donner un coup de main. Il avait été si gentil avec elle depuis son arrivée à l'épicerie ! Timide, mais poli, chaleureux et pourtant un tantinet nerveux, ce qui correspondait à ce qu'elle ressentait elle-même vis-à-vis de ses employeurs. C'était la première fois qu'elle avait un vrai travail, mais les années passées à aider son père au magasin d'antiquités lui avaient permis de se glisser rapidement dans ce nouveau rôle. Cela dit, Hermann avait été un professeur très patient et elle lui en savait gré.

Elle l'aida à mettre la farine en rayon, sachant à quelle vitesse elle disparaîtrait dès l'ouverture des portes. Quand il n'en resterait plus que quelques sachets, les gens qui faisaient la queue dehors comprendraient qu'il n'y en aurait pas assez pour tout le monde et les bagarres commenceraient. Car d'après Hermann, de la farine, il n'y en avait jamais assez, quelle que soit la quantité qu'ils parvenaient à proposer.

Il lui jeta un coup d'œil tandis qu'ils continuaient de garnir le rayon.

— Comment ça va ?

— Très bien. Plus que tout, je me sens pleine de gratitude.

Hermann sourit.

— Ce n'est pas la peine de faire semblant avec moi, tu sais. Je comprends que ta famille te manque, c'est normal.

Eliana hésita.

— Tu sais, n'est-ce pas ? Qui je suis ? Comment j'ai atterri ici ?

Hermann avait un sourire si chaleureux, elle se sentait si à l'aise avec lui… Et puis, ils avaient le même âge ! C'était tellement rafraîchissant pour elle, après avoir passé tout ce temps entre ses parents et son frère aîné. Elle avait envie de fréquenter d'autres personnes, de voir du monde, elle s'en rendait compte à présent.

— Disons que j'en sais suffisamment, répondit-il. Mais tu peux me parler quand on est tous les deux. Je suis très doué pour garder un secret, une vraie tombe.

Eliana se mit à rire.

— Oh, des secrets, j'en ai plein ! Tu es sûr que tu veux que je les déverse tous sur toi ?

Hermann rit lui aussi et Eliana se surprit à regretter de ne pas pouvoir passer plus de temps en sa compagnie. À cet instant, son père entra dans le magasin et leur lança qu'il allait ouvrir : le chaos quotidien était sur le point de se déchaîner.

— Hermann, sait-on quelque chose ? murmura-t-elle pendant qu'ils se préparaient derrière le comptoir. De ce que sont devenus les Juifs ? Ceux qui ont survécu aux premières vagues de violence ? A-t-on des nouvelles ?

Il la regarda. Le rire qui avait fait briller ses yeux s'était envolé.

— Des nouvelles, on en a, oui. Mais elles ne sont pas bonnes. On parle de nombreux camps de concentration où des Juifs allemands, polonais et français seraient détenus. Des rafles ont eu lieu dans toute l'Europe et elles se poursuivent.

Eliana fronça les sourcils, touchée et intriguée par son expression attristée.

— Tu as perdu quelqu'un de cher dans l'un de ces camps ?

Ils se redressèrent soudain en entendant le père de Hermann leur rappeler la consigne : les clients devaient entrer dans le calme et faire la queue pour être servis. *Les clients...* songea Eliana. De fervents partisans du régime d'Hitler qui se tenaient à quelques mètres d'elle à peine. Un frisson de panique l'ébranla. Puis, elle se souvint qu'ils ne pouvaient pas la reconnaître et sa confiance revint aussitôt : elle pouvait évoluer parmi eux sans attirer l'attention.

— Oui, murmura Hermann. Et je ne crois pas qu'ils reviendront un jour.

***

Quelques heures après, il ne restait presque plus un gramme de marchandise dans l'épicerie. Hermann ferma le magasin et retourna le panonceau sur la porte. Dans la réserve, son père et son oncle réceptionnaient une livraison et préparaient tout pour le lendemain. Eliana se retrouvait donc seule dans l'épicerie avec Hermann.

C'était le moment ou jamais de lui demander si quelqu'un lui avait fait passer un message dans la journée.

Elle s'étira, puis se dirigea vers une autre réserve, plus petite, que dissimulaient les autres. En passant devant le père de Hermann, elle le salua de la main et obtint un petit signe de tête en retour. La réserve était à peine plus grande qu'un placard à balais, mais sous un tas de vieux sacs de jute se trouvaient une machine à écrire et des rouleaux de papier. La tâche d'Eliana consistait à taper tout renseignement devant être transmis aux autres membres du réseau auquel appartenaient les Müller, mais la plupart du temps, elle se contentait de recevoir les messages et de les rapporter à Karl, le soir. D'après ce qu'elle avait compris, ils avaient voulu relayer l'action de la Rose blanche au début : organiser des lâchers de prospectus dans tout Berlin afin d'ouvrir les yeux des habitants sur ce qui était en train de se passer dans le pays. Mais le risque était trop grand et les SS impitoyables lorsqu'il s'agissait de démasquer ceux qui tournaient le dos au régime.

— Tiens, je me suis dit que ça te ferait plaisir.

Encadré dans l'embrasure de la porte, Hermann tenait une tartine de confiture dans chaque main.

Eliana sentit son estomac se mettre à gargouiller.

— Il y a un message à taper, ce soir, ajouta-t-il.

— Merci, dit-elle en s'interrompant pour savourer cet encas bienvenu.

Elle ne voulait surtout pas faire de taches de confiture sur le papier, d'autant que c'était la première fois qu'on lui donnait quelque chose à faire.

— Je pensais que la confiture était devenue introuvable.

— C'est le cas, répliqua Hermann. Sauf si tu es propriétaire d'une épicerie et que tu en as stocké suffisamment pour tenir pendant des années.

Ils se mirent à rire tous les deux et Eliana songea une fois de plus qu'elle se sentait merveilleusement bien en sa compagnie.

— Apparemment, poursuivit-il, il y aurait des stocks de produits de luxe de toute sorte pour les hauts dignitaires et leur famille. Café, confiture, chocolat... la liste est longue.

Eliana finit de mastiquer et leva les yeux vers lui.

— C'est la vérité. Je suis restée longtemps cachée chez des gens : notre quotidien était très sombre, mais nous mangions comme des rois. La famille qui m'a secourue semblait avoir accès à tout ce dont elle avait besoin.

— Et tu leur faisais confiance? s'étonna Hermann. S'ils se tapaient la cloche, c'est qu'ils devaient être très haut placés dans le parti.

— Tu sais, nous n'avions pas d'autre choix que de leur faire confiance. Cela dit, je ne pense pas qu'ils soient comme les autres, franchement.

— Oui, à moins qu'ils cherchent à se donner bonne conscience, à faire comme s'ils n'étaient pas des monstres comme les autres...

Eliana le dévisagea, consternée.

— Pardon, se reprit Hermann. Je n'aurais jamais dû dire ça. Je te prie de m'excuser.

Elle reposa sa tartine, l'appétit coupé.

— Non, c'est normal, tu n'as pas à t'excuser. Tu n'as pas à tenir ta langue avec moi, j'apprécie ta franchise.

Même si cette franchise-là est difficile à avaler.

Hermann s'adossa à l'encadrement de la porte et détourna le regard, une fraction de seconde, avant de remarquer :

— Disons que j'aurais au moins pu attendre que tu aies fini de manger, je ne t'aurais pas écœurée. Quand je pense à toute cette bonne confiture…

Eliana secoua la tête, hilare. Comment ne pas sourire à ses plaisanteries ou même rire avec lui ? En tout cas, elle appréciait les efforts qu'il faisait pour tourner en dérision une situation terrible.

— Et donc, à part la confiture, dis-moi ce qui te manque le plus par rapport à ta vie d'avant, lui demanda-t-il.

Elle fut touchée qu'il ait si vite changé de sujet et laissé les Müller de côté.

— Oh, je ne sais même pas par où commencer ! Le poulet rôti de ma mère, ses *latkes,* sa soupe de boulettes de *matza*...

Elle soupira.

— Et les desserts, les sucreries. . Je rêve de glaces et de chocolats, mais surtout de glaces.

Hermann poussa un gémissement d'envie.

— Moi, je n'arrête pas de penser aux côtelettes de porc que faisait ma mère. Je crois que je pourrais en manger tous les soirs jusqu'à la fin de mes jours.

— Est-ce que tu songes parfois à ce que nous aurions fait s'il n'y avait pas eu la guerre ? lui demanda-t-elle en terminant sa tartine.

— Tu veux dire, est-ce que je pense aux bals, aux longues journées d'été passées à nager dans le lac, à tous les films que nous serions allés voir ?

Eliana le regarda. Lui aussi regrettait ces plaisirs simples d'avant-guerre, même s'il continuait de jouir d'une liberté dont on l'avait privée. Cela faisait bien longtemps qu'elle n'avait pas pensé à danser, mais maintenant qu'il en parlait, les bals lui manquaient profondément à elle aussi.

— Oui, répondit-elle au bout d'un moment. Toutes ces choses-là. Et même le seul fait de pouvoir lire un livre, allongée au soleil, en s'amusant avec des amis.

— Et en mangeant une glace ? la taquina-t-il.

Elle se mit à rire.

— En mangeant une glace ! Bien sûr.

Toujours adossé au chambranle de la porte, Hermann se laissa glisser jusqu'au sol.

— Tout a changé si vite… On a parfois du mal à comprendre ce qui s'est passé.

Ils restèrent un moment silencieux.

— Du temps où il y avait encore des Juifs à Berlin, reprit-il, nous n'avions plus le droit de les accepter dans le magasin, même s'ils mouraient de faim. Les femmes attendaient devant la devanture avec leurs petits-enfants, quémandant de la nourriture, et nous, tout ce que nous pouvions leur donner, c'était ce qui restait à la fin de la journée. Un bout de pain rassis, bien souvent, et encore ! dans le meilleur des cas. Cela dit, même ça, nous n'avions pas le droit de le leur donner, soupira-t-il, visiblement encore hanté par ces souvenirs.

— Mais si vous aviez enfreint la loi, vous auriez été arrêtés, lui fit remarquer Eliana, touchée par son expression de détresse. Certes, vous auriez permis à ces gens de se mettre quelque chose sous la dent, mais tes parents et toi auriez disparu dans la nuit.

— J'ai beau le savoir, quelquefois, ça ne suffit pas à me consoler. En tout cas, cela ne rend pas le comportement que nous avons dû avoir plus facile à accepter.

— Peut-être, mais c'est l'existence qui nous a été imposée. Et puis, la réalité n'est pas aussi tranchée, il n'y a pas les bons d'un côté et les méchants de l'autre. Il y a aussi beaucoup de gens qui sont forcés d'évoluer dans un entre-deux, ne serait-ce que pour rester en vie.

Le silence retomba entre eux. Hermann la regarda finir ses tartines, puis se frotter les mains pour se débarrasser des dernières miettes. Enfin, elle s'installa pour dactylographier le message. Prenant un cageot à pommes en guise de bureau, elle y installa la machine à écrire et s'assit en tailleur sur un sac en toile de jute. Malgré cette précaution, elle frissonna : le froid parvenait à s'insinuer jusque dans ses os.

Hermann se releva et tira un petit bout de papier de sa poche.

— Un peu plus et j'oubliais de te le donner !

On le lui avait fait passer dans la journée, glissé à l'intérieur d'un carnet de rationnement : il s'agissait donc d'un renseignement important dont il fallait faire part au réseau. On avait prévenu Eliana qu'il pourrait s'écouler des semaines sans qu'elle ait à taper quoi que ce soit. L'arrivée de ce message, c'était le signe qu'il se passait quelque chose.

— Je pense qu'ils préparent une action qui pourrait mettre un terme à tout ça, hasarda Hermann lorsqu'elle leva les yeux vers lui.

— Quel genre d'action ?

Il haussa les épaules et se réadossa au chambranle de la porte afin de pouvoir continuer à surveiller l'extérieur.

— Je n'en sais rien. Mais il y a beaucoup plus d'activité que d'habitude, et puis, quelqu'un m'a dit que Johann était revenu.

— Johann ? Qui est-ce ?

— C'est un membre essentiel de notre réseau, un résistant de la première heure, mais je ne le connais que de nom.

Eliana hocha la tête et posa le message à sa gauche afin de le taper à la machine. Mais avant de commencer, elle sourit à Hermann qui ne la quittait pas des yeux.

— Bientôt, nous retournerons danser, Eliana. Bientôt, tu pourras manger des glaces tous les jours si ça te chante.

Que se serait-il passé s'ils s'étaient rencontrés à une autre époque ? se demanda-t-elle. Peut-être l'aurait-il invitée à danser lors d'un bal ou d'une soirée…

— J'espère de tout cœur que tu as raison, Hermann.

Il soutint son regard un moment, puis il jeta un coup d'œil à l'extérieur de la petite réserve pour vérifier que personne ne venait dans cette direction. En cas d'urgence, ils avaient un plan : elle devait cacher la machine à écrire, glisser le message dans un sac, puis ils se coucheraient sur le sac en question et feraient semblant d'être deux amoureux surpris en train de s'embrasser. En théorie, jamais la personne venue chercher quelque chose dans la remise n'aurait l'idée de leur demander de se lever, mais ce plan était-il infaillible pour autant ? Eliana en doutait.

Elle se mit à taper à la machine, un sourire aux lèvres. *Ce plan n'était peut-être pas infaillible, mais tout prétexte serait bon pour me blottir contre Hermann.*

***

Deux heures plus tard, Eliana indiqua à Hermann qu'elle avait terminé et s'étira, le dos et les doigts endoloris. Comme ils n'avaient pas de presse d'imprimerie, elle avait dû dactylographier le message en plusieurs exemplaires.

Elle laissa la pile de feuilles sur le cageot à pommes et c'est avec gratitude qu'elle vit Hermann soulever la lourde machine à écrire à sa place. Ils s'employèrent tous les deux à la dissimuler du mieux possible et lorsqu'ils se relevèrent, elle constata qu'il avait le dos aussi raide que le sien à force d'être resté assis contre l'encadrement de la porte.

— Nous avons bien mérité une bonne tasse de thé accompagnée d'un repas chaud ! décréta-t-il en remplissant un sac de feuilles dactylographiées que son père viendrait récupérer plus tard. Ça te dit de venir chez moi ?

Eliana marqua un instant d'hésitation. En temps normal, elle aurait décliné l'invitation, n'ayant pas la permission de ses parents. Et c'était ce qui l'empêchait d'accepter : elle pensa à eux, toujours confinés dans ce grenier étouffant. Elle tenait à se conduire d'une manière qui aurait eu leur approbation.

— C'est très gentil, Hermann, mais je suis très fatiguée, répondit-elle. En revanche, est-ce que ça t'ennuierait de me raccompagner chez moi ?

— Pas du tout, avec plaisir.

— J'ai très peur des bombardements, avoua-t-elle en enfilant son manteau.

Ils traversèrent le magasin plongé dans le noir. Hermann vérifia que les portes étaient bien fermées avant d'aller chercher son propre manteau. Ils passèrent par l'arrière et lorsqu'ils furent dans la rue, Eliana lui prit le bras. L'appartement des Müller n'était pas très loin, mais elle était reconnaissante envers Hermann de la raccompagner. Dans le quartier, nombre de bâtiments et d'immeubles avaient été réduits à un tas de décombres par les raids aériens.

— Tu m'as dit ce matin que tu avais perdu quelqu'un, Hermann… lui rappela-t-elle timidement, espérant ne pas lui paraître trop curieuse.

Elle s'aperçut qu'elle lui tenait toujours le bras, mais finalement, ce n'était pas plus mal. Elle se sentait plus en sécurité près de lui, surtout dans le noir. Comment ne pas être effrayée par les patrouilles de SS, même en ayant les papiers d'identité requis, ou par les explosions qui illuminaient le ciel et les bombes qui tombaient autour d'eux ?

— J'ai perdu plus d'une personne, répondit-il. D'abord, c'est notre professeur qui a disparu. C'est à ce moment-là que j'ai vraiment commencé à comprendre ce qui se passait, que des gens qui faisaient partie de notre vie pouvaient disparaître du jour au lendemain. Ensuite, c'est la femme de mon oncle qui a été emmenée, puis notre médecin de famille et enfin…

Il prit une profonde inspiration et l'espace d'un instant, elle crut qu'il n'irait pas au bout de sa phrase.

— Et enfin, mon meilleur ami.

— Il a été arrêté ?

— Il a été pris dans une rafle en même temps que d'autres familles du quartier et jeté dans un train. Je me suis caché et j'ai tout vu. Je savais que c'était dangereux, mais j'avais besoin de savoir ce qu'ils allaient lui faire, de savoir où ils l'emmenaient. Je les ai suivis du regard, lui et ses frères, jusqu'à ce qu'ils aient disparu de mon champ de vision. Et j'ai su que je ne les reverrais jamais.

— Tu étais membre des Jeunesses hitlériennes ?

— Oui.

— Et ça ne t'a pas empêché de rester ami avec ce garçon juif ? Durant toute cette période ?

— Il s'appelait… Il *s'appelle* Ezra, dit Hermann. Tu te souviens de notre conversation tout à l'heure, à propos des entre-deux dans lesquels on est parfois obligé d'évoluer ?

Eliana acquiesça.

— Eh bien, je n'ai pas eu le choix, j'ai dû entrer dans les Jeunesses hitlériennes. En revanche, j'avais la possibilité de choisir la façon dont je traitais les personnes de mon entourage. Bien sûr, nous étions forcés de nous voir en cachette, pour ne pas être dénoncés, mais Ezra est toujours resté mon meilleur ami.

Il fallait rendre justice à Hermann, c'était un homme comme il y en avait peu et Eliana ne l'en aima que davantage. De toute évidence, il avait été élevé par des gens bien, dans un foyer aimant : des gens qui n'acceptaient pas ce qui se passait autour d'eux, mais qui se savaient obligés de donner le change pour éviter de se faire repérer.

— Comment as-tu réussi à échapper à la mobilisation générale ? s'enquit-elle.

Hermann dégagea son bras pour tapoter la poche de poitrine de son manteau.

— Je n'ai pas réussi, soupira-t-il en tirant un papier de sa poche.

Elle plissa les yeux dans la pénombre pour tenter de déchiffrer ce qui était écrit dessus. Mais dès la première phrase, elle comprit de quoi il s'agissait.

— Tes parents sont au courant ?

Hermann hocha la tête.

— Oui.

— C'est ton travail à l'épicerie qui t'avait permis d'échapper à la mobilisation générale ?

— C'est ça, oui. Mais apparemment, ils manquent de soldats et ils ratissent large. Au début, j'ai été réformé pour raison médicale, à cause d'une pneumonie que j'ai eue quand j'étais petit, c'est pour ça que j'ai pu rester ici. Mais maintenant, ils enrôlent tous les hommes, indépendamment de leur état de santé.

— Je suis navrée, murmura Eliana en lui posant à nouveau la main sur le bras.

L'idée que cet homme doux et affectueux soit envoyé au front pour une guerre en laquelle il ne croyait pas lui était insupportable.

— Je suis tellement désolée que tu sois parvenu à rester loin des combats durant si longtemps, tout ça pour être appelé maintenant.

— Je sais.

— Qui va te remplacer au magasin ?

Il soutint son regard.

— Hum, toi. C'est toi qui vas me remplacer, Eliana.

Elle étouffa une exclamation horrifiée.

— Moi ? C'est à cause de moi que tu as été mobilisé ?

Hermann secoua la tête.

— Non, au contraire. C'est grâce à toi que mes parents ne se retrouveront pas tout seuls au magasin quand je serai parti. De toute façon, si ça n'avait pas été toi, ç'aurait été quelqu'un d'autre. J'ai déjà reçu ma feuille de route.

Le reste du trajet se fit en silence. Lorsqu'ils furent arrivés devant l'immeuble des Müller, Eliana se tourna vers Hermann et refoula ses larmes à l'idée que le beau jeune homme qui se tenait devant elle allait bientôt partir au combat.

Maintenant qu'il leur restait si peu de temps à passer ensemble, elle décida que l'heure n'était plus à la timidité. Elle l'enlaça par la taille, l'attira à elle et appuya le front contre son torse. Lorsque les bras d'Hermann se serrèrent lentement autour d'elle, elle ferma les yeux. Ils restèrent un long moment immobiles, jusqu'à ce qu'elle s'écarte enfin pour le regarder, espérant qu'il avait compris ce qu'il était devenu pour elle en un si court laps de temps. Vu les épreuves que sa famille avait traversées ces dernières années, elle pouvait compter sur les doigts d'une seule main les gens honorables, les gens d'une vraie bonté qui avaient croisé sa route. Elle n'en appréciait Hermann et ses parents que davantage.

— Tu es quelqu'un de bien, Hermann. C'est un privilège pour moi de t'avoir rencontré.

Il hésita, comme s'il tergiversait encore dans son esprit, avant de déposer un baiser prolongé sur sa joue. Elle ressentit la chaleur de ses lèvres jusque dans ses orteils. Pour elle, c'était ce qui se rapprochait le plus d'un premier baiser et de toute façon, elle n'aurait pu rêver à mieux.

— Bonne nuit, Eliana, murmura-t-il contre sa joue.

— Bonne nuit, Hermann.

Et sous son regard brûlant, elle monta le perron en courant et entra dans l'immeuble, incapable d'effacer le sourire de ses lèvres.

— Vous devez être la nièce des Müller !

La voix stridente la prit complètement par surprise.

Eliana jeta un coup d'œil par-dessus son épaule, mais Hermann était déjà reparti. Elle se retourna donc vers la femme qui se tenait au pied de l'escalier, une enfant cramponnée à ses jupes. Sa fille, sans doute. Toutes deux étaient bien habillées. Étrangement, l'épais manteau de fourrure qu'arborait cette femme lui rappelait quelque chose. Chassant cette pensée ridicule, elle se concentra sur le rôle qu'elle devait jouer et se plaqua un sourire sur le visage. Le sourire qu'elle s'était entraînée à produire dans la chambre d'Ava, le soir du fameux essayage de vêtements qui l'avait préparée à devenir quelqu'un d'autre.

— Oui, c'est bien moi, répondit-elle. J'ai la chance d'être hébergée chez eux, bien que je ne me sois pas encore habituée aux raids aériens sur Berlin, je vous l'avoue.

Malgré le sourire engageant de la femme, Eliana comprit qu'elle allait devoir subir un feu roulant de questions.

— Oh, je ne pense pas qu'on puisse s'y habituer un jour, vous savez. Mais, rappelez-moi, vos parents…

Contenant la peur qui enflait en elle, Eliana garda le sourire.

— Mon père est officier, il a été affecté à l'étranger. Quant à ma mère…

Elle détourna le regard et se racla la gorge, rattrapée par une réelle émotion qui lui fit opportunément monter les larmes aux yeux.

— Ma mère a été tuée par un bombardement américain. Je n'étais pas à la maison, ce jour-là. Quand je suis rentrée, notre maison avait été détruite et ma mère…

La femme porta la main à son cœur.

— Oh, ma pauvre petite ! Inutile de poursuivre, je vous en prie !

Et dans une étreinte maladroite, elle écrasa Eliana contre elle.

— J'ignorais que vous aviez été tant éprouvée ! Et votre pauvre père… Perdre son épouse ainsi, alors qu'il menait courageusement nos soldats au front !

Eliana comprit qu'avec son air de ne pas y toucher, la femme vérifiait que sa version recoupait bien le récit de Herr Müller. Il lui fallait encore des preuves que cette jeune inconnue était bien sa nièce. Apparemment, cela n'avait rien d'étonnant. À en croire Anna, tout le monde soupçonnait tout le monde, à présent : on cherchait à prendre les gens en défaut, on traquait les filiations pas assez pures… la moindre goutte de sang juif était devenue une obsession et la terreur avait atteint son paroxysme dans la population.

Eliana hocha la tête en se tamponnant les yeux du dos de la main.

— Merci. Tout le monde a été très gentil avec nous, en particulier mon oncle et ma tante. Je ne sais pas ce que je serais devenue sans eux, et pour mon père aussi, c'est un grand réconfort de me savoir ici.

— Cela fait un moment que je n'ai pas vu votre tante. Elle n'habite plus ici ?

Cette femme est d'une curiosité éhontée ! fulmina Eliana en son for intérieur. Après s'être hypocritement enquise de sa mère, voilà qu'elle la cuisinait sur Frau Müller sans même reprendre son souffle. En d'autres circonstances, jamais elle n'aurait accepté un tel interrogatoire ! Elle n'aurait peut-être même pas daigné répondre à cette effrontée.

— Ma tante a pris ses quartiers dans leur villa à la campagne. Mon oncle aime la savoir à l'abri là-bas et y passer ses week-ends. Et puis, mes cousines y vont aussi, lorsque leur travail ne les retient pas ici.

La petite fille émergea des jupes de sa mère. Elle portait l'uniforme des *Jungmädelbund*, constata Eliana. Évidemment. Les enfants étaient désormais endoctrinés dès l'âge de dix ans : il fallait leur inculquer la haine des Juifs ainsi que de tout individu n'appartenant pas à la race supérieure. Cette haine empoisonnait-elle déjà le sang et l'esprit de cette petite fille qui avait tout juste l'âge de raison ? En réalité, ces enfants n'avaient jamais connu de petits garçons et de petites filles d'origine juive : le mélange des religions et des cultures ne devait avoir aucune réalité pour eux.

— Eh bien, ma chère, nous allons vous laisser rentrer chez vous, maintenant, dit la femme. Excusez-moi de vous avoir retenue, mais vous rencontrer ainsi… l'occasion était trop belle, surtout après tout ce que votre oncle nous a raconté sur vous.

Eliana commença à monter l'escalier. La mère et sa fille allaient-elles la suivre ? Sur le moment, elle avait cru qu'elles s'apprêtaient à sortir, mais à la réflexion, c'était peu probable, vu l'heure tardive.

— Vous êtes venue rendre visite aux Müller ? s'enquit-elle en regardant la petite fille qui semblait la dévisager avec attention.

— Oh, non ! Nous avons emménagé dans l'appartement du dessus, à Noël. Vous devriez venir le voir, il est absolument splendide, rempli d'œuvres d'art de toute beauté ! C'est bien simple, je passe mon temps à les admirer. Certains jours, je dois même me pincer tant j'ai du mal à croire que tout cela est à nous. Et regardez ce manteau ! Me croiriez-vous si je vous disais que je l'ai trouvé dans la penderie ? Je le porte sans cesse depuis notre arrivée.

Eliana, sans voix, ne parvint pas à garder son sourire de façade. Elle comprenait maintenant pourquoi ce beau manteau de fourrure lui disait quelque chose… Que répondre à cela ? Comment était-elle censée réagir face à cette femme qui lui annonçait fièrement qu'elle avait emménagé dans un appartement qui ne lui appartenait pas, un appartement qui avait été son foyer ? *Où les précieuses toiles de mon père étaient toujours accrochées au mur ! Où le manteau de fourrure de ma mère était demeuré dans la penderie, là où elle l'avait laissé !* Ces gens-là ne se demandaient-ils donc pas pourquoi ces logements s'étaient libérés ? Avaient-ils la moindre pensée pour ceux qui avaient vécu là avant eux, pour toutes ces vies détruites ? À moins qu'ils n'estiment que les biens qui avaient été confisqués aux Juifs devaient leur revenir de droit ?

— Je... Je... balbutia-t-elle, se sentant virer à l'écarlate sous le regard surpris de la femme et de sa fille.

— Vous allez bien, Fräulein ?

Elle porta la main à son estomac, feignant un malaise soudain.

— Non, je... j'ai dû manger quelque chose qui n'est pas passé. J'ai commencé à avoir des nausées en rentrant.

Sa voisine lui prit le bras pour l'aider à monter les dernières marches. Sentir la peau de cette femme contre la sienne, sentir le manteau de sa propre mère la frôler lui donnait envie de hurler, d'empoigner la femme par les épaules et de la secouer comme un prunier, de la pousser dans l'escalier et de la regarder dégringoler jusqu'en bas. Jamais une pensée violente ne lui avait traversé l'esprit jusqu'à ce jour, mais en cet instant, elle se sentait capable de tuer.

Elle fouilla maladroitement son sac à la recherche de sa clef et, les doigts tremblants, l'inséra dans la serrure.

Comme la femme lui lançait un au revoir, elle murmura des remerciements, tentant de faire bonne figure encore quelques secondes, le temps que la porte se referme sur elle.

Une fois dans l'appartement des Müller, elle courut jusqu'à la salle de bains, luttant contre une remontée de bile et, pliée en deux au-dessus des toilettes, elle rendit tout le contenu de son estomac. Entre deux haut-le-cœur, elle continuait à pleurer à chaudes larmes, le corps contracté de douleur.

— Eliana ?

Elle entendit la voix inquiète d’Anna, mais ne put y répondre. Elle s’essuya le visage, voulut se relever, mais retomba à genoux et se recroquevilla en position fœtale sur le carrelage froid, le corps secoué de tremblements, luttant pour ne pas hurler.

Soudain, elle sentit Anna l’enlacer par-derrière et l’étreindre de toutes ses forces, l’envelopper de sa tendresse, comme si son amie avait deviné d’instinct son besoin de réconfort. Alors, elle se mit à sangloter d’un désespoir qui lui tordait l’estomac, lui crispait les joues, lui brisait le cœur. La souffrance s’insinuait même dans ses os.

— Ils habitent dans notre appartement ! Ils m’ont volé ma vie !

Elle suffoquait comme un poisson hors de l’eau.

— Mais est-ce que ce cauchemar finira un jour ? Quand est-ce qu’on retrouvera notre vie d’avant ? Quand est-ce qu’ils arrêteront de prendre ce qui ne leur appartient pas ?

Anna ne relâcha pas son étreinte. Elle ne disait rien, mais Eliana sentait ses larmes silencieuses lui tomber dans le cou, lui mouiller la peau, tandis qu’elles frissonnaient toutes deux sur le carrelage froid de la salle de bains.

— Les choses vont forcément finir par s’arranger, murmura Anna. C’est obligé, Eliana. Cette situation ne peut pas durer éternellement.

Eliana ferma les yeux et se laissa aller dans les bras de son amie. Elle aurait tellement voulu la croire…

16

Ava

Après des semaines passées à Berlin, Ava était enfin de retour à la maison. En temps normal, elle ne serait jamais restée sans voir sa mère aussi longtemps, mais les Goldman ayant besoin qu'on s'occupe d'eux, elles avaient dû inventer toute une batterie de prétextes pour justifier le choix de Frau Müller de rester à sa villa sur les rives du Bogensee. Officiellement, Herr Müller préférait savoir son épouse à la campagne, loin des bombardements, ce qui expliquait qu'il y envoie également ses filles le plus souvent possible.

Comme c'était la journée de Helga et que sa mère était en cuisine, Ava monta au grenier pour inviter les Goldman à se dégourdir les jambes à l'étage. Même s'ils n'osaient jamais descendre au rez-de-chaussée, elle savait à quel point ils étaient heureux de quitter un moment leur grenier, surtout David.

— Tu as des nouvelles d'Eliana ? lui demanda-t-il d'un air soulagé en la voyant tirer une lettre de sa poche.

— Oui, j'ai des nouvelles. Tiens, elle m'a remis ça pour toi. Mais elle m'a bien précisé que tu devrais la lire aussi à tes parents.

David acquiesça et empocha la lettre.

— Merci. Tu n'imagines pas à quel point elle me manque.

Il souffla.

— À quel point tout me manque.

Que répondre à cela ? Ava n'imaginait que trop combien il devait souffrir de rester cloîtré là-haut sans sa sœur, avec ses parents pour toute compagnie.

— Je sais bien que ça n'atténuera pas l'ennui que tu éprouves dans ce grenier, mais je t'avais fait une promesse, David, et je me suis fait un devoir de la tenir.

Il haussa les sourcils, comme surpris que sa promesse ne soit pas restée lettre morte. Du sac qui était à ses pieds, Ava sortit un pistolet et le lui tendit.

— Mon père m'a dit de te donner ça. Il a compris que tu avais besoin de te rassurer, de te sentir capable de protéger tes parents.

David allait saisir le pistolet lorsqu'il jeta un regard par-dessus son épaule en direction de ses parents qui arpentaient le couloir pour se dégourdir les jambes.

— Ça t'ennuie si je prends aussi le sac ? Je ne veux pas les inquiéter davantage. Il vaudrait mieux qu'ils ne voient pas que j'ai une arme.

Ava lui tendit le sac.

— Ça ne m'ennuie pas du tout. À ce propos, mon père te fait dire qu'il y a six balles dans le chargeur et six autres dans le sac.

Elle se racla la gorge et se rapprocha de lui.

— Il m'a aussi dit que si jamais on vous découvrait ici, que si jamais quelqu'un arrivait à monter jusqu'au grenier, tu ne devais pas hésiter à t'en servir.

David garda le regard fixé sur l'arme, mais lorsqu'il releva la tête, ses yeux avaient un éclat de dureté qu'elle n'avait jamais vu chez lui.

— Dis-lui bien que je n'hésiterai pas. Mais je préférerais me rendre utile ailleurs. Il n'a toujours pas trouvé quelque chose à me faire faire ?

— À part taper les notes qu'il t'a données, tu veux dire ?

David soupira.

— Quand je lui ai demandé un travail à faire, je ne m'attendais pas à recevoir une machine à écrire…

— Peut-être, mais une fois la guerre finie, tu auras retranscrit un compte rendu factuel de ce qui s'est passé. Un jour, ce sera important pour quelqu'un.

Elle entendit sa mère qui montait l'escalier, chargée d'un plateau de nourriture. Lorsque celle-ci disparut dans le grenier en compagnie de Herr et Frau Goldman, David et Ava se mirent à marcher dans le couloir. Il semblait tendu, aujourd'hui, remarqua-t-elle. Peut-être se faisait-il du souci pour sa sœur. Elle crut bon de le rassurer :

— Eliana se porte bien, tu sais. Elle se plaît beaucoup à l'épicerie et le fait de pouvoir travailler au grand jour sans que personne la reconnaisse lui donne un sentiment surréaliste, m'a-t-elle dit.

David sourit.

— J'imagine ce qu'elle doit éprouver sous son déguisement. Je suis très heureux pour elle. Elle me manque terriblement, bien sûr, mais je suis vraiment très heureux qu'elle ait la possibilité de vivre sa vie.

— Et toi ? Est-ce que tu reprendras tes études si…

La fin de sa question resta en suspens entre eux.

— Je l'espère, oui. J'ai toujours voulu être médecin… chirurgien, plus exactement.

Ava sourit.

— Tu sais, il m'est revenu un souvenir de toi. Quand j'étais petite, je t'ai vu jouer avec un petit chien, près de la rivière. Tu lui lançais un bâton.

— Ah, oui… C'était un adorable petit chien qui appartenait à mes grands-parents. Ils l'emmenaient toujours lorsqu'ils venaient nous voir. Encore une chose que j'aimerais avoir un jour… un chien.

— Eh bien, je t'imaginerai donc en chirurgien avec un chien à tes pieds ! lança Ava avec un petit rire. Qu'est-ce que tu en dis ?

David rit à son tour et elle prit conscience que c'était la première fois qu'il bavardait avec elle de manière aussi détendue.

— Et toi, alors ? s'enquit-il. Raconte-moi ce que tu fais, exactement. J'ai entendu ton père et le mien en train de parler de toi.

Ava réagit avec surprise.

— De moi ?

— Oui. Ton père s'inquiétait qu'un certain jeune homme cherche à profiter de toi. Ils parlaient d'un réseau de résistance, je crois.

— Profiter de moi ?

Elle secoua la tête.

— Johann a été très franc sur les risques encourus et c'est moi qui ai pris la décision de faire ce qu'il me demandait. Personne ne profite de personne dans l'affaire.

David s'arrêta au pied de l'escalier escamotable.

— Cet homme te met donc en danger ?

Ava n'avait pas envie d'en discuter avec lui, mais elle tenait quand même à ce qu'il sache qu'elle avait choisi d'entrer en résistance et qu'il était pour beaucoup dans son revirement.

— J'ai choisi d'apporter mon aide à la cause, David, comme tous les autres résistants. Comme Anna le fait déjà depuis longtemps.

Il la contempla avec une infinie tristesse et elle comprit qu'il lui faudrait beaucoup de temps pour oublier son regard.

— Tout ce que je voulais dire, c'est que je préférerais que tu ne te mettes pas en danger, Ava. Si j'en avais le pouvoir, je m'arrangerais pour que tu restes à l'abri, que tu ne risques pas ta vie. Et si tu as une histoire d'amour avec cet homme, ce Johann… il devrait tout faire pour te protéger.

— Il n'y a rien entre Johann et moi. Notre relation est purement professionnelle, affirma-t-elle, troublée que David ait vu clair dans son cœur.

Personne ne devait connaître ses sentiments pour Johann alors qu'elle était encore fiancée à Heinrich, même si le pauvre David ne risquait pas de la trahir.

— Cela dit, je suis touchée que tu t'inquiètes pour moi et je t'en remercie. C'est gentil de penser à moi.

David hocha la tête, visiblement peu convaincu.

— Je reviendrai te voir bientôt, promit-elle, tandis qu'il regagnait le grenier.

Il se retourna vers elle.

— Continue de demander à ton père s'il n'a pas autre chose à me faire faire. Dis-lui que je ne pourrai pas tenir encore longtemps entre ces quatre murs. Et je t'en supplie, Ava, sois prudente.

— Mon père préfère sûrement te protéger plutôt que de te laisser risquer ta vie.

David sourit tristement avant de disparaître par la trappe du grenier.

Lorsque sa mère redescendit, elles replièrent l'escalier et retournèrent dans la cuisine. Mais Ava restait abîmée dans ses pensées. Sa mère aussi, apparemment, car leur repas se déroula dans un silence relatif, entrecoupé par ce qui aurait pu passer pour les craquements d'une vieille maison réagissant aux variations de température, mais qui correspondait en réalité aux déplacements des Goldman dans le grenier.

— Ta sœur se porte bien ? s'enquit enfin sa mère.

— Oui, Anna va bien.

Du moins Ava le pensait-elle. Elle n'avait pas beaucoup vu sa sœur ces deux dernières semaines, préférant consacrer son temps libre à Johann.

— Et Eliana ? Elle s'est habituée à sa nouvelle vie ?

Ava opina du chef.

— Oui.

Elles continuèrent à manger leur ragoût, mais Ava remarqua que sa mère chipotait dans son assiette.

— J'ai entendu des bribes de ta conversation avec David, finit-elle par lui avouer.

Ava posa sa fourchette et attendit la suite.

— Je ne veux pas m'immiscer dans tes affaires, mais je trouve qu'il a raison : aucun homme ne devrait te faire prendre des risques inconsidérés en jouant sur les sentiments que tu peux avoir pour lui…

Ava se cabra.

— Ce n'est absolument pas le cas, David aura mal compris. Tu n'as aucune raison de t'inquiéter.

— Mais si ça devait arriver, rappelle-toi que tu dois faire très attention. Compte tenu des agissements de ton père… Il a toujours essayé d'être aussi prudent que possible, de se cantonner à des actes susceptibles d'être imputés à d'autres que lui, mais…

Elle posa sa fourchette.

— Si jamais cet homme te demandait de faire quelque chose qui permette de remonter directement jusqu'à toi… Tu ne serais pas la seule à risquer ta vie, tu nous mettrais tous en danger, y compris les Goldman. Et ce, que tu aies une histoire avec cet homme ou pas.

Ava prit ces dernières paroles de plein fouet et se sentit rougir sous le regard de sa mère. Il fallait toujours qu'elle ait le dernier mot, songea-t-elle.

— J'ai tout à fait conscience des enjeux, finit-elle par répondre. Mais je te remercie de me les rappeler, maman. Je garderai tes paroles à l'esprit et dans mon cœur.

Elles reprirent toutes les deux leur fourchette et recommencèrent à manger, mais Ava avait du mal à avaler. Car malgré ses protestations, et même si elle avait conscience des risques encourus, elle avait déjà accepté de faire quelque chose pour Johann, quelque chose qui la désignerait immanquablement si jamais ses manigances venaient à être découvertes. Sa première rencontre avec Johann avait bouleversé son univers. Et lorsqu'il lui avait demandé de fouiller dans l'agenda de Goebbels afin d'obtenir un renseignement auquel seules quelques personnes avaient accès, elle avait su qu'elle serait prête à tout faire pour l'aider.

***

— Ah, Ava ! Te voilà ! lança Anna en se précipitant vers elle, le regard affolé, pour l'aider à ôter son manteau.

Cela faisait une semaine qu'Ava était revenue de la campagne et c'était le premier soir où elle rentrait à l'appartement. Désormais, elles se croisaient surtout au sous-sol de l'immeuble, lorsqu'elles se cognaient dans le noir pendant les raids aériens.

— Cela fait un bon moment que Heinrich patiente…

Ava regarda Anna droit dans les yeux, saisie par la même panique. *Heinrich est ici ?*

Elle prit une profonde inspiration, se plaqua un sourire sur le visage et s'empressa d'aller au salon où elle trouva son fiancé assis en compagnie d'Eliana. Elle jeta un coup d'œil à sa sœur, nota son expression crispée, puis se retourna vers Eliana qui, elle, était toute rouge.

— Heinrich ! Quelle bonne surprise ! s'exclama-t-elle alors qu'il se levait pour l'accueillir. Si j'avais su que tu venais, je serais rentrée plus tôt.

— Je suis passé à ton bureau, mais on m'a dit que tu étais déjà partie. Je suis donc venu ici, expliqua-t-il, la parcourant de la tête aux pieds avant de la dévisager avec insistance. Mais tu n'y étais pas non plus.

— Eh bien, avant toute chose, je vois que tu as fait connaissance avec ma charmante cousine, minauda-t-elle, le temps d'inventer une histoire. Mais c'est vrai, tu as tout à fait raison, je suis partie du bureau un peu en avance, aujourd'hui. J'avais quelques courses à faire pour mon père.

Heinrich fronça les sourcils.

— C'est étrange, car il…

— Papa ! s'écria-t-elle alors que son père entrait dans la pièce, un verre dans chaque main, sans doute le sien et celui de Heinrich. Je suis allée rendre visite à ton vieil ami Otto, à l'hôpital, et j'ai même réussi à lui apporter quelques fruits, comme tu me l'avais demandé. Je sais bien que tu m'avais dit d'attendre la fin de la semaine, mais comme j'avais la possibilité de quitter le ministère de bonne heure, aujourd'hui, j'en ai profité pour aller directement à l'hôpital. Je suis désolée de ne pas t'avoir prévenu.

Elle adressa un doux sourire à Heinrich, mais ce dernier semblait s'intéresser davantage à la réaction de son père.

— Merci, Ava, c'est gentil. Mais tu nous aurais épargné pas mal d'inquiétude si tu m'avais dit que tu passais voir Otto aujourd'hui.

— Je te demande pardon, papa.

Elle alla s'asseoir à côté de Heinrich et s'obligea à lui prendre la main.

— Et désolée de vous avoir causé du souci à vous tous. C'est vrai qu'en temps normal, mes déplacements se limitent au bureau, à la maison et à l'épicerie.

Elle s'aperçut soudain que Heinrich regardait son chemisier d'un drôle d'air. Elle baissa les yeux sur sa poitrine : un de ses boutons était défait. Les joues cuisantes, elle se détourna légèrement pour le reboutonner. Mais lorsqu'elle se retourna vers Heinrich, il lui reprit simplement la main en souriant. Restait à espérer qu'il ne sentirait pas l'odeur d'un autre homme sur sa peau, car il était impossible que ses cheveux et ses vêtements ne soient pas imprégnés de l'après-rasage de Johann.

Elle regarda Eliana qui se passionnait pour le tricot que Frau Müller avait laissé là la dernière fois qu'elle était venue. Ava aurait juré qu'Eliana ne savait pas tricoter, mais cette dernière donnait remarquablement bien le change : tête baissée, elle feignait d'être absorbée par son ouvrage, ce qui lui évitait de regarder le démon assis près d'elle.

— En parlant de l'épicerie, il paraît que ta cousine Elea travaille là-bas ? dit Heinrich.

Ava hocha la tête et coula un regard en direction d'Anna. Si seulement elle avait pu savoir de quoi ils avaient déjà discuté… Heureusement, elles connaissaient toutes les trois la version de l'histoire à donner et aucun de ses propos ne risquait de contredire ceux de sa sœur, voire d'Eliana.

— C'est exact. Nous devons tous apporter notre pierre à l'édifice, partout où nous le pouvons, et à ce qu'on m'a dit, Elea s'est très bien faite à son nouvel emploi.

— J'ignorais que vous aviez une sœur, Herr Müller, commenta Heinrich avant de boire une gorgée de son verre. Je croyais que toute votre famille vivait à Berlin.

Ava coula un regard à son père qui se carra dans son fauteuil avec un grand sourire.

— Une bonne partie de ma famille est à Berlin, en effet, mais il se trouve que l'une de mes sœurs a bravé l'autorité de mes parents en faisant un mariage qui ne leur convenait pas. Nous sommes donc restés vingt ans pratiquement sans nous voir, jusqu'à ce que ma sœur soit tuée dans un bombardement. Je n'allais tout de même pas tourner le dos à ma nièce.

— C'est si agréable de vivre sous le même toit ! s'enthousiasma Ava. Bien que du fait de nos emplois du temps respectifs, nous en soyons souvent réduites à nous croiser comme des trains dans la nuit.

Heinrich opina du chef tandis qu'elle changeait de position, mal à l'aise, tout en regardant son père.

— Et vous, Herr Müller, vous allez bien ? s'enquit-il.

Eliana cessa de tricoter et Anna se raidit sur son siège.

— C'est très aimable à toi de t'enquérir de ma santé, Heinrich, mais je me porte comme le Pont-Neuf. Si j'excepte un mauvais rhume qui a failli atteindre les poumons, je me sens deux fois plus jeune que mon âge.

Ava posa sa main sur le genou de son fiancé en lui souriant, dans l'espoir de détourner son attention.

— Heinrich, j'aimerais tant voir ta mère et ta sœur. Tu crois qu'elles auraient le temps de déjeuner avec nous, un de ces jours ? J'aimerais beaucoup discuter du mariage avec elles.

Amadoué par ces paroles, Heinrich se détendit sur son siège, tandis qu'Anna se levait pour aller lui servir un autre verre.

***

— Où étais-tu ? lui demanda son père en la transperçant du regard.

Heinrich venait de partir.

— Réponds, Ava, tu étais avec lui ?

Mal à l'aise, elle contempla le bout de ses chaussures. Il ne servait à rien de mentir.

— Oui.

— Tu joues un jeu dangereux, ma fille.

Du coin de l'œil, elle vit qu'Anna et Eliana s'éclipsaient sans bruit, ne souhaitant sans doute pas être mêlées à l'argument qui allait l'opposer à son père.

— Si jamais Heinrich a le moindre soupçon sur toi, poursuivit celui-ci, s'il vient à découvrir quoi que ce soit, tu nous auras tous mis en péril, tu en as bien conscience ? Et tout ça pour quoi ? Pour un jeune homme qui se désintéressera de toi comme d'une guigne dès que tu ne lui seras plus utile !

Ava n'avait pas besoin qu'on lui dise qu'elle avait mis Eliana dans une position plus que délicate, elle ne le savait que trop bien. Mais elle ne pouvait pas savoir que Heinrich leur rendrait visite à l'improviste ! D'autant que la dernière fois qu'elle l'avait vu, il se préparait à partir pour une semaine ou plus... Comment aurait-elle pu savoir qu'il était revenu à Berlin ?

— Je pense que tu te trompes sur Johann, papa, il ne...

— Tu crois qu'il risquerait sa vie pour toi, si jamais Heinrich découvrait ta duplicité? marmonna son père. Parce que la réponse, je peux te la donner : c'est non.

Elle n'était pas de cet avis, mais elle n'osait pas s'opposer à son père, il était trop en colère.

— Quoi que cet homme t'ait demandé de faire, quoi que tu aies consenti à faire, Ava, j'espère que cela en vaut la peine.

Son père vida son verre, le fit claquer sur la table et quitta la pièce sans la regarder. Restée seule, elle se mit à trembler, violemment. Elle alla s'asseoir dans le fauteuil qu'avait occupé Heinrich, repensant à la façon étrange dont il avait regardé Eliana. De quoi serait-il capable si jamais il découvrait sa véritable identité ?

Quel que soit le plan de Johann, il fallait agir très vite.

***

La sirène antiaérienne poussait son interminable plainte stridente. Ava, allongée entre Anna et Eliana sur l'un des matelas au sous-sol de l'immeuble, à quelques centimètres seulement de la famille qui s'était approprié l'appartement des Goldman, repensait aux événements de la journée, à ce qu'elle avait eu l'audace de faire au bureau.

Johann lui avait demandé de rechercher dans l'agenda de Goebbels tout ce qui se référait à une éventuelle rencontre avec Hitler, de retenir tout ce qui se disait en sa présence ainsi que toutes les entrées qu'elle tapait quotidiennement dans l'emploi du temps de son patron. Cela faisait des jours qu'elle ouvrait l'œil, à l'affût du moindre détail susceptible d'avoir de la valeur pour Johann, et c'est pour cette raison qu'elle était passée le voir chez lui, au lieu de rentrer directement à l'appartement.

Il ne lui avait pas dit grand-chose sur l'opération qui se tramait et elle n'avait même pas cherché à deviner, trop effrayée à l'idée de savoir.

Hitler devait rencontrer ses principaux conseillers militaires à son quartier général de Rastenburg, en Prusse-Orientale, dans à peine trois jours. Elle avait eu accès à ce renseignement grâce à sa nouvelle promotion qui exigeait qu'elle tape quotidiennement l'emploi du temps personnel de Goebbels. Elle n'avait pas hésité à transmettre l'information à Johann : elle était allée droit au café où ils s'étaient donné rendez-vous et lui avait glissé un mot sous sa serviette, selon ses consignes, lui indiquant qu'elle devait lui parler. Johann avait fini par la retrouver et, à son tour, il lui avait glissé une adresse en passant. Après être restée un moment au soleil, elle avait marché encore un peu, histoire de s'assurer que personne ne la suivait, puis elle s'était empressée de se rendre à l'adresse en question afin de lui faire part de ce qu'elle avait appris.

Johann lui avait fait tout répéter plusieurs fois, puis il lui avait demandé de l'attendre. À son retour, il souriait d'une oreille à l'autre. Il lui avait pris le visage en coupe et l'avait regardée droit dans les yeux.

— Ava. Il y a très peu de civils impliqués dans ce putsch. Et pourtant, c'est toi qui nous as fourni l'élément essentiel. C'était le renseignement que nous attendions.

— Et maintenant, que dois-je faire ? s'enquit-elle tandis qu'il l'attirait à lui.

— Toi, continue d'ouvrir les yeux et les oreilles, au cas où il y aurait un quelconque changement de programme, aussi insignifiant soit-il. Et si tu as quelque chose à me transmettre, tu passes au café à la sortie de ton travail.

Elle acquiesça d'un signe de tête.

— Tu peux compter sur moi.

Ensuite, elle avait savouré avec délice l'intérêt qu'elle suscitait chez lui, excitée par ce qu'elle avait fait, persuadée qu'elle ne se ferait jamais pincer et que personne ne découvrirait son implication dans ce mystérieux projet. Mais à présent, dans ce sous-sol ébranlé par les bombes qui tombaient au-dessus de leurs têtes, elle commençait à douter. Aurait-elle fait preuve de naïveté ? Elle repensait sans cesse à la façon dont Heinrich avait regardé Eliana, à la façon dont il avait questionné son père. Sur le moment, son attitude l'avait réellement effrayée.

Mais cela, c'était de l'ordre de l'émotion, pas de la raison. En toute logique, si Heinrich avait réellement eu quelque soupçon, il serait déjà revenu avec ses amis SS et il les aurait tous emmenés pour qu'ils soient interrogés. Il ne semblait plus du tout impressionné par l'*Oberst-Gruppenführer* Müller, et le fait que l'homme qu'elle devait épouser puisse se sentir supérieur à son propre père la faisait frissonner de terreur au point de l'empêcher de dormir. La seule chose qui pouvait être pire, c'était d'imaginer ce que Heinrich ferait à Johann si jamais il découvrait que quelqu'un d'autre avait déjà couché avec sa fiancée.

17

À chaque fois qu'Ava voyait Johann, son cœur faisait un bond, et ce soir-là ne fit pas exception à la règle. La différence, ce fut que dès qu'elle eut franchi la porte, il la souleva de terre et la fit tournoyer dans ses bras, ses lèvres sur les siennes.

— Tu l'as fait, murmura-t-il, ce à quoi elle répondit en l'embrassant.

Son haleine sentait l'alcool... Il devait être sorti faire la fête sans elle, mais cela lui était égal. Tout ce qu'elle espérait, c'était qu'ils puissent passer une nuit ensemble sans être interrompus par les sirènes antiaériennes : elle voulait rester le plus de temps possible dans ses bras.

— Tu as réussi à faire tout ce que je t'avais demandé, s'émerveilla-t-il. Je savais que mon petit papillon serait assez malin pour y arriver. Tout est fixé, maintenant : c'est pour jeudi.

Ava se débarrassa de son manteau et le jeta sur une chaise. Dans la cuisine, une bouteille d'eau-de-vie avait été débouchée. Il y avait aussi deux verres, mais elle ne lui demanda pas qui avait bu dedans. De toute manière, il ne le lui aurait sûrement pas dit. Une bouffée de jalousie l'envahit : avec qui Johann avait-il fêté la grande nouvelle ? Mais, ravalant sa question, elle alla verser un fond d'eau-de-vie dans chacun des verres ; il y avait encore quelques mois, elle ne supportait pas les alcools forts, mais ces dernières semaines, elle y avait pris goût. Ce soir, en particulier, elle en avait besoin pour se calmer les nerfs. La semaine avait été éprouvante au bureau : à tout instant, elle craignait qu'on découvre sa traîtrise. Mais c'était presque fini, maintenant, même si elle ignorait toujours à quoi tout cela allait servir.

Elle tendit un verre à Johann qui le vida d'un trait avant de le reposer pour la contempler avec désir. Elle but quelques gorgées d'alcool pendant qu'il semait une traînée de baisers le long de son cou et commençait à déboutonner son chemisier, l'empêchant de finir son verre. Puis, il la prit par la main et la conduisit jusqu'à la chambre. Elle avait tant de choses à lui demander, tant d'interrogations sur la suite : où Johann allait-il habiter ? À quoi ressemblerait leur vie une fois que tout serait fini ? Mais ces questions devraient attendre. De toute évidence, Johann était d'humeur impatiente et elle n'était que trop heureuse de lui faire plaisir.

Ils pourraient toujours discuter de leur avenir après.

— Pas si vite, dit-elle dans un rire alors qu'il la renversait sur le lit.

Mais comme à son habitude, il n'en fit qu'à sa tête.

***

— Tu en sais davantage sur ce qui se prépare ? lui demanda-t-elle, alors qu'ils étaient au lit.

Elle se dressa sur un coude pour le regarder.

— Il n'y a pas quelque chose que tu puisses partager avec moi ?

Johann lui caressa la joue.

— Dans ton intérêt, mieux vaut que tu ne saches rien. Mais tu as fait du très bon boulot, petit papillon. Oui, du très bon boulot.

Un frisson d'excitation la parcourut.

— Donc, les renseignements que je t'ai transmis…

— C'était exactement ce dont nous avions besoin pour mener notre projet à bien, acheva-t-il en prenant lui aussi appui sur son coude. Tu t'en es tirée comme un chef, Ava. Et il n'est pas exagéré de dire que sans toi, nous n'y serions pas arrivés.

Elle sourit, secrètement exaltée d'avoir pu les aider à préparer cette opération en leur fournissant des renseignements aussi importants.

— Ce sera tellement plus agréable quand tout sera fini, de ne plus avoir à se cacher, de pouvoir se voir au grand jour, remarqua-t-elle en admirant le beau visage de Johann, sa mâchoire carrée et ses yeux d'un brun chaud. Je peux choisir le premier restaurant où nous irons dîner ?

Une fois le régime renversé, Heinrich et les hommes de son espèce seraient sans doute arrêtés, pensait-elle.

— Je nous imagine déjà, les pieds en compote d'avoir dansé toute la nuit, gavés de bonnes choses et buvant du champagne…

Johann lui sourit.

— Tout un programme ! Et j'adorerais aller danser avec toi, Ava, mais… je ne voudrais pas que tu penses que je t'ai induite en erreur.

Elle se hérissa.

— Induite en erreur, comment ça ? Je ne comprends pas.

— Ce n'est pas que je ne tienne pas à toi, mais si notre plan réussit, une fois le Führer éliminé…

Elle déglutit. Pour la première fois, elle se rendait compte de ce dans quoi elle était impliquée. Elle ne regrettait rien, non, mais le simple fait d'entendre Johann prononcer ces mots lui faisait prendre conscience que si le Führer était amené à disparaître, ce serait peut-être en partie dû à son action à elle.

— Je ne refuserai jamais de te voir, Ava, mais je ne veux pas que tu commences à rêver d'une vie à deux, que tu t'imagines que notre histoire va se finir en conte de fées. Le mariage, la famille, me fixer quelque part, ce n'est pas pour moi, c'est tout.

— Tu veux dire que… quand la guerre sera finie, quand le régime nazi sera renversé…

Les mots moururent sur ses lèvres devant l'expression de Johann.

Soudain, tout devint clair. Quelle idiote elle avait été d'imaginer qu'elle allait faire sa vie avec Johann ! Et elle ne pouvait même pas lui en vouloir de s'être servi d'elle pour arriver à ses fins. Si elle lui avait prêté main-forte, c'était de son plein gré. En outre, il avait raison : il ne lui avait jamais rien promis.

— Ne me regarde pas comme ça, Ava, dit-il en faisant courir son doigt le long de son bras nu. Je ne t'ai jamais menti sur moi. Je pensais que tu comprenais, que tu savais à quoi t'en tenir sur notre relation… Ça ne veut pas dire que je ne tiens pas à toi, Ava, tu comptes beaucoup pour moi.

Elle détourna la tête pour ne pas le laisser voir ses larmes.

— Je croyais que ça allait plus loin entre nous, je croyais…

Elle s'interrompit en voyant la tête que faisait Johann. Elle ne voulait pas de sa pitié. Ça, elle ne le supporterait pas.

— Toi et moi, c'est sympa, continua-t-il, très sympa, même. Mais tu ne t'attendais tout de même pas à ce que je…

— Bien sûr que non. Je suis toujours fiancée à Heinrich, j'ai toujours su que ça n'était pas sérieux entre nous.

Elle mentait, bien sûr : la vérité, c'était qu'elle se souvenait à peine qu'elle était fiancée et qu'elle avait cru que Johann l'aimait comme elle l'aimait.

Elle s'était imaginé qu'une fois la guerre terminée, elle passerait toutes les nuits dans ses bras au lieu de se contenter de moments volés et qu'ils finiraient leurs jours ensemble.

Anna avait bien tenté de la mettre en garde, ainsi que David, mais elle avait refusé de les écouter – elle croyait qu'ils ne comprenaient pas. De toute évidence, c'était elle qui n'avait rien compris. Johann avait eu besoin d'elle à un moment donné, mais désormais, elle ne lui était plus d'aucune utilité. Il avait beau essayer d'édulcorer la réalité, c'était aussi simple que cela.

Elle se leva, enveloppée dans le drap. Elle ne voulait pas qu'il la voie nue. La peau hérissée de chair de poule, elle regrettait à présent de s'être donnée à lui, d'avoir succombé aux douces paroles qui lui coulaient si facilement des lèvres.

Il tendit le bras vers elle, enjôleur.

— Reviens te coucher.

Ava se retourna.

— Je peux te poser une question ?

Johann prit une cigarette, craqua une allumette et s'assit contre l'oreiller en exhalant une bouffée de fumée.

— Si je n'avais pas eu accès à ces renseignements, si je n'avais pas été la…

— Non, Ava, pas ça. Ne gâche pas ce qu'il y a entre nous. Je n'ai jamais dit que je voulais qu'on arrête de se voir, j'essayais simplement de t'expliquer que…

Elle détourna la tête. Elle ne savait plus quoi penser. Elle ne savait plus où elle en était.

Il tapota le lit.

— Viens, Ava.

Voyant qu'elle ne bougeait pas, il sourit et ajouta d'un ton radouci :

— S'il te plaît.

Elle hésita un moment, le drap plaqué contre sa poitrine, puis elle alla lentement s'asseoir au bord du lit, en évitant tout contact avec lui. Mais lorsqu'il se mit à lui caresser les cheveux et à dessiner le contour de son visage, elle baissa la garde. C'était au-dessus de ses forces.

— Dis-moi, Ava, tu crois en notre cause ? En notre action ?

Elle fit oui de la tête.

— Et tu veux du changement pour notre pays ? Tu veux que cette guerre se termine ? Qu'on débarrasse l'Allemagne de ce fléau ?

— Bien sûr.

— Je ne t'ai jamais prise en traître, Ava. Je t'ai toujours exposé les risques que tu courais. Si je t'ai approchée, c'est que tu faisais déjà partie de notre monde et que j'ai eu envie de t'encourager à aller plus loin.

Il lui sourit.

— J'ai adoré chaque instant que nous avons passé ensemble, mais je tiens à être franc à propos de moi. Ce n'est pas parce que nous n'avons pas la même vision de l'avenir que tu dois laisser cela salir ce que nous avons partagé.

Ses propos ne la consolaient pas vraiment, mais sur le fond, il avait raison. Elle avait agi de son plein gré et si elle avait fait tout cela pour lui plaire, alors c'était elle qui s'était trompée. Johann ne lui avait fait aucune promesse : c'était elle qui avait idéalisé leur vie à deux, convaincue qu'il avait les mêmes aspirations qu'elle. Elle avait péché par naïveté, voilà tout.

— Je n'oublierai jamais le rôle que tu as joué dans toute l'opération, ni tous les risques que tu as pris pour nous aider, conclut-il avec un sourire plein de bonté. Il se pourrait même que tu sois la femme la plus courageuse que j'aie jamais rencontrée.

Ava s'en voulait de souffrir autant, mais elle avait le cœur brisé. Pourtant, Johann avait raison. Si elle s'était engagée là-dedans, c'était parce qu'elle voulait sincèrement en finir avec le fascisme. Mais elle ne pouvait s'empêcher de regretter que Johann n'éprouve pas les mêmes sentiments qu'elle.

Lorsqu'il s'avança pour poser ses lèvres sur les siennes, elle ne s'écarta pas et savoura le goût de sa bouche, sachant que ce serait la dernière fois.

***

De retour à l'appartement, Ava entra le plus discrètement possible et, sans allumer, s'engagea dans le salon à pas de loup pour gagner sa chambre.

— Ava ?

Surprise, elle se figea et, plissant les yeux, elle distingua Anna, assise dans le noir.

— Qu'est-ce que tu fais encore debout ? lui demanda-t-elle, soulagée que sa sœur ne puisse pas voir les traces de larmes sur son visage.

— Je t'attendais. Papa est allé se coucher. Il ne se sentait pas bien, mais je…

— Qu'est-ce qui s'est passé ? La morphine n'a pas fait effet comme l'autre fois ?

— Si, mais je ne sais pas combien de temps cela pourra encore le soulager, ni si nous pourrons continuer à cacher son état de santé bien longtemps. Il faut qu'il voie un médecin.

Ava était bouleversée. Anna se leva et s'approcha d'elle.

— Tu sais, papa était fâché de ce que tu as fait pour le compte de Johann. Il a refusé de me mettre au courant de ce qui se passait, mais il m'a dit que Johann exigeait trop de toi, que tu n'aurais pas dû…

— Lorsque papa m'a demandé de me rallier à vous, de changer de camp et de soutenir vos agissements, il ne m'a jamais dit qu'il y aurait une limite à mon implication.

— Peut-être, mais il s'attendait au moins à ce que la voie hiérarchique soit respectée. Il s'attendait à avoir un droit de regard sur ce qu'on te demanderait de faire.

Anna soupira.

— S'il te plaît, Ava, peux-tu me dire dans quoi tu t'es engagée ? Père refuse de m'en parler, mais je devine que c'est une opération d'envergure.

Ava n'avait vraiment pas envie de se disputer avec sa sœur, pas après la soirée qu'elle venait de passer.

— Franchement, je l'ignore. Tout ce que Johann m'a dit, c'est qu'il valait mieux que je ne sache rien. Mais tu sais, je commence à me demander si…

Anna lui saisit la main.

— Si quoi ? Ava, dis-moi !

Ava prit une lente inspiration.

— Je pense qu'ils projettent d'assassiner le Führer, murmura-t-elle à l'oreille de sa sœur. Je ne pourrais pas en jurer, mais si j'additionne ce que m'a dit Johann et sa volonté de savoir où se trouverait Hitler dans les prochains jours… tout converge vers cette hypothèse.

— En dehors de toi, combien de personnes ont accès à l'agenda de Goebbels ? s'enquit Anna. En dehors de toi, combien de personnes se retrouveraient sur la sellette si jamais l'opération de Johann tournait mal ? Tu crois vraiment que c'est ça qui se prépare ?

Ava fit oui de la tête.

— Et si papa ne peut pas endosser la responsabilité à ta place ?

Ava prit une profonde inspiration.

— Je ne veux pas lui faire porter le chapeau. J'ai agi en toute connaissance de cause, je…

— Vraiment ? En toute connaissance de cause ? insista Anna d'un ton exaspéré. Johann t'a-t-il vraiment expliqué tous les risques que comportait son projet ? Est-ce qu'il t'a vraiment…

Incapable de retenir son émotion plus longtemps, Ava fondit en larmes et se détourna de sa sœur, honteuse de craquer devant elle.

— Ava !

Les bras d'Anna l'enlacèrent, la retinrent avec toute la force de son amour, alors que ses propres jambes menaçaient de céder. Ava s'accrochait à elle comme à une bouée. Plus que jamais, elle avait besoin de sa sœur, et ce malgré tous les efforts qu'elle avait faits pour la repousser.

— Ava, qu'est-ce qui se passe ? Dis-moi pourquoi tu pleures.

— C'est fini entre Johann et moi.

Anna se tut un long moment, mais Ava sentait toujours ses mains lui caresser le dos.

— J'ai toutes les raisons de croire qu'il tenait beaucoup à toi, Ava, dit-elle enfin. Mais Johann est un personnage complexe. Les hommes comme lui, ces hommes qui ne vivent que pour leur mission, n'ont pas toujours la capacité de tomber amoureux ni de s'engager durablement.

— Je n'arrive même pas à le détester… Comment pourrais-je détester un homme qui tente de mettre un terme à toutes ces atrocités ?

— Tu aurais fait ce que tu as fait si c'était papa qui te l'avait demandé ?

Ava opina du chef.

— Bien sûr. Sans poser de questions.

— Alors, raccroche-toi à ça. Si tu as agi ainsi, c'est que tu crois en notre cause, c'est que tu as choisi d'y prendre part. Peu importe que ce soit Johann, papa ou quelqu'un d'autre qui t'ait demandé de le faire. Et le moment venu, tu pourras même te souvenir de votre histoire avec tendresse, lorsque le temps aura atténué ta peine.

Ava hocha la tête. Anna avait raison. Le fait que Johann lui ait brisé le cœur n'avait rien à faire avec l'entreprise à laquelle elle avait participé : son chagrin d'amour ne devait pas lui faire perdre de vue l'aide cruciale qu'elle avait apportée à leur mouvement de résistance.

— Je continue de t'en vouloir, murmura Anna en l'étreignant à nouveau de toutes ses forces. Mais je suis aussi très fière de toi.

— Tu crois que papa me pardonnera un jour ? s'inquiéta Ava quand sa sœur consentit enfin à la lâcher.

— Je pense qu'il est incroyablement fier de tout ce que tu as fait. Son seul regret, c'est que tu te sois impliquée autant. Je crois qu'il regrette de t'avoir demandé de nous aider.

Au bout d'un long silence, Ava se décida à lui confier ce qui la tracassait.

— Tu sais, Anna, je n'arrête pas de repenser à la façon dont Heinrich a demandé à papa des nouvelles de sa santé, l'autre soir. Tu ne penses tout de même pas qu'il est au courant de son état ? Crois-tu qu'il a des soupçons ? Ou qu'il cherche à en savoir plus sur Eliana ?

Sa sœur frissonna.

— J'espère bien que non. Si cet homme-là se retournait contre nous, s'il venait à découvrir quoi que ce soit qui le fasse douter de notre fidélité au Führer…

Anna n'eut pas besoin d'achever sa phrase. Ava imaginait très bien la suite. Mais lorsque sa sœur s'éclaircit la voix, elle comprit que cette dernière avait encore quelque chose à lui dire.

— Tu te souviens, Ava, le soir où tu as découvert les Goldman dans notre grenier… tu m'as demandé si je te cachais encore autre chose, dit Anna avec émotion. Eh bien, je ne t'ai pas tout raconté.

Ses yeux s'emplirent de larmes qu'elle refoula d'un battement de cils.

Ava attendait la suite, retenant son souffle. Quel autre secret pouvait-il encore y avoir entre elles ?

— La voiture qui a tué Hugo et Michael…

La voix d'Anna se brisa. Ava lui passa un bras autour des épaules, sachant à quel point sa sœur avait du mal à parler de son fils et de son mari défunts.

— Goebbels… C'était lui. Il était là avec un autre responsable du parti et c'est son chauffeur qui les a percutés. Ils sont repartis comme s'ils avaient écrasé un chien errant. Je l'ai vu jeter un coup d'œil à la scène et repartir tranquillement.

Les larmes d'Anna coulaient librement à présent. Bouleversée, Ava la serra contre elle. Si seulement elle l'avait su plus tôt ! Mais comment ne pas comprendre la douleur qu'éprouvait Anna à évoquer ce qui s'était passé ce jour tragique ?

— Papa et maman connaissent la vérité ? lui demanda-t-elle. Oui… Tu la leur as dite.

Anna acquiesça.

— Je suis désolée, Ava. Sur le moment, ils ont jugé préférable de garder le secret, mais je me rends compte aujourd'hui que c'était une erreur de ne pas t'avoir mise dans la confidence.

Mais Ava se refusait à le prendre mal. Tant de choses avaient changé au cours des derniers mois ! Elle n'était plus la jeune femme qu'elle était à l'époque.

— Et Goebbels, est-ce qu'il sait ? Qu'il s'agissait de ton mari et de ton fils ?

Anna haussa les épaules.

— Franchement ? Je n'en sais rien. Parfois, j'ai l'impression qu'il sait, oui, voire qu'il me nargue, qu'il attend que je réagisse à chaque fois que je le vois. Mais, à vrai dire, j'ai tendance à croire que c'est un effet de mon imagination.

— En tout cas, je te remercie de me l'avoir dit, murmura Ava, tandis qu'Anna lui prenait la main. Mais il ne doit plus y avoir de secrets entre nous. Dorénavant, nous nous dirons tout.

Anna lui pressa les doigts en refoulant une nouvelle montée de larmes.

— Fini les secrets. C'est promis.

18

Eliana

Eliana comprit que quelque chose clochait : les rayons et le magasin étaient vides depuis longtemps, mais Hermann s'attardait derrière le comptoir. Elle alla jusqu'à la porte et retourna le panonceau, ferma à clef et baissa le rideau, toutes choses qu'il aurait faites lui-même en temps normal.

— Dis-moi ce qui ne va pas, Hermann, lui demanda-t-elle en jetant un regard autour d'elle pour s'assurer qu'ils étaient bien seuls.

Lorsqu'il fit le tour du comptoir pour aller vers elle, elle s'aperçut qu'il était blême. Toute couleur s'était retirée de son visage.

— Viens avec moi.

Et, la prenant par la main, il l'entraîna précipitamment vers la petite réserve où elle travaillait d'habitude.

— Je dois sortir la machine à écrire ? s'enquit-elle, tout essoufflée. Il y a un message urgent à transmettre ?

Il referma la porte, ce qui la plongea dans l'angoisse. Non par crainte de se retrouver seule avec lui dans un endroit aussi exigu, mais parce que c'était la première fois qu'il le faisait. Il devait avoir quelque chose d'important, ou de secret, à lui dire.

— On m'a fait passer un message, aujourd'hui, lui confia-t-il en lui tendant un petit papier d'une main tremblante. Au début, je n'y ai pas cru.

Elle le déplia immédiatement.

C'est pour demain. Tiens-toi prêt.

— Mais qu'est-ce que ça veut dire ?

— Ça veut dire qu'on va tenter d'assassiner Hitler demain, chuchota-t-il. On doit se préparer à propager l'information dès qu'on nous en donnera l'ordre.

— Assassiner Hitler ? répéta-t-elle. Tu es certain que c'est à ça que se réfère ce message ?

Hermann hocha la tête.

— Certain, oui. Ça fait un moment qu'un attentat se prépare et les conspirateurs ne sont pas ceux auxquels tu penserais, mais des officiers proches du Führer, des hommes politiques, des nationalistes de la première heure qui savent tous que nous allons perdre la guerre et qui veulent sauver le pays. Certains d'entre eux cherchent simplement à préserver notre moralité tant qu'ils le peuvent encore. Dans un cas comme dans l'autre, ils semblent tous vouloir la même chose et ils ne croient plus que nous puissions être victorieux sans renverser le parti.

Eliana sentit une chaleur inhabituelle se répandre en elle, mais elle n'arrivait toujours pas à comprendre pourquoi Hermann avait l'air aussi nerveux.

— Qu'y a-t-il ? Tu devrais être heureux que ça se passe avant que tu rejoignes ton régiment.

Elle lui prit la main et coula ses doigts entre les siens. Depuis qu'il lui avait annoncé son départ, elle n'avait pas pensé à grand-chose d'autre.

— Eliana, si ça ne marche pas, si l'attentat échoue…

Elle scruta son visage.

— Qu'est-ce qui t'inquiète, Hermann ? Nous ne pouvons que croiser les doigts pour que l'opération soit un succès. Ce serait une chance pour tout le monde : tu pourrais rester ici, la guerre pourrait prendre fin…

— Ava est dans le coup.

Eliana en eut le souffle coupé.

— Dans le coup ?

Certes, elle savait qu'Ava était impliquée dans leur noble cause, mais entendre Hermann prononcer son nom lui fit tout de même un choc.

— Comment ça, dans le coup ? Comment tu le sais ?

— S'ils ont pu organiser l'opération avec autant de minutie, c'est en partie parce qu'elle a accès à l'agenda de Goebbels. D'après ce que j'ai compris, son ami Johann l'a persuadée de lui transmettre des renseignements confidentiels. Il fait partie des quelques civils impliqués dans le putsch.

— Tu es en train de me dire qu'il profite des sentiments d'Ava pour la manipuler ? Qu'il la met sciemment en danger ?

Elle comprenait mieux maintenant pourquoi elle avait entendu Ava et Anna se disputer au sujet de ce Johann : de toute évidence, Anna n'approuvait pas leur relation.

Sous l'effet de la colère, ses joues s'embrasèrent et son cœur se mit à battre à grands coups.

— Ça, je ne peux pas l'affirmer, répondit Hermann. Mais ce que je sais avec certitude, c'est qu'il l'a recrutée.

— Et on ne peut rien faire ? Pour s'assurer qu'elle ne coure aucun risque ? Est-ce que je dois aller lui parler ? L'encourager à quitter la ville, à se mettre à l'abri dans un endroit plus sûr ?

Mais où serait-elle en sécurité ? Où ne risquerait-on pas de la trouver ?

— Ce qui est fait est fait, soupira Hermann. Maintenant, il ne nous reste plus qu'à attendre en espérant que l'opération réussisse, parce que si Ava devait s'enfuir maintenant, cela ne ferait que confirmer sa culpabilité.

— Mais tu crois qu'ils pourront remonter jusqu'à elle, si l'opération échoue ? s'inquiéta Eliana.

Hermann lui pressa les doigts.

— Toute personne ayant accès à des renseignements top secret sera interrogée, je le crains. Ils remueront ciel et terre pour retrouver celui ou celle qui a trahi.

Il se rapprocha d'elle.

— Cela dit, il y a toutes les raisons de croire que ça ne se produira pas. Mais vu que tu es une proche des Müller, je voulais simplement que tu aies conscience des risques encourus. Tu comprends, je ne savais pas dans quelle mesure tu étais au courant pour Ava, si tu connaissais l'ampleur de son engagement dans notre cause.

— Non, j'étais loin de m'en douter. Bien qu'en effet, j'aie entendu Anna la mettre en garde contre ce Johann. Mais je pensais que son père veillait à ce qu'Ava ne s'implique pas exagérément.

Herr Müller était-il seulement au courant de ce qu'avait fait sa fille ? Eliana se sentait complètement désemparée. Qu'était-elle censée faire, maintenant ? Révéler tout ce qu'elle savait à Anna, voire à son père, dans le dos d'Ava ? Après tout ce que Karl Müller avait fait pour elle et sa famille, elle avait l'impression de lui devoir la vérité.

Elle ferma les yeux, imaginant la maison des Müller fouillée, ses parents et son frère découverts dans le grenier… Les conséquences des actes d'Ava s'étendaient bien au-delà de sa propre famille. Peut-être aurait-elle la possibilité de se cacher en lieu sûr, de s'en sortir grâce à ses faux papiers. En revanche, comme le lui avait toujours dit David, leurs parents étaient une cible facile, dans ce grenier. La seule chose qui la rassurait, c'était qu'Ava avait fourni à David l'arme qu'il lui avait réclamée. À la rigueur, cela lui permettrait peut-être d'arrêter quatre ou cinq SS, mais ensuite ? Où iraient-ils, s'ils parvenaient à s'échapper de la maison ? Comment feraient-ils pour se cacher ? À moins qu'il ne se produise un véritable retournement de situation si Hitler venait, de fait, à être assassiné.

— Je m'en veux de te plonger dans une telle inquiétude, dit Hermann, l'arrachant à ses pensées.

— Au contraire, je préfère que tu m'en aies parlé. Mieux vaut avoir une vision claire du danger, en particulier en ce qui concerne mes proches.

Elle soupira.

— Ava est devenue comme une sœur pour moi, je ne peux imaginer la perdre…

Ils restèrent pensifs un moment, puis Eliana s'écarta d'Hermann et s'enserra les épaules.

— Tu vas quand même devoir partir ? s'enquit-elle en relevant les yeux vers lui. Le succès de l'opération entraînera-t-il la fin de la guerre ? La reddition de nos soldats ? Peut-on espérer que ce cauchemar se termine ?

Hermann secoua la tête d'un air d'impuissance.

— Franchement, je n'en sais rien. Il pourrait s'écouler un certain temps avant que cessent les combats. Qui peut le dire ?

Eliana comprit. Hermann s'attendait toujours à devoir partir lundi, il n'était pas persuadé que l'attentat puisse changer quoi que ce soit, pas dans l'immédiat en tout cas. La seule chose dont ils n'avaient pas parlé, c'était la possibilité qu'il déserte, qu'il trouve un moyen de s'évanouir dans la nature. Mais elle savait qu'il ne prendrait pas un tel risque, il redoutait trop les conséquences sur sa famille. C'était aussi pour cela qu'elle l'aimait autant : Hermann respectait ses parents et se souciait d'eux autant qu'elle-même. Autrement dit, jamais il n'envisagerait la désertion s'il estimait que ses parents risquaient d'en faire les frais.

— Après tout ce que tu as fait pour moi, Hermann, je veux que tu saches que s'il le faut, je me battrai pour toi. Si jamais tu devais ne pas revenir, je te chercherais sans relâche. Je te le promets.

Elle s'interrompit pour le regarder droit dans les yeux.

— Et puis, n'oublie pas que tu me dois une glace…

Hermann s'avança vers elle avec un sourire empreint de tristesse, lui effleura la joue et, d'une main, lui prit le visage en coupe. Il la contempla, les yeux brillants.

— Moi aussi, je te chercherais sans relâche, Eliana. Je ne t'oublierai jamais. Je suis si heureux que nos chemins se soient croisés… Pour moi, tu es comme un phare dans cette nuit noire. Et je n'ai pas oublié cette glace, ajouta-t-il avec un sourire. Quand tout cela sera derrière nous, je t'en offrirai une par jour, jusqu'à la fin de notre vie.

Il posa ses lèvres sur les siennes et elle lui rendit son baiser avec douceur. Puis il l'enlaça et la serra tout contre lui. *Je me sens à ma place, dans ses bras*, songea-t-elle comme une évidence. Cette sensation la ramenait au temps de son enfance, lorsqu'elle n'avait pas à se soucier du lendemain.

— Est-ce que tu veux que je commence à taper les tracts dès maintenant, afin que tout soit prêt ? lui demanda-t-elle, la joue toujours pressée contre la sienne. Avons-nous autre chose à faire ?

— Non, il ne nous reste plus qu'à attendre. Mais dès que la mort d'Hitler sera confirmée, nous travaillerons toute la nuit. Tout le monde doit savoir ce qui s'est passé. Les hauts dignitaires nazis seront les premiers à être arrêtés ; ensuite, la nouvelle se répandra comme une traînée de poudre.

Eliana étreignit Hermann encore plus fort, sans plus de retenue, partagée entre la peur et l'espoir. Un espoir qu'elle n'avait pas éprouvé depuis bien longtemps. L'espoir de retrouver une existence où sa famille ne serait plus persécutée. L'espoir de pouvoir marcher dans la rue à visage découvert. Et peut-être, peut-être… l'espoir d'un avenir avec Hermann.

19

Anna

À peine arrivée, Anna comprit qu'elle n'aurait jamais dû venir. Quelque chose ne tournait pas rond. Depuis qu'elle avait appris l'arrestation de Dieter, c'était le premier enfant juif qu'elle s'apprêtait à faire sortir de Berlin. Entre-temps, Johann lui avait fortement conseillé de suspendre ses activités clandestines, mais lorsqu'elle avait appris qu'un petit garçon avait besoin d'être évacué de la ville, elle avait accepté sans hésiter. Dès qu'elle avait appris que les faux papiers de l'enfant étaient prêts, elle s'était portée volontaire pour partir sur le lieu du bombardement et s'occuper seule du tri des blessés, étant donné la pénurie d'infirmières à l'hôpital. Par chance, personne ne lui avait posé de questions.

Bien sûr, elle aurait dû écouter l'avertissement de Johann, mais cela faisait des semaines qu'elle ne l'avait pas vu, et puis les passeurs avec qui elle travaillait étaient aussi motivés qu'elle pour reprendre du service.

Celui-ci, Dieter, c'est pour toi que je le fais. Depuis sa disparition, son ami n'avait cessé d'occuper ses pensées. Si seulement elle n'avait pas été aussi bien renseignée sur les camps, elle aurait au moins pu espérer qu'il était bien traité. Mais, hélas…

Elle engagea l'ambulance dans une rue et se fraya lentement un chemin parmi les gravats, jusqu'à ce que les décombres d'un récent bombardement l'obligent à changer d'itinéraire. Une fois sortie de Berlin, elle se détendit un peu. Cette mission était un peu différente des autres : il s'agissait d'un petit garçon qui avait perdu ses parents et qui avait été recueilli par une famille non juive. Or, ces gens quittaient Berlin et ne pouvaient pas emmener l'enfant sans passeport. Elle devait donc le transporter en toute sécurité afin qu'ils puissent le retrouver à bonne distance de la ville. La petite famille pourrait être réunie, cette fois, elle en avait la quasi-certitude, car au fond de son cœur, elle devait bien avouer qu'elle commençait à douter que les autres enfants qu'elle avait transportés clandestinement aient un jour la chance de revoir leurs parents.

Au bout d'environ une demi-heure, elle fut obligée de ralentir : il y avait des patrouilles de SS sur la route.

Qu'est-ce que c'est que cette histoire ?

Elle s'arrêta et baissa la vitre.

— Je peux passer ?

— Vos papiers, ordonna le SS en tendant la main.

Elle sortit sa carte d'identité et son laissez-passer du sac posé sur le siège passager et les présenta au SS.

— La route est bloquée ? Que se passe-t-il ? Un bombardement ?

Le SS la regarda avec attention, compara son visage à la photo de sa pièce d'identité, puis la lui rendit.

— Je vais vous demander d'ouvrir l'arrière de l'ambulance.

Anna le regarda un moment avant de comprendre qu'il était sérieux.

— Écoutez, vous voulez bien me laisser passer afin que je puisse faire mon travail ? Il y a des blessés qui dépendent de moi.

— Ouvrez ! aboya-t-il en tapant du poing sur l'aile de l'ambulance.

À contrecœur, Anna descendit du véhicule et alla ouvrir les portes arrière. Puis elle alla attendre à l'endroit qu'il lui avait indiqué pendant qu'il montait dans l'ambulance et fouillait l'intérieur sans aucune précaution, retournant tout ce qu'elle contenait et renversant toutes les fournitures médicales.

— Je suis la fille de Karl Müller. De l'*Oberst-Gruppenführer* Müller.

Le SS lui jeta un coup d'œil indifférent. Manifestement, il s'en souciait comme d'une guigne. Anna en eut la chair de poule. Il y avait un souci, un gros souci même, si même le nom et le grade de son père ne le faisaient pas réagir. À Berlin, n'importe quel SS se serait fait tout petit à la seule mention de l'*Oberst-Gruppenführer* Müller.

Elle repensa à ce qu'Ava lui avait dit, aux soupçons qu'elle nourrissait envers Heinrich, mais aussi aux paroles de Johann.

— Où vous rendez-vous ? lui demanda le SS.

— À l'usine d'assemblage de Brandebourg-sur-la-Havel. Si j'ai bien compris, le raid aérien de cette nuit a fait de nombreux blessés. J'ai été dépêchée là-bas pour leur apporter des soins sur place et évacuer ceux qui ont besoin d'être hospitalisés.

— Vous rentrerez par le même chemin ?

Anna n'en revenait pas : il ne lui demandait même pas pourquoi on avait fait appel à elle, alors qu'elle venait de Berlin et qu'il devait y avoir des ambulances bien plus près.

— Oui, répondit-elle. Je dois retourner à l'hôpital.

Soudain, toute l'opération lui parut être une très mauvaise idée.

— Dans ce cas, vous serez à nouveau fouillée, répliqua-t-il en l'autorisant d'un signe à passer devant lui. Personne ne passe sans être fouillé.

— Puis-je vous demander ce que vous recherchez, exactement ? dit-elle aussi poliment que possible, comme si elle ne voyait vraiment pas ce qui pouvait les intéresser.

— Des traîtres ! Nous recherchons des lâches et des traîtres à notre grande nation.

La gorge nouée, Anna lui souhaita une bonne journée avant de remonter dans l'ambulance et de franchir au pas les lignes de barrage SS. Quelque chose lui disait que ce n'était pas le pire qui risquait de lui arriver aujourd'hui.

Elle poursuivit sa route, veillant à ne pas rouler trop vite ni à faire quoi que ce soit qui puisse attirer l'attention. Vingt minutes plus tard, elle approcha de ce qui restait de l'usine d'assemblage. Mais l'endroit grouillait de SS : si elle s'engageait dans cette direction, elle devrait franchir une autre patrouille. Le risque était trop grand, comprit-elle, la mort dans l'âme. Les larmes coulaient sur ses joues, mais il n'y avait aucun moyen de récupérer un enfant juif sous une telle surveillance, sachant en plus que l'ambulance serait fouillée dès qu'elle tenterait de repartir.

Si seulement elle avait pu savoir pourquoi tant de patrouilles étaient déployées ici…

Elle bifurqua et continua à rouler. Elle se rendrait directement au point de rendez-vous avec l'autre ambulance. Elle ne voulait surtout pas que les passeurs l'attendent pour rien en prenant le risque de se faire repérer. Mais lorsqu'elle atteignit enfin le point de rendez-vous, au bout d'une heure de route, il n'y avait personne.

Qu'est-ce que je fais ? Est-ce que je me gare sur le bas-côté ou est-ce que je continue à rouler ?

Elle passa sans s'arrêter. Qu'aurait fait Dieter s'il avait été au volant ? Aurait-il eu le courage de se garer et d'attendre ? Soudain, elle crut entendre sa voix dans sa tête.

Suis ton instinct, Anna. Depuis le temps que tu aides ces enfants, tu peux te faire confiance. Si tu as un mauvais pressentiment, continue à rouler. Si tu te fais prendre, tu ne pourras plus aider personne.

Elle suivit donc son instinct. Elle continua à rouler jusqu'à ce qu'elle trouve un endroit où faire demi-tour en sûreté. C'est alors qu'elle les vit. Les deux contacts dont elle ne connaissait même pas le nom. Ils se tenaient sur le côté de la route, les portières de l'ambulance ouvertes, face à deux SS.

Cramponnée des deux mains au volant, Anna roula tout droit, sans faire demi-tour comme prévu. Au contraire, elle décida de poursuivre sur cette route inconnue, rien que pour ne pas avoir à repasser devant eux. Elle s'autorisa seulement à leur jeter un bref coup d'œil : son regard croisa celui, terrifié, de la femme tenue en joue par l'un des deux SS. La femme lui fit non d'un infime signe de tête. Anna comprit le signal : elle devait continuer à rouler, quoi qu'il arrive. Elle ne devait pas s'arrêter ni tenter de les aider, mais simplement les dépasser et aller se mettre à l'abri.

Elle ravala ses larmes, sans lâcher le volant pour essuyer celles qui lui avaient déjà échappé et glissaient sur ses joues. Elle ne s'arrêta que lorsqu'elle fut hors de leur vue. Alors, elle déplia une carte routière pour voir par quel itinéraire elle pourrait rejoindre le Bogensee.

Elle devait avertir sa mère qu'il se passait quelque chose.

***

— Maman ! s'écria-t-elle en jaillissant de l'ambulance.

Et laissant la portière grand ouverte, elle courut vers la maison.

— Maman ! Où es-tu ?

Alors qu'elle ouvrait la porte d'entrée et se précipitait dans le vestibule, elle faillit tomber dans les bras de Helga.

— Anna ? Nous ne t'attendions pas, s'étonna la domestique en se raccrochant à elle pour ne pas perdre l'équilibre. Qu'est-ce qui se passe ?

— Il faut que je voie maman tout de suite ! haleta-t-elle. S'il te plaît, elle est là ?

— Ta mère ? Elle est…

— Anna ?

Sa mère, qui était apparue en haut de l'escalier, se précipita en bas en voyant dans quel état d'agitation était sa fille.

— Viens, allons dans le bureau de ton père.

Anna acquiesça et, saisissant la main de sa mère, l'entraîna à l'autre bout du vestibule. Elle referma le bureau, mais persuadée que Helga écoutait aux portes, elle conduisit sa mère jusqu'à la fenêtre.

— Maman, chuchota-t-elle, il s'est passé quelque chose. Il y a des SS partout, j'ai même été arrêtée par une patrouille et…

Sa mère, qui ne lui avait pas lâché la main, la regarda avec effroi.

— Mes contacts se sont fait interpeller au bord de la route et je ne pense pas qu'ils s'en soient aussi bien tirés que moi.

Sa mère regarda par la fenêtre.

— Tu es seule ? Il n'y a personne dans l'ambulance ?

Anna secoua la tête.

— Je suis seule. Je n'ai pas pu embarquer mon « patient », je n'ai même jamais pu m'approcher de lui, c'était impossible avec tous ces SS.

Cet enfant ne rejoindra jamais sa famille adoptive, maintenant. Il n'aura plus jamais d'autre chance de s'échapper.

— Ton père m'a avertie qu'il devait se passer quelque chose, aujourd'hui, finit par murmurer sa mère. L'opération n'a peut-être pas eu le succès escompté.

— Qu'est-ce qui était prévu ? De quelle opération parles-tu ?

Ava avait-elle raison lorsqu'elle évoquait un projet d'assassinat ?

Anna scruta l'expression de sa mère, vit son visage se décomposer, sa lèvre inférieure frémir et ses mains se mettre à trembler.

— Maman ?

Sa mère alla mettre le gramophone en marche. Au passage, elle se servit un cognac qu'elle fit tournoyer dans son verre avant de le boire en deux rapides gorgées, les épaules voûtées. Enfin, elle se retourna vers Anna, les yeux remplis de tristesse.

— Il s'agissait d'un complot visant à assassiner le Führer. À la Tanière du Loup, son QG en Prusse-Orientale. C'est aujourd'hui qu'Hitler était censé pousser son dernier soupir.

Anna étouffa une exclamation, une main plaquée sur la bouche.

— Qu'est-ce qu'on doit faire ? Où est-ce qu'on peut aller ?

Elle se mit à trembler elle aussi.

— Est-ce qu'il faut que j'aille trouver Ava ? Et si jamais quelqu'un découvre qu'elle est impliquée dans l'attentat ?

Sa mère se servit un autre cognac.

— Nous devons continuer à vivre normalement, agir comme si de rien n'était, comme si nous n'étions pas au courant, déclara-t-elle enfin. C'est si nous nous comportons comme des coupables que les soupçons se porteront sur nous. Déjà que ton père pense être lui-même dans le collimateur…

— Donc, je dois retourner à Berlin ? À l'hôpital ?

Sa mère lui tendit son verre, pensant de toute évidence que sa fille en avait plus besoin qu'elle. Anna but le cognac d'un trait.

Mais en son for intérieur, elle espérait que sa mère se trompait. Le Führer était peut-être mort. L'attentat avait peut-être été couronné de succès, simplement, la nouvelle n'était pas encore arrivée jusqu'à elles ?

Ou alors, c'était elle qui prenait ses désirs pour la réalité.

20

Ava

— Ava.

Son père lui posa la main sur l'épaule. Il était si près d'elle qu'elle sentait son souffle lui effleurer la joue.

Elle leva les yeux, le cœur battant. Son père ne retira pas sa main dont le poids lui révéla tout ce qu'elle devait savoir. Il s'était passé quelque chose de grave.

— Un attentat contre le Führer a échoué, aujourd'hui.

Elle se mit à trembler, reconnaissante à présent de sentir la main de son père. Finalement, elle avait vu juste dès le début : il s'agissait bien d'une tentative d'assassinat contre Hitler. Et maintenant que l'opération avait échoué, on allait remonter jusqu'à elle.

— Ils sont en train d'arrêter des centaines d'hommes et ils en arrêteront encore d'autres demain, lui murmura son père à l'oreille, si bas qu'elle dut se concentrer pour l'entendre. Johann va être exécuté pour haute trahison.

Ava se pétrifia. Ses yeux s'emplirent de larmes, son cœur se mit à cogner sourdement et tout se mit à tourner autour d'elle. Enfonçant les ongles dans son bureau de secrétaire, elle se laissa aller contre son père qui gardait sa main sur son épaule, très calme, pour la réconforter. Il savait à quel point Johann était devenu important pour elle.

— Tu dois bien pouvoir faire quelque chose… pour empêcher ça, articula-t-elle dans un souffle.

— Non, il n'y a rien que je puisse faire, murmura-t-il. Je regrette. Ils seront tous fusillés.

Ava redressa la tête. Tandis qu'elle luttait contre les émotions qui la submergeaient, une larme s'échappa de ses yeux. Johann n'ignorait pas les risques qu'il prenait, et elle non plus, mais qu'il se soit fait prendre et arrêter si rapidement… Elle ne pouvait s'empêcher d'imaginer son corps criblé de balles s'affaissant sur lui-même et tombant au sol, ses beaux yeux bruns sans vie.

Son père lui étreignit l'épaule et resta encore un moment près d'elle avant de s'éloigner. Sonnée, elle tentait d'assimiler le fait que l'attentat avait échoué. Les risques qu'elle avait pris, les risques qu'avait pris Johann… tout cela n'avait servi à rien.

— Quelque chose ne va pas ?

Ava battit des cils, s'essuya vivement les yeux du doigt et afficha un brave petit sourire sur ses lèvres avant de se tourner vers Greta qui la considérait avec perplexité.

— Mon père vient de m'annoncer la mort d'un ami de la famille. Je ne m'y attendais pas, c'est tout.

Ce n'était même pas un mensonge. Pour autant qu'elle sache, Johann était *déjà* mort.

— Eh bien, si je peux te soulager d'une partie de ton travail, n'hésite pas à me le dire, proposa Greta. Je vois bien que cela t'a complètement bouleversée.

Ava se contenta d'opiner du chef en souriant, n'osant pas répondre de peur que sa voix ne se brise. Mais alors qu'elle repoussait les documents à gauche du bureau, elle vit que ses mains tremblaient si fort qu'il lui était impossible de reprendre son travail de dactylographie. Elle ferma les yeux et prit deux profondes inspirations. Le visage de Johann s'imposa à son esprit et elle se souvint des derniers moments qu'ils avaient passés ensemble.

Ce soir-là, il lui avait bien fait comprendre qu'il ne partageait pas ses sentiments et elle l'avait quitté le cœur brisé, en sachant qu'elle ne le reverrait jamais. Soudain, son cœur se remit à cogner à tout rompre et elle leva les yeux vers la porte. Et si on venait l'arrêter? Combien de temps faudrait-il aux SS pour privilégier la piste du traître en interne et apprendre qui avait accès aux renseignements top secret au sein du ministère?

À cet instant, le lieutenant Schwägermann entra dans la salle d'un pas martial et, sans un mot ni un regard pour les secrétaires, il pénétra dans le bureau de Goebbels. Il y resta enfermé un certain temps avant d'en ressortir en trombe.

— Tu crois qu'il s'est passé quelque chose? murmura une des secrétaires à sa voisine.

Ava ferma de nouveau les yeux. Elle avait du mal à respirer, aux prises avec l'envie impérieuse de quitter la salle pour courir se réfugier à l'appartement. Mais si les SS voulaient vraiment lui mettre la main dessus, ils la chercheraient partout, ce qui signifiait qu'elle n'était plus en sûreté nulle part. Ils savaient où elle habitait, ils sauraient où trouver Anna à l'hôpital et ils sauraient tout aussi bien où trouver leur mère.

***

Ava avait réussi à donner le change toute la journée, mais lorsqu'elle consulta sa montre, elle vit avec soulagement qu'il était presque l'heure de partir. Un cortège ininterrompu d'hommes en uniforme avait défilé dans le bâtiment durant des heures, mais jusqu'ici, rien n'avait filtré. Et personne n'était venu la chercher.

Elle mit de l'ordre sur son bureau et se leva. Mais alors qu'elle prenait son sac, elle sentit qu'on l'observait. Elle leva les yeux : Heinrich se tenait dans l'encadrement de la porte, le regard fixé sur elle.

Elle mit son sac en bandoulière et alla prendre son manteau avant de s'avancer vers lui. Il souriait, mais elle restait nerveuse, comme s'il avait pu savoir quelque chose.

— Heinrich, quelle bonne surprise, dit-elle d'une voix qui, à son grand désarroi, sonnait faux.

— J'ai été rappelé à Berlin, expliqua-t-il de but en blanc. Tu es au courant de ce qui s'est passé ?

Elle secoua la tête.

— Non, qu'y a-t-il ?

Espérant qu'il croirait à son expression d'innocence, elle poursuivit :

— Figure-toi que toute la journée, nous nous sommes demandé ce qui se passait. Il y a eu une grande activité dans tout le ministère, mais personne ne nous a rien dit. Quelque chose ne va pas ?

— Soyez gentil avec elle, glissa Greta à Heinrich en passant devant eux pour quitter la salle. Elle a appris une triste nouvelle, aujourd'hui.

Heinrich contempla Ava de toute sa hauteur, les sourcils froncés.

— Une triste nouvelle ? De quoi parle-t-elle ?

Le cœur d'Ava s'emballa.

— Un ami de la famille qui est décédé. Père est passé me l'annoncer dans la journée.

— Cet ami, c'est l'homme que tu étais allée voir, le soir où je suis passé à ton appartement ? Celui à qui tu avais apporté des fruits à l'hôpital ?

Elle hocha la tête en lui posant la main sur le bras pour tenter de détourner son attention.

— Oui, c'est bien lui… Mais, Heinrich, tu avais quelque chose à me dire. Je suis sûre que c'est plus important que le décès d'un vieil ami de mon père.

Il parut pris de court par son sourire et son geste tendre, exactement comme elle l'avait espéré.

— Il y a eu un attentat contre le Führer, lui dit-il alors qu'elle traversait le bâtiment et descendait l'escalier toujours à son bras.

— Bah, il y a toujours quelqu'un qui cherche à éliminer notre puissant Führer, non ? commenta-t-elle avec désinvolture. Depuis le temps, c'est un miracle qu'ils n'aient pas encore compris que c'était peine perdue.

— Mais je ne t'ai jamais dit que l'attentat avait échoué, objecta Heinrich qui se figea sur le trottoir dès qu'ils furent sortis du ministère.

Ava leva les yeux vers lui : il scrutait son visage d'un drôle d'air, le sourcil soupçonneux.

— C'était inutile, répliqua-t-elle en le tirant par le bras, le cœur battant. Voyons, Heinrich, si l'attentat avait réussi, tout le pays serait déjà en deuil ! On n'aurait pas pu cacher un tel événement au peuple durant toute la journée. J'ai beau parfois être naïve, je ne suis tout de même pas idiote.

Heinrich se remit en route et elle se blottit contre lui, la tête contre son épaule, malgré le dégoût qu'elle éprouvait à être si près de lui. Mais elle s'efforça de passer pour une fiancée en adoration devant lui. Il s'en était fallu d'un rien pour qu'elle se trahisse, songea-t-elle avec frayeur.

Comme il gardait le silence, elle leva les yeux d'un air innocent.

— Heinrich ?

— Oui, évidemment, tu as raison. Simplement, je ne…

— Il n'est pas blessé, au moins ? Ne me dis pas que j'ai péché par excès de confiance en croyant notre Führer invulnérable ?

— Non, il n'a rien, à peine quelques égratignures, pour autant que je sache. La bombe était dans une mallette : l'explosion a fait voler les vitres en éclats, mais par chance, il a été protégé par l'épaisseur d'un pied de table en bois massif.

— Une bombe ? Ils ont essayé de le tuer avec une bombe ? Quelle horreur…

Savourant à l'évidence le fait qu'elle semblait pendue à ses lèvres, Heinrich lui donna plus de détails :

— Hitler se trouvait en Prusse-Orientale pour une réunion secrète qui devait se tenir dans son bunker enterré, la Tanière du Loup, comme on l'appelle. Mais il faisait si chaud qu'au dernier moment, ils ont décidé de se réunir dans un bunker normal, doté de fenêtres. Apparemment, c'est ce changement de dernière minute qui lui a sauvé la vie, même si deux de ses plus proches lieutenants n'ont pas eu sa chance. Si la réunion s'était tenue là où elle était prévue au départ, il n'y aurait pas eu de fenêtres et tous les participants seraient morts.

Ava hocha la tête en souriant, comme si elle éprouvait le même soulagement que lui, mais en réalité, elle n'avait jamais eu le cœur aussi lourd. Elle était bien placée pour savoir où la réunion aurait dû se tenir, puisque c'était elle qui avait transmis le renseignement. Et dire que c'était le beau temps qui avait fait échouer l'attentat, qui avait signé l'arrêt de mort de Johann !

— Est-ce qu'ils ont identifié les coupables ? s'enquit-elle. Ont-ils des pistes ? Ont-ils arrêté quelqu'un ?

— D'après ce que j'ai compris, l'attentat a été fomenté par ses plus proches conseillers. Ils ont même cru qu'ils l'avaient tué, tu te rends compte ? Ils avaient déjà commencé à arrêter des officiers SS, ici, à Berlin, persuadés qu'ils allaient renverser le régime et tous les fidèles d'Hitler ! C'est pour ça que tu as vu tant d'agitation autour du bureau de Goebbels. D'ailleurs, je m'étonne qu'on ne vous ait pas avisées de ce qui se passait.

Ava refoula une nouvelle montée de larmes. Ils avaient été si près de mettre un terme à la terreur qui régnait en Allemagne ! Elle qui avait tant aimé et admiré Hitler n'aurait pas versé une seule larme sur sa mort, si l'opération avait réussi.

Lorsqu'ils arrivèrent devant son immeuble, Heinrich la gratifia d'un baise-main appuyé.

— Je sais que ton père voulait que nous patientions encore, mais je ne peux pas attendre ne serait-ce qu'un mois de plus, Ava. Je lui ai fait part de notre intention de nous marier tout de suite ; or, force est de reconnaître que mon influence surpasse la sienne, désormais. Je dirais même qu'il ne pourra plus s'opposer à moi.

Ava sourit malgré son désespoir et lorsque Heinrich l'embrassa effrontément sur la bouche, en pleine rue, elle se retint de le gifler. Les baisers de Johann lui avaient fait tourner la tête, mais sentir la bouche de Heinrich sur la sienne lui donnait la nausée. Et l'entendre parler de son père en ces termes… Elle en avait l'estomac retourné !

Surmontant son dégoût, elle le repoussa aussi doucement que possible, la main posée sur son torse.

— Rien ne me ferait plus plaisir, Heinrich, quoique je ne veuille pas manquer de respect à père, murmura-t-elle, essayant de se montrer encourageante tout en se dérobant. Et si nous décidions d'une date ? Tu pourrais ensuite me laisser l'annoncer moi-même à papa ?

Elle ne l'invita pas à monter, mais l'embrassa sur la joue afin qu'il ne se sente pas éconduit. Puis, elle lui dit au revoir et rentra dans l'immeuble. Ce n'est qu'une fois en sécurité chez elle, la porte fermée à clef, qu'elle s'affala par terre en pleurant toutes les larmes de son corps.

Johann était mort.

Hitler était toujours vivant.

Demain, la traque des suspects se poursuivrait et son nom apparaîtrait certainement tout en haut de la liste.

La porte d'entrée buta contre son dos en s'ouvrant.

— Ava ?

Anna referma la porte, lâcha ses clefs, la prit dans ses bras et la serra tout contre elle. Ava ne pouvait plus retenir ses larmes, incapable d'endiguer l'immense chagrin qui inondait chaque cellule de son corps.

— J'ai tout risqué pour rien, sanglota-t-elle. Il est toujours vivant. L'attentat a échoué.

Anna la berçait en murmurant des paroles de réconfort. Ava sentait ses lèvres remuer contre ses cheveux.

— J'aurais dû t'écouter… se lamenta-t-elle dans un souffle. Je n'aurais jamais dû faire ce qu'il m'a demandé. J'aurais dû t'avertir de ce qui se préparait, de leurs véritables intentions.

Elle voyait déjà les SS venir l'arrêter chez elle ou au bureau, s'imaginait déjà menottée ou traînée sans ménagement par le bras.

— Père ne permettra jamais qu'il t'arrive quoi que ce soit, murmura Anna comme si elle lisait dans ses pensées. Tout va s'arranger, je te le promets.

Mais Ava n'en croyait pas un mot. Comment leur père pourrait-il la protéger alors qu'il risquait lui aussi d'être arrêté ? Alors que Heinrich venait d'affirmer que même l'*Oberst-Gruppenführer* Müller ne pouvait plus s'opposer à ses projets de mariage ? Non, la vérité, c'était qu'elle avait choisi de prendre part à cet attentat et qu'à présent, elle devait en assumer les conséquences, quelles qu'elles soient. Heinrich lui-même lui avait confié que les soupçons se portaient sur des proches du Führer. En d'autres termes, son père ne tarderait pas à se retrouver dans leur ligne de mire.

Elle s'assit par terre et repoussa ses cheveux.

— Il faut prévenir maman. Nous devons la protéger.

— Je suis déjà passée à la maison, répondit Anna. Maman en savait plus que moi sur les événements.

— Elle est en sûreté ?

— Autant que nous puissions l'être à présent… soupira Anna. Mais à moins que père soit arrêté, il n'y a pas de raison pour qu'on lui cause des ennuis. Elle m'a dit que nous devions continuer à vivre normalement et ne rien changer à nos habitudes, au cas où on nous surveillerait.

— Mais comment as-tu appris ce qui s'était passé ? Et d'ailleurs, qu'est-ce qui t'a donné l'idée de passer prévenir maman ?

— Il n'y a pas qu'à Berlin que des hommes se font arrêter, c'est partout, lui apprit Anna.

Et pour la première fois, Ava vit la terreur dans le regard de sa sœur.

— J'ai dû renoncer à sauver un enfant, aujourd'hui. Il y avait des SS partout, ils arrêtaient des gens et…

Ava lui prit les mains.

— J'ai peur, finit par avouer Anna, les yeux noyés de larmes. J'ai vraiment très peur. Au plus profond de mon être.

Ava exhala un soupir tremblant tandis que les larmes recommençaient à couler sur ses joues.

— Moi aussi, j'ai peur.

Sa sœur se ressaisit.

— Peut-être, mais nous ne devons avoir peur qu'entre ces quatre murs, déclara-t-elle d'une voix raffermie. Il ne faut surtout pas attirer l'attention, nous devons continuer à vivre comme si de rien n'était, comme si tout allait bien. Nous ne devons pas laisser voir nos failles à quiconque.

Ava opina du chef et s'essuya vivement les joues. Anna avait raison, la seule chose à faire, c'était de continuer à vivre, en priant pour que personne ne découvre leur implication.

21

Ava n'avait jamais connu une telle atmosphère de tension au bureau. Le silence était presque intolérable. Les secrétaires travaillaient sans lever la tête, tandis que tout autour semblait régner une grande agitation. Anna avait raison : les conjurés avaient cru qu'Hitler était mort. Le colonel Stauffenberg, un vieil ami de leur père que jamais elle n'aurait soupçonné d'être impliqué dans l'attentat, était même revenu à Berlin par le premier avion, pensant pouvoir prendre le contrôle du pays. Les conjurés avaient même commencé à arrêter certains SS. Néanmoins, en quelques heures à peine, leur tentative de putsch avait été étouffée dans l'œuf. Ava avait elle-même tapé le compte rendu de l'affaire : cinq ou six colonels et lieutenants de premier plan avaient déjà été passés par les armes.

À cet instant, son père sortit du bureau de Goebbels, accompagné par le lieutenant Schwägermann. Soudain, il parut décider de venir voir les secrétaires et Ava retint son souffle, bouleversée : il était très pâle et avait les yeux creusés. Pourvu qu'il ne fasse pas une de ses crises, d'autant que cette fois, Anna ne serait pas là pour lui venir en aide.

— Désolé pour ce surcroît de travail, mesdames, lança-t-il en souriant, alors que les secrétaires levaient les yeux vers lui.

Puis il se dirigea vers le bureau d'Ava.

— Tout va bien, papa ? lui demanda-t-elle sans chercher à masquer son angoisse.

De toute façon, depuis que la nouvelle était connue, l'inquiétude régnait parmi les secrétaires qui ne parlaient que des récents événements à voix basse, dans les toilettes pour dames.

— Tout va très bien, ma chérie. Il y a beaucoup à faire, c'est tout.

Son père lui sourit et, se penchant par-dessus son épaule, il saisit le porte-plume qui était posé près de sa machine à écrire. Puis, il retourna nonchalamment la feuille qu'elle venait de taper et déposa un baiser sur sa joue, comme il en avait l'habitude, peut-être pour que personne ne remarque son manège. Enfin, il se redressa et lui étreignit l'épaule avec force, comme le jour où il lui avait annoncé l'arrestation de Johann.

Alors, elle lut ce qu'il avait griffonné.

Fuis.

Ava retourna vivement la feuille de papier, le souffle court, et regarda son père sortir comme si de rien n'était, comme s'il ne venait pas de tracer ces quatre lettres sur le document qu'elle avait dactylographié.

Un sourire plaqué sur le visage, enchaînant ses gestes avec une lenteur délibérée, elle prit son sac à main, mais décida de laisser son manteau afin qu'on ne puisse pas deviner qu'elle allait sortir du ministère. Elle ferait mine de se diriger vers les toilettes et, au lieu d'y entrer, elle dévalerait l'escalier et s'enfuirait en courant. *Reste calme. Ne laisse pas transparaître ta panique. Continue à sourire et à marcher posément.*

Mais c'était presque impossible, vu qu'elle ne savait pas qui elle fuyait. Sa seule certitude, c'était que son père n'aurait pas griffonné ce mot s'il n'avait pas voulu l'inciter à quitter le bâtiment tout de suite. Quelqu'un allait venir la chercher, ou venir chercher son père, voire venir les chercher tous les deux. Il l'avait prévenue dès le départ, il lui avait dit que si jamais on découvrait leur double jeu, les SS viendraient chercher tous les membres de leur famille. À présent, une seule pensée l'obsédait : elle était la seule à savoir ce qui était sur le point d'arriver.

Alors qu'elle allait quitter son bureau, des pas se mirent à résonner dans la cage d'escalier, puis ce fut une cavalcade qui ébranla tout le bâtiment au moment où s'éleva le hurlement reconnaissable entre mille de la sirène antiaérienne. Toutes les secrétaires se levèrent d'un bond pour attraper leurs affaires.

— Tiens, Ava, ton manteau ! cria Greta en le lui lançant.

Mais son regard changea lorsqu'elle s'aperçut, intriguée, que sa collègue avait déjà son sac à la main.

— Dépêche-toi ! ajouta-t-elle.

Ava enfila son manteau à la va-vite et se mit à dévaler l'escalier avec les autres secrétaires, son sac coincé sous le bras. Tous les occupants du ministère se ruaient en même temps qu'elles vers le sous-sol qui leur servait de bunker, afin qu'ils n'aient pas à traverser la rue pour courir se réfugier dans l'abri antiaérien. Mais alors que le flot des employés se pressait dans la même direction, Ava fila sur le côté et courut sans s'arrêter jusqu'à la porte d'entrée.

Pourvu que son père ait pu profiter de la diversion pour s'éclipser lui aussi !

Une fois dehors, elle regarda à droite et à gauche avant de traverser la rue et de foncer droit à l'appartement. Elle attendrait là-bas, peut-être cachée au sous-sol si elle arrivait à temps. Là, elle pourrait réfléchir à la suite. Son père allait venir la chercher, il lui dirait quoi faire, il aurait un plan pour les mettre tous à l'abri.

Elle continuait de courir, les tympans vrillés par le hurlement de la sirène, lorsque l'explosion d'une bombe, au loin, fit gronder le béton sous ses pieds. Alors qu'elle arrivait à son appartement, elle s'immobilisa sur le trottoir d'en face et dut se retenir à un lampadaire ; garées devant l'immeuble, deux Mercedes noires bloquaient la rue. Deux SS à l'expression patibulaire étaient postés près de l'entrée. Ils étaient là pour elle ou pour son père. Peut-être était-il parvenu à s'enfuir ? Ce qui expliquerait qu'ils soient venus le chercher ici, chez lui. À moins qu'ils n'aient l'intention d'emmener toute la famille. Peut-être avaient-ils reçu l'ordre de tous les arrêter.

Elle regarda derrière elle. L'air était embrumé de fumée ou peut-être de poussière, signe qu'un bâtiment avait été démoli par les avions qui volaient bas sur la ville, le vrombissement de leurs moteurs presque noyé par la plainte de la sirène.

Il fallait aller se réfugier dans l'abri le plus proche, au sous-sol de l'immeuble, se protéger des bombardements. Mais lorsqu'elle regarda une dernière fois le trottoir d'en face et qu'elle vit les deux hommes toujours en faction à l'entrée, elle comprit que la seule façon de s'en sortir, c'était de mettre le plus de distance possible entre elle et eux.

Aussi fit-elle ce que son père lui avait dit de faire. Elle se mit à courir à toutes jambes, ses talons claquant sur la rue désertée, son sac battant sur sa hanche. Mais au moment de s'enfuir, elle prit la première à droite. Elle ne pouvait pas partir sans prévenir Eliana. Peut-être la cherchaient-ils elle aussi ?

Une fois déjà, elle l'avait laissée tomber. Si elle recommençait, elle ne pourrait jamais se le pardonner.

22

Jamais Ava n'avait éprouvé une telle angoisse. Elle courait sur le trottoir, la tête rentrée dans les épaules, ne levant les yeux que pour traverser la rue. À tout instant, elle s'attendait à entendre résonner dans son dos un ordre et des bruits de bottes : son seul espoir était que le chaos causé par les bombardements tourne à son avantage. La présence des deux SS à l'entrée de son immeuble avait confirmé ses pires craintes : sa famille était recherchée, ce qui signifiait qu'ils n'étaient plus en sécurité nulle part. Dès que les secrétaires émergeraient du sous-sol, elles s'apercevraient de son absence et le bruit ne tarderait pas à se répandre dans tout le ministère. Elle ne se souvenait que trop bien de la vitesse à laquelle Lina avait disparu lorsqu'on l'avait accusée à tort d'avoir dérobé un document. Et s'ils la retrouvaient ? Elle préférait ne pas imaginer l'interrogatoire qui suivrait son arrestation ni ce que ces sadiques lui feraient subir pour lui extorquer le plus de renseignements possible.

Elle marqua une pause devant l'épicerie et regarda autour d'elle pour vérifier que personne ne l'avait suivie. Elle ne voulait surtout pas mener les SS à Eliana. Personne ne pouvait connaître la véritable identité de son amie, elle en avait la quasi-certitude. Non, ce qui l'inquiétait maintenant, c'était qu'Eliana se fasse arrêter au seul motif qu'elle faisait partie de la famille Müller.

Elle attendit encore un peu, pour plus de sûreté, puis elle se glissa parmi les personnes qui faisaient la queue devant l'épicerie, leur carnet de ravitaillement à la main. Prêtes à tout pour trouver de quoi manger, elles n'avaient pas bougé même lorsque la sirène antiaérienne avait retenti, de peur de perdre leur place.

— Excusez-moi, excusez-moi… dit-elle en jouant des coudes malgré les grommellements et les tentatives pour l'empêcher de passer.

Elle leva les mains en signe d'apaisement.

— Je ne veux rien acheter, je cherche simplement quelqu'un. S'il vous plaît, laissez-moi entrer.

Une fois dans le magasin, il lui fallut moins d'une seconde pour apercevoir Eliana, de dos, en train de regarnir un rayon. Les marchandises partaient trop vite pour qu'elle puisse tenir la cadence, lui avait-elle expliqué, l'approvisionnement en denrées s'étant considérablement réduit ces derniers mois. Le désespoir se lisait dans les yeux des gens qui faisaient la queue. Ava se fit la réflexion qu'elle ne devait pas détonner parmi eux, sauf que si son regard à elle reflétait la détresse, c'était pour une tout autre raison.

— Eliana… murmura-t-elle entre ses dents, ignorant les protestations de la petite file de clientes qui avait réussi à entrer dans le magasin. Eliana !

Son amie se tourna et sourit en la reconnaissant. Mais l'expression d'Ava devait être éloquente, car le sourire d'Eliana s'envola et elle ouvrit de grands yeux avant de vite descendre de son escabeau. Elle s'approcha d'Ava en s'essuyant les mains sur son tablier.

D'un signe de la tête, Ava lui indiqua le fond du magasin et, la saisissant par le bras, elle l'entraîna le plus loin possible, à l'abri des oreilles indiscrètes.

En voyant le regard d'Eliana et son expression effrayée, elle eut envie de la serrer dans ses bras pour la rassurer. Elle aurait voulu lui dire qu'elle allait la protéger. Mais ç'aurait été lui mentir. Personne ne pouvait plus les protéger, désormais, personne ne pouvait plus venir à leur secours : elles étaient seules. Si l'action de son père avait été compromise, ce qu'elle avait toutes les raisons de croire, même lui ne pourrait pas trouver un moyen de leur venir en aide, de se conformer à son plan, à savoir porter le chapeau pour toute la famille. Elle s'éclaircit la voix, les yeux brûlants de larmes à la pensée de son père bien-aimé.

Le reverrai-je un jour ?

— Ils savent, lâcha-t-elle simplement.

— Ils te recherchent ?

Eliana déglutit péniblement.

— C'est moi qu'ils recherchent ? Ils savent dans quoi nous sommes impliquées ? Ce que ta...

Elle se rapprocha pour murmurer à l'oreille d'Ava.

— Ce que ta famille a fait ?

— Il faut partir du principe qu'ils savent tout, qu'ils veulent nous arrêter, Anna, ma mère et moi. Je suis sûre de ne pas avoir été suivie, mais s'ils sont au courant des agissements de ma famille, de mon implication, s'ils sont au courant pour mon père...

— Ils risquent d'être au courant pour ma famille, acheva Eliana. Et pour moi.

— Oui, ou ils peuvent simplement vouloir arrêter toute personne reliée à nous, y compris toi, puisqu'ils pensent que tu es une Müller. Si ça se trouve, ils sont en route pour la maison du Bogensee.

— Et l'appartement ? Il n'est plus sûr ?

Ava secoua la tête.

— Il y avait des SS postés à l'entrée de l'immeuble. Il faut quitter la ville, Eliana, ils vont nous traquer sans relâche.

Elle lui agrippa la main de toutes ses forces. Si seulement les choses avaient été différentes, si seulement elles avaient eu davantage de temps, si seulement tout s'était déroulé comme prévu ! Elle regrettait aussi qu'il n'y ait aucun moyen d'avertir les Goldman, car, en ce moment même, ils étaient en grand danger et n'avaient nulle part où aller. Lorsque les SS feraient irruption dans la maison, ce serait au grenier qu'ils iraient voir en premier et David aurait bien du mal à défendre sa famille avec son seul pistolet.

— Il faut partir maintenant, Eliana. Il n'y a pas une seconde à perdre.

Eliana s'éclipsa en courant. Restée seule, Ava regarda autour d'elle avec nervosité, passant en revue chaque personne qui faisait la queue, même si aucune ne semblait s'intéresser à elles. Les clientes se souciaient bien davantage de leurs tickets de rationnement que des conciliabules de deux jeunes femmes. Elles se dévissaient le cou pour tenter d'apercevoir ce qui restait dans les rayons aux trois quarts vides. C'était cela, la pénurie de nourriture : avant la guerre, toutes ces vieilles dames auraient tendu l'oreille pour entendre ce qui se chuchotait au fond du magasin, mais à présent, elles se disputaient pour du pain et de la chair à saucisse, uniquement préoccupées par la faim qui leur tenaillait l'estomac.

Eliana réapparut, main dans la main avec Hermann. Le jeune homme était livide. Eliana se dressa sur la pointe des pieds pour déposer un baiser sur sa joue. Ava aurait bien voulu leur laisser le temps de se dire au revoir convenablement, mais le temps était un luxe qu'elles n'avaient pas. Toutefois, Hermann était un homme bien qui ne méritait pas de perdre Eliana de cette façon : durant le bref laps de temps où ils avaient travaillé ensemble, ces deux-là étaient tombés amoureux l'un de l'autre, cela sautait aux yeux.

— J'ai de la famille, juste à la sortie de Cologne, murmura-t-il très bas pour qu'elles seules puissent l'entendre. Si vous parvenez à aller là-bas, ils vous hébergeront, même pour une nuit, le temps de vous reposer. Vous pouvez leur faire confiance, je vous le promets, et pour autant que je sache, leur maison n'a pas été touchée par les bombardements, ils devraient donc toujours habiter là.

— Merci, Hermann, dit Ava.

Elle aurait voulu mieux lui exprimer sa reconnaissance : pas seulement pour avoir accueilli Eliana, mais pour l'aide qu'il avait apportée à d'autres personnes, au péril de sa vie. Mais là, le temps pressait. Elle se contenta donc de l'embrasser brièvement sur la joue lorsqu'il lui eut griffonné l'adresse de sa famille sur un bout de papier.

— Veille bien sur Eliana, lui recommanda-t-il.

— Tu peux compter sur moi, répondit Ava en glissant l'adresse à l'intérieur de son soutien-gorge. Je ferai tout pour la sauver.

Eliana lâcha la main d'Hermann pour prendre celle d'Ava et elles ressortirent précipitamment du magasin en bousculant la file de personnes qui étaient bien contentes de les voir sortir. À peine eurent-elles mis un pied dehors qu'Hermann les rattrapa en courant.

— Attendez !

Ava se retourna sans lâcher la main d'Eliana.

— Prenez ça ! leur dit-il d'une voix essoufflée en agitant un trousseau de clefs. Prenez la camionnette de livraison, personne n'aura jamais l'idée de vous arrêter.

Elles regardèrent la camionnette garée à l'angle de la rue, à peine visible.

— Hermann, s'ils nous trouvent dans ta camionnette, ils risquent de remonter jusqu'à ton épicerie et…

— S'il te plaît, Ava, insista-t-il en lui donnant les clefs, mais sans quitter Eliana des yeux. Prends-les. J'ai besoin de savoir que vous avez un moyen de fuir Berlin. Allez, va sauver ta famille.

Il laissa passer quelques secondes.

— Quand tout sera fini, je te retrouverai, Eliana, je te le jure. Mais tu ne quitteras jamais Berlin à temps si vous ne prenez pas la camionnette.

Eliana se jeta à son cou et l'embrassa en enfouissant ses doigts dans ses boucles courtes. Ava détourna le regard. Enfin, Hermann s'écarta et repartit vers l'épicerie à reculons.

— Veille bien sur elle, Ava. Je t'en prie, protège-la. Je te la confie.

Ava hocha la tête en serrant les clefs dans sa main et l'observa regagner le magasin en courant. Arrivé au seuil de la porte, il se retourna pour lancer un dernier regard à Eliana. Ava doutait qu'elles puissent un jour oublier la bonté de Hermann : il y avait des hommes bien et il y avait des grands hommes, et Hermann faisait sans conteste partie de ces derniers. S'il avait pu faire plus pour la femme qu'il aimait, il n'aurait pas hésité une seule seconde.

— Prends la camionnette, dit-elle à Eliana en lui fourrant les clefs dans la main. Va d'abord chercher

Anna à l'hôpital. Quand tu l'auras récupérée, retrouve-moi à la maison. Mais fais vite, ils savent exactement où la chercher.

— Et toi ? Comment feras-tu pour te rendre là-bas ?

Elle serra Eliana dans ses bras.

— Ne t'inquiète pas pour moi, je me débrouillerai. Je t'en prie, contente-toi de prévenir ma sœur et de la ramener à la maison. La seule chose qui compte, c'est que vous soyez en sécurité.

— Tu es sûre qu'on ne devrait pas rester ensemble ? Qu'on ne ferait pas mieux de…

— Eliana, il y avait des SS en faction devant mon immeuble.

« Devant *notre* immeuble », aurait-elle dû dire. Sauf que les Goldman vivaient dans le grenier des Müller parce qu'une famille nazie s'était approprié leur appartement et profitait de leurs beaux meubles et de leur inestimable collection d'œuvres d'art.

— Ils me connaissent, ils s'attendent à me trouver là, mais il y a fort à parier qu'ils ne savent pas à quoi tu ressembles. Non, il vaut mieux que tu sois seule, c'est plus sûr.

Eliana ne semblait pas convaincue lorsqu'Ava se détacha d'elle. Les yeux brillants de larmes, elle se mit à marcher lentement, à reculons, comme incapable de se résoudre à la laisser.

— Tu es sûre ?

Ava s'obligea à sourire pour la rassurer.

— Oui.

— Dis bien à ma famille que je les aime. Si tu es là-bas avant moi, dis-leur que j'arrive.

Ava fit oui de la tête.

— Promis. Et je les protégerai, ne t'inquiète pas, je sais ce que j'ai à faire.

Son père l'avait avertie de ce qui pouvait advenir, il lui avait dit comment réagir si jamais certains signes indiquaient que leurs agissements avaient été repérés ou si l'on soupçonnait la présence des Goldman dans leur grenier. Sauf qu'il s'attendait à ce que ce soit son action qui soit découverte, et non celle de sa fille. Tout avait changé maintenant qu'elle-même était en fuite. Le problème, ce n'était pas d'exécuter le plan de son père une fois à la maison, c'était d'arriver là-bas.

Elle regarda autour d'elle : un vélo était appuyé contre une devanture de magasin. Elle n'avait jamais rien volé de sa vie et jamais elle ne pourrait pédaler jusqu'au Bogensee, mais c'était un début. Avec un peu de chance, elle trouverait un autre moyen de locomotion pour effectuer le reste du trajet.

Le grondement d'un moteur lui parvint. Eliana avait fait démarrer la camionnette. Elle attendit encore une seconde, puis elle se précipita vers le vélo et le fit rouler sur un mètre avant de l'enfourcher d'un bond. Elle pédalait aussi vite que ses jambes le lui permettaient, priant pour que personne ne se mette à crier au voleur, ne cherche à la rattraper ou n'alerte une autorité quelconque. Mais passé les premiers pâtés de maisons, elle reprit confiance : elle s'en était tirée sans encombre.

Maintenant, je n'ai plus qu'à rentrer à la maison. Chose qui était plus facile à dire qu'à faire.

Sans que les SS me repèrent, sans que personne me reconnaisse, sans me faire prendre.

Avant que sa mère et les Goldman soient arrêtés.

Pour la première fois de sa vie, Ava regretta de ne pas avoir une arme, car s'il s'agissait de se défendre ou de protéger sa mère, elle savait maintenant qu'elle aurait été capable de s'en servir.

Elle appuya encore plus fort sur les pédales, aiguillonnée par la panique, haletante, la sueur voilant son front et perlant à sa lèvre supérieure. Ce fut alors qu'elle entendit le grondement d'un fourgon agricole. Le véhicule ralentit avant de s'arrêter au coin de la rue.

Ava comprit que c'était sa chance. Elle se déporta légèrement afin de le rattraper et se remit à pédaler à toute vitesse. Arrivée derrière le fourgon, elle sauta de selle, lâcha le vélo et se jeta à l'arrière du véhicule, à l'insu du conducteur. Le fourgon redémarra. Tapie dans un coin, elle ne releva la tête que pour vérifier qu'il allait dans la bonne direction. Avec un peu de chance, il ne lui resterait qu'une petite portion de route à faire à pied. Ensuite, comment elle parviendrait à descendre du fourgon s'il ne ralentissait pas au niveau de l'embranchement qui menait à la maison, elle n'en avait aucune idée.

23

Anna

Anna, inquiète, posa le dos de la main sur le front du petit garçon. La fièvre n'était toujours pas retombée. Son service était terminé depuis une heure, mais elle avait décidé de rester pour s'occuper des enfants qui avaient encore besoin d'elle. Elle n'aimait pas les laisser, alors qu'elle n'avait plus de petite famille à retrouver à la maison. Bien sûr, elle adorait ses parents et sa sœur, mais jamais ils ne pourraient combler le vide abyssal laissé par ceux qu'elle avait perdus.

Elle faisait le tour des lits lorsqu'elle entendit un crissement de pneus sur le gravier. En temps normal, elle n'aurait pas été surprise d'entendre arriver un véhicule. Des ambulances, il en arrivait à toute heure du jour et de la nuit. Mais que trois voitures s'arrêtent l'une derrière l'autre… Elle alla tapoter la jambe d'un autre petit patient et contourna son lit pour aller écarter le rideau et regarder par la fenêtre. Ses bras se hérissèrent de chair de poule : plusieurs portières claquèrent et elle comprit qui étaient ces visiteurs.

Garés en travers, trois véhicules SS, reconnaissables entre mille, bloquaient l'entrée de l'hôpital. Six SS se pressaient d'un pas martial vers la porte. Anna sentit son sang se figer dans ses veines. Soit il s'agissait d'une urgence médicale, soit ils cherchaient quelqu'un. Et elle eut le pressentiment viscéral, effroyable, que c'était elle qu'ils étaient venus chercher.

C'est pour moi qu'ils sont là. Il n'y a personne d'autre ici qui puisse les intéresser. Fuir. Je dois fuir !

Anna traversa la salle en marchant aussi vite que possible sans pour autant alarmer les enfants, mais dès qu'elle fut dans le couloir, elle se mit à courir. L'estomac noué par la peur, elle entendit des bottes qui martelaient le sol : *bam-bam-bam* ! Elle se mit à courir de plus en plus vite, passant devant des portes et des médecins sans les voir, filant vers l'issue arrière de l'hôpital, percutant un médecin et repartant tout aussi vite sans même s'excuser.

Il faut que j'atteigne la sortie. Il faut que je rentre à la maison. Il faut que je prévienne maman. Ça ne peut pas être la fin, pas déjà.

— La voilà ! C'est la Müller, elle est là !

Le bruit de bottes s'amplifia. Ils étaient à ses trousses, mais elle apercevait la porte à présent. Elle n'avait plus qu'à la franchir et elle pourrait aller se cacher : au-dehors, ils auraient beaucoup plus de mal à la retrouver que dans l'enceinte de l'hôpital. Elle avait toujours su que ce jour-là finirait par arriver, mais maintenant qu'elle y était, sa peur était plus forte que tout ce qu'elle aurait pu imaginer. Sa volonté désespérée de ne pas se faire prendre la tirait toujours plus vers l'avant.

Encore cinq pas. Encore un. Ça y est, j'y suis presque.

Elle manqua de s'écraser contre la porte en se ruant sur la poignée, mais alors qu'elle croyait pouvoir s'échapper, une main l'attrapa par les cheveux, la tira violemment en arrière, lui faisant perdre l'équilibre.

Elle tomba à la renverse. Elle se rassit tant bien que mal en tentant frénétiquement de se repousser dos au mur afin de pouvoir au moins faire face à ses assaillants, lorsqu'une botte noire se cala sur son estomac et se mit à appuyer de tout son poids, si fort qu'elle pouvait à peine respirer. Elle avait l'impression d'avoir les poumons écrasés.

— Passez-lui les menottes.

Anna n'opposa aucune résistance, elle n'essaya pas de clamer son innocence. Un des SS s'approcha d'elle, la toisa de toute sa hauteur et lui cracha sur le visage. Lorsque la botte s'enfonça encore plus dans son abdomen, elle ne réagit pas davantage en dépit de la douleur, vive et intense. Sa vision commença à s'obscurcir et tout se mit à tourner autour d'elle. Elle s'y était préparée depuis le début, elle avait toujours su qu'elle risquait sa vie en sauvant des Juifs, mais cela en valait la peine. La seule chose qui lui importait maintenant, c'était de trouver un moyen de les convaincre que sa famille ne s'était jamais prêtée à de quelconques actions clandestines. Protéger Ava, sa mère et les Goldman, c'était tout ce qui comptait à présent.

— Sale traîtresse ! lâcha le SS qui la menottait en la remettant debout si brutalement que le métal lui cisailla les poignets. Tu ne vaux pas mieux que ton père !

Anna songea un instant à se rebiffer et à se débattre, à leur cracher au visage comme un chat sauvage et à leur décocher des coups de pied, mais alors que médecins et infirmières venaient s'encadrer dans l'embrasure des portes pour comprendre la cause de toute cette agitation, elle laissa simplement pendre la tête sur sa poitrine. Il ne servait à rien de lutter contre l'inéluctable et elle ne voulait pas faire une scène qui pourrait parvenir aux oreilles de ses petits patients et qui rendrait la situation encore plus insupportable pour tout le monde.

C'est fini. Son seul regret, c'était qu'elle ne pourrait plus sauver d'autres enfants, qu'elle ne pourrait plus aider la poignée de familles et d'enfants juifs qui se cachaient encore dans Berlin. Qu'elle ne serait plus là pour sa sœur ni pour Eliana. Une larme coula sur sa joue.

Pour papa aussi, c'est fini.

— On les a toutes les deux ! lança d'un ton triomphant le SS qui s'approchait d'elle, celui qui l'avait écrasée sous sa botte. On a capturé l'autre, elle était venue la chercher.

De qui parlait-il ? Anna releva la tête pour voir ce qui se passait. Alors, tout bascula.

Au bout du couloir, quelqu'un hurla. Une femme, sans le moindre doute. C'était un cri à la fois perçant et déchirant. L'homme qui se tenait devant elle s'écarta légèrement et ce qu'elle vit lui brisa le cœur.

— Non ! s'écria-t-elle.

Un des SS gifla Eliana du revers de la main, laissant une traînée rouge sur sa joue pâle. Les mains menottées dans le dos, elle tomba à genoux, un filet de sang s'échappant de son nez.

Par pitié, non ! Pas Eliana.

— Lâchez-moi ! hurla Anna en s'arrachant à la poigne de l'homme qui lui immobilisait les mains.

Et oubliant qu'elle ne voulait pas faire de scène, elle tenta de s'échapper.

Mais elle avait beau se débattre en jetant des coups de pied désordonnés, elle ne faisait pas le poids face aux hommes qui l'entouraient. Elle chercha frénétiquement à mordre l'avant-bras épais qui lui enserrait le cou, mais la puissante gifle dont elle écopa lui mit la bouche en sang et lui délogea une dent.

— Anna ! hurla Eliana.

Elle se débattit encore, au point de craindre que les menottes lui entaillent les poignets jusqu'à l'os. Elle ne savait plus si les cris qu'elle entendait étaient les siens ou ceux d'Eliana. Tout ce qu'elle savait, c'était que son amie se retrouvait ici par sa faute : si Eliana s'était fait capturer, c'était parce qu'elle était venue l'avertir du danger.

— Immobilisez-la ! gueula un SS.

La crosse d'un pistolet frappa Anna à la tempe. Elle chancela, vit le sol venir à elle. Puis tout devint noir.

24

Ava

Dissimulée derrière le rideau des arbres, près de l'allée, Ava observait sa maison familiale. Il n'y avait pas de voiture devant et elle ne décelait aucun signe ou mouvement qui sorte de l'ordinaire. Elle décida donc de remonter l'allée en courant et de se faufiler par la porte de derrière, histoire d'en avoir le cœur net.

Pas un son ne troublait le silence de la campagne, à part de temps en temps un pépiement d'oiseau. Elle se glissa à l'intérieur de la maison, referma la porte sans bruit et tendit l'oreille, immobile comme une statue. Son cœur cognait si fort, sa respiration était si saccadée qu'elle avait du mal à entendre autre chose.

— Ava !

Le cri aigu la fit bondir au plafond. Sous l'effet de la surprise, Helga avait lâché sa pile de draps repassés.

— Je suis vraiment désolée, dit-elle en aidant la domestique à ramasser le linge. Je suis rentrée parce que je ne me sentais pas dans mon assiette et j'ai dû m'arrêter un moment pour reprendre mon souffle. Excuse-moi, je ne voulais pas te faire peur.

La main plaquée sur son cœur, Helga secoua la tête en riant.

— Eh bien, maintenant que je suis remise de ma frayeur, je vais te faire un bon bouillon pour te requinquer. En attendant, monte te mettre au lit.

— Oh, non, Helga ! répondit Ava en lui tendant les draps. Ne te donne pas cette peine pour moi. En fait, tu devrais prendre ton après-midi et rentrer chez toi.

— Rentrer chez moi ?

Helga la regarda comme si c'était la suggestion la plus absurde qu'elle ait jamais entendue.

— Mais j'ai les lits à faire et…

— S'il te plaît, Helga. Je ne voudrais pas que tu attrapes ce que j'ai, maman serait catastrophée si tu tombais malade : tu imagines si tu ne peux pas l'aider à préparer le dîner ce week-end ? Papa m'a dit qu'on accueillait des hauts dignitaires du parti samedi soir.

Helga ouvrit de grands yeux.

— Samedi soir ? Tu es sûre que c'est ce samedi ?

— La date vient d'être fixée, je crois, j'ai entendu papa en parler aujourd'hui, au bureau.

Ava posa la main sur le bras de Helga, s'efforçant de rester calme malgré les battements effrénés de son cœur. Les SS risquaient d'arriver d'un instant à l'autre. Elle devait aller trouver sa mère et renvoyer Helga chez elle aussi vite que possible afin qu'elle ne soit pas mêlée à ce qui allait se passer. Elle espérait encore que les autorités ne soupçonneraient pas sa mère d'être dans le coup, mais elle n'avait aucun moyen d'en être sûre.

— Bon, où est maman ? Parce que si elle n'est pas encore au courant, il faut que je la prévienne, déclara-t-elle en priant pour que Helga croie à cette histoire de dîner.

— Mais ta mère n'est pas là, Ava. Elle est partie précipitamment, ce matin.

Ava serra les poings le long du corps, s'enfonçant les ongles dans les paumes.

— T'a-t-elle dit où elle allait ?

Helga fit non de la tête et repartit vers l'escalier.

— Non, elle ne m'a rien dit.

— Helga, attends !

Ava lui reprit les draps de force.

— Je vais les ranger, puisque je monte. Prends ton après-midi, comme ça, tu pourras déjà réfléchir à ce que tu vas servir samedi soir. Maman sera très impressionnée si tu as déjà un menu à lui soumettre demain matin.

Vaincue, Helga leva les mains en l'air en marmonnant quelque chose d'indistinct.

— Mais oui, promis, je lui dirai que c'est moi qui t'ai dit de rentrer, je lui dirai que c'était mon idée. À demain, Helga !

Plantée au pied de l'escalier, Ava regarda la domestique s'éloigner avec une lenteur exaspérante, récupérer son sac et enfin sortir de la maison. Dès qu'elle fut partie, Ava lâcha la pile de draps et courut refermer à clef, puis elle se précipita vers la porte d'entrée et donna également un tour de clef. D'un regard circulaire, elle s'assura qu'aucune fenêtre n'était ouverte et se mit à grimper les marches quatre à quatre.

Arrivée sous la trappe du grenier, elle batailla avec le loquet qui permettait de déplier l'escalier.

— David ! Herr Goldman ! Il faut partir ! Vite !

Elle gravit les marches étroites à toute vitesse et lorsque ses yeux se furent accommodés à la pénombre, elle distingua les trois visages effrayés qui s'étaient tournés vers elle.

Apparemment, ils étaient en train de jouer aux cartes : ils la regardaient, pétrifiés, leur jeu encore à la main.

— Je vous expliquerai en chemin, mais dépêchez-vous ! Prenez des vêtements chauds et suivez-moi !

Elle marqua une pause.

— Il se peut que nous ne revenions pas.

Elle redescendit en vitesse l'escalier escamotable et attendit avec impatience que Frau Goldman apparaisse la première, suivie par les deux hommes. Ava lui prit le bras. Qu'elle était donc devenue frêle, à force de croupir dans ce grenier ! constata-t-elle avec surprise.

— Ava, dis-nous ce qui se passe ! Où tu nous emmènes ? s'enquit David d'un ton urgent.

— Où est Eliana ? s'inquiéta Frau Goldman, le visage presque déformé par l'angoisse.

— J'ignore ce qui se passe, répondit-elle. J'ignore ce qu'ils savent ou ce qu'ils vont faire, mais…

— Attends : qui va faire quoi ? lui demanda David en lui barrant le passage.

— David, il faut se dépêcher ! s'affola-t-elle en le bousculant. Il y a un bunker dans le champ, tout au bout du jardin, c'est là qu'on va se cacher. Papa m'a dit qu'en cas de danger, c'était là que je devais vous cacher. Que c'était là que nous devions tous nous cacher en attendant qu'il revienne nous chercher.

— Mais quel danger, Ava ? Je t'en prie, dis-moi ce qui se passe !

— Ils savent.

Elle s'arrêta pour ouvrir la porte et se retourna vers lui.

— Je ne sais pas quoi ni comment, mais mon père m'a prévenue. Quand je suis allée à l'appartement, il y avait des SS devant l'immeuble, alors je suis venue ici aussi vite que j'ai pu pour vous mettre à l'abri. Je ne sais pas combien de temps nous avons avant qu'ils n'arrivent, ni quels membres de ma famille ils recherchent.

— Où est ma fille ? voulut savoir Herr Goldman. Elle est en danger, elle aussi ?

— Eliana est allée chercher Anna à l'hôpital, elles ne vont pas tarder à arriver. Mais pour le moment, nous devons aller nous cacher dans le bunker. C'est le seul endroit où nous serons en sûreté.

— Les SS sont en route pour ici, c'est ça ? fit David.

— Oui. Je pense.

David saisit son père par le bras et ils s'élancèrent vers le fond du jardin.

***

Ava avait l'impression d'avoir passé la journée à observer la maison alors qu'en réalité, il ne pouvait pas s'être écoulé plus de deux heures. Elle avait les jambes ankylosées à force de rester dans la même position et les battements de son cœur n'étaient pas retombés depuis qu'elle s'était enfuie du ministère, dans la matinée. À présent, l'obscurité commençait lentement à envahir le ciel et elle ne savait toujours pas à quoi s'attendre ni quoi faire.

— Tu entends ? fit David.

— Oui, j'entends.

Si seulement elle avait eu des jumelles, elle aurait pu regarder qui arrivait, mais rien qu'à l'oreille, elle comprit qu'il y avait plus d'un véhicule qui remontait la route, voire qui s'engageait déjà dans leur allée. La maison était suffisamment isolée et entourée d'arbres pour qu'on puisse entendre tout moteur qui s'approchait.

Un éclair noir confirma ses craintes : les SS étaient là. Il n'y avait donc aucune chance pour qu'Eliana et Anna puissent les rejoindre de sitôt. Pourvu qu'elles s'en rendent compte avant qu'il ne soit trop tard ! Qu'elles puissent faire demi-tour avant d'être interpellées par une patrouille sur la route ou par les SS à leur arrivée ici !

— Ça pourrait être ton père, d'après toi ? lui demanda David.

Elle s'écarta de l'ouverture du bunker afin de ne pas se faire voir.

— Je n'en sais rien.

Mais à vrai dire, elle n'y croyait pas une seule seconde. Son père avait réussi à la prévenir, mais il n'avait pas dû avoir le temps de sortir de Berlin. Et s'il avait pu s'enfuir, ce n'était sûrement pas dans un cortège de SS. Sa plus grande peur, c'était qu'il ne vienne pas du tout. Alors, elle ne saurait vraiment plus quoi faire.

Deux hommes descendirent de la première voiture, mais ce fut la deuxième qui retint son attention, car le chauffeur se retourna sur son siège pour ouvrir la portière arrière. Qui pouvait bien être ses passagers ? Était-il *possible* que ce soit son père ?

Non. Non, non, non !

— Eliana… murmura David

— Anna…

Horrifiée, elle vit les SS les traîner jusqu'à la maison. Ils tambourinèrent à la porte d'entrée, puis la défoncèrent à grands coups de pied et disparurent à l'intérieur.

David tourna la tête vers elle.

— Qu'est-ce qu'on fait, maintenant ?

Elle refoula ses larmes.

— On attend. Si nous tentions d'entrer dans la maison maintenant, ils nous tueraient tous les deux et nous ne serions plus utiles à personne.

Elle prit la main de David, entrelaça ses doigts avec les siens et ensemble, ils regardèrent la maison. Elle posa sa tête sur son épaule, au comble de l'angoisse. Qu'est-ce que ces SS étaient en train de faire à son adorable sœur, ainsi qu'à la jeune fille qui était devenue sa meilleure amie ?

***

Ava se réveilla en sursaut et se releva à toute vitesse, affolée. Elle s'était endormie ! David tendit la main pour l'empêcher de perdre l'équilibre et tout lui revint alors en mémoire. *Anna. Eliana. Maman.* Elle contempla la maison, pleine de gratitude pour David qui continuait à la soutenir.

— Tu aurais dû me réveiller, marmonna-t-elle. Je ne comprends pas comment j'ai pu m'assoupir.

— Tu n'as dormi qu'une petite demi-heure, tempéra-t-il.

Elle s'aperçut alors qu'il lui tenait toujours la main. Il dut s'en rendre compte lui aussi, car il baissa les yeux et la lui lâcha. Leurs doigts se dénouèrent lentement.

— Il s'est passé quelque chose ? lui demanda-t-elle.

— Deux des SS viennent de repartir.

Elle reporta le regard sur la maison. Si seulement ils avaient pu s'approcher sans être vus…

— Et donc, tu penses qu'ils ne sont plus que deux à l'intérieur ? Personne d'autre n'est arrivé entre-temps ?

David acquiesça.

— C'est ça, oui.

Ava réfléchit. Qu'aurait fait son père dans cette situation ? Qu'aurait fait Anna, à sa place ? Anna, elle, aurait su échafauder un plan, elle aurait sans aucun doute réfléchi à la conduite à tenir face à ce genre de situation.

— Tu n'as vraiment vu aucun signe de ma mère ? s'enquit-elle, tout en sachant qu'il était peu probable qu'il ait pu l'apercevoir durant le bref laps de temps où elle avait dormi.

David se rembrunit.

— Non. Aucun signe.

Ava ne voulait pas admettre la possibilité que sa mère ait déjà été emmenée. Helga lui avait dit qu'elle était sortie précipitamment dans la matinée ; et si elle s'était rendue à l'appartement pour attendre ses filles et qu'elle s'était fait arrêter là-bas par les deux SS en faction devant l'immeuble ?

— On devrait passer par le bois, suggéra-t-elle, se rapprocher autant que possible de la maison et s'introduire par la porte de derrière.

— Je suis d'accord. C'est notre seule chance d'atteindre Anna et Eliana.

— Si on attend encore, on prend le risque que d'autres SS reviennent lorsqu'on sera dans la maison…

— On se dépêche, décida David. On observe la maison, on repère ceux qui montent la garde et on retrouve Eliana et Anna.

Ava le regarda. Il ne paraissait pas plus assuré qu'elle, sous ses propos affirmés.

— Tu as le pistolet ? lui demanda-t-elle.

Il tira de sa ceinture l'arme qu'elle lui avait donnée.

— Oui.

Elle réfléchit. À eux deux, ils avaient en tout et pour tout un seul pistolet. Oui, mais c'était sa maison : elle savait comment y entrer et comment se déplacer à l'intérieur sans se faire voir. C'était un atout, mais c'était le seul. Restait à espérer que cela suffirait à faire la différence.

***

Après être sortis du bois, ils s'étaient approchés de la porte d'entrée. Ava était sûre de pouvoir pénétrer dans la maison à l'insu des SS. Il n'y avait plus qu'une seule voiture stationnée dans l'allée ; les deux hommes qui restaient montaient la garde près de l'entrée. Il fallait faire vite : plus ils attendaient, plus ils couraient de risques.

— Vas-y, entre… chuchota David. Moi, je vais faire le tour par devant.

— Non ! siffla-t-elle. Il ne faut pas se séparer. Tu viens avec moi.

Déjà que l'idée d'entrer la terrifiait, y aller toute seule… ce n'était même pas la peine d'y penser.

— Quelqu'un doit rester pour faire le guet, fit valoir David. S'ils t'entendent, s'ils quittent leur poste, il faut que je puisse détourner leur attention. Non, Ava, tu dois y aller seule.

— David, s'ils te voient, ils te tueront.

Il la regarda droit dans les yeux.

— Parce que tu crois qu'ils te traiteront différemment ? J'ai autant peur pour toi que tu as peur pour moi.

David avait raison, elle le savait, même si elle répugnait à l'admettre.

— Sois prudent, murmura-t-elle en se redressant.

Elle devait faire preuve de courage et exécuter leur plan. Si elle avait été retenue prisonnière à la place de sa sœur, Anna aurait pris tous les risques pour venir à son secours, elle en était persuadée.

— Toi aussi, Ava, fais très attention à toi.

Avant de changer d'avis, elle fonça vers la porte. Là, elle attendit un moment, l'oreille aux aguets, avant d'actionner lentement la poignée. Elle l'avait fermée à clef la veille, mais par chance, la porte s'ouvrit. Elle entra dans la maison et referma aussi discrètement que possible. Des voix d'homme lui parvinrent. Elle se mit à raser le mur sur la pointe des pieds, avançant centimètre par centimètre, avant de traverser le vestibule comme une flèche et de monter l'escalier. Elle allait commencer par fouiller l'étage. Elle marchait en faisant bien attention à ne pas faire grincer les lames du parquet.

À chaque respiration, à chaque pas, une nouvelle vague de terreur la submergeait, mais elle se forçait à continuer. Si seulement il n'y avait pas eu un tel silence dans la maison, ses moindres mouvements n'auraient pas été aussi amplifiés, songea-t-elle à regret. Ce qui l'inquiétait le plus, c'était de ne rien entendre en provenance des chambres. Anna et Eliana étaient-elles encore là ? Auraient-elles pu s'échapper de la maison sans qu'elle et David les voient ? À moins qu'elles ne soient reparties avec les deux premiers SS ? Un frisson lui parcourut l'échine. Et si elles étaient en bas ? Car l'hypothèse de l'évasion lui semblait peu probable : les SS auraient fait venir des chiens, ils auraient passé le bois au peigne fin et traqué les deux jeunes femmes avec acharnement.

Arrivée en haut de l'escalier, elle se plaqua contre le mur. Son cœur cognait si fort qu'elle avait l'impression que ses battements pouvaient s'entendre. Elle se mit à progresser pas à pas dans le couloir, glissa un regard dans sa chambre. Personne. Elle s'approcha lentement de la porte suivante, qui était celle d'un placard, puis avança sur la pointe des pieds jusqu'à la chambre de sa sœur.

Elle déglutit avec peine, tenta de calmer son souffle précipité et continua sa progression. Il ne lui restait plus que trois chambres à inspecter. Elle se hâta le long du petit couloir qui menait à celle de ses parents.

Anna.

Elle faillit s'exclamer en voyant sa sœur et se rua vers elle : Anna avait les cheveux en bataille, le chemisier déchiré et, dans ses efforts pour se libérer, elle s'était remonté la jupe, révélant ses sous-vêtements. Mais c'était le chiffon enfoncé dans sa bouche qui bouleversa le plus Ava. Elle fondit en larmes en pensant à toutes les heures durant lesquelles Anna était restée seule dans cette chambre, à tout ce qui aurait pu lui arriver pendant qu'elle-même se cachait loin de la maison, dans la sécurité du bunker. Elle aurait dû venir à son secours plus tôt, elle aurait dû se battre pour elle dès l'instant où elle l'avait vue arriver.

— Anna, murmura-t-elle. Je vais te sortir de là. Il faut juste que je retrouve Eliana et puis on…

Sa sœur se mit à gémir de façon indistincte. Elle voulait lui dire quelque chose, tandis que les doigts d'Ava s'affairaient aussi vite que possible pour lui ôter son bâillon sommaire.

— Ava, fit Anna d'une voix éraillée, les yeux fous comme ceux d'une bête acculée par les chasseurs, consciente de sa mort imminente.

À cet instant, Ava comprit que sa sœur ne la regardait pas elle, mais quelque chose au-delà.

— Ava… répéta-t-elle.

Percevant une présence derrière elle, Ava sentit sa nuque se hérisser et comprit soudain l'affolement de sa sœur. Elle se figea, chaque cellule de son corps palpitant d'effroi. Un lourd bruit de bottes la fit se retourner et sa peur se mua en panique lorsqu'elle vit l'homme qui se tenait dans l'encadrement de la porte. Il la contemplait, les yeux étrécis et les lèvres pincées. Ce ne fut pas tant son expression de colère qui la terrifia, mais bien le pistolet qu'il pointait en direction de sa poitrine.

Heinrich.

Elle était sûre qu'il n'hésiterait pas à la tuer. Cet homme qu'elle avait follement aimé et qu'à présent elle méprisait autant qu'il la méprisait, elle. Ce fut à ce moment-là qu'elle aperçut la femme à moitié dénudée dans la chambre d'en face, qu'elle remarqua la chemise de Heinrich, sortie de son pantalon, qu'elle vit Eliana relever la tête derrière lui, le nez recouvert d'une épaisse croûte de sang séché.

— Heinrich, je t'en prie… murmura-t-elle d'une voix tremblante de peur, hélas, alors qu'elle voulait le raisonner. Je t'en prie, Heinrich, pose cette arme. Nous n'avons rien fait de mal, tout cela est un malentendu.

Elle sentit sa sœur s'agiter derrière elle. Si elle ne faisait rien, il allait les tuer toutes les deux. Si seulement elle avait eu le temps de détacher Anna ! Si seulement elles avaient eu quelque chose pour se défendre !

— Heinrich…

— Tais-toi ! hurla-t-il, ses yeux lançant des éclairs, avant de cracher sur le tapis avec dégoût.

— Heinrich…

— Ne m'adresse pas la parole, espèce de pute à Juifs !

De l'écume moussait aux commissures de ses lèvres. *C'est un fou*, pensa Ava. *Un véritable malade mental.*

Sa seule chance, c'était de le prendre par surprise : il la fixait avec une telle haine qu'il n'hésiterait pas à appuyer sur la détente, mais si elle parvenait à lui arracher son arme ou à le déséquilibrer, Anna, elle, pourrait au moins avoir une chance de s'en sortir. Elle s'élança vers lui et se jeta au sol alors que le coup de feu partait. D'un bond, elle se releva et lui expédia un violent coup d'épaule tout en cherchant frénétiquement à attraper son arme.

Il était tellement plus grand qu'elle, tellement plus fort, que même lorsque ses doigts se crispèrent sur le pistolet pour le lui arracher, elle sut que c'était peine perdue. Elle aurait beau lutter avec l'énergie du désespoir, Heinrich allait les tuer, elle et sa sœur, puis il s'occuperait de leur mère.

Il parvint à lui arracher le pistolet. À peine eut-elle le temps de se ressaisir que la crosse de l'arme l'atteignit violemment à la tempe. Elle chancela, partit en arrière en se protégeant le visage de la main et, dans un brouillard, vit Heinrich armer une fois de plus son pistolet, un sourire aux lèvres. Elle tenta de se concentrer sur sa silhouette devenue floue.

Je vais mourir. Il va toutes nous tuer.

Un claquement retentit lorsque Heinrich appuya sur la détente et Anna poussa un hurlement. Ava baissa les yeux, s'attendant à voir une tache de sang cramoisie sur son chemisier. Elle tomba à genoux. Prise d'un vertige.

Alors, elle se rendit compte que ce n'était pas Anna qui hurlait, mais elle-même. Elle se rejeta en arrière au moment où Heinrich s'écroulait en lâchant son arme. Elle poussa un autre cri : le sang qu'elle s'attendait à voir sur son propre corps s'échappait de celui de Heinrich et formait déjà une flaque sur le tapis. Tremblant de tous ses membres, elle se mit à ramper, les joues ruisselantes de larmes.

Car il n'y avait pas que Heinrich qui gisait au sol.

25

Ava contourna le corps de Heinrich, ramassa son pistolet, les mains tremblantes, et réprima un haut-le-cœur en voyant ses yeux vides la fixer. Elle le repoussa du bout de la chaussure pour s'assurer qu'il était bien mort sans avoir à s'approcher davantage, puis elle se précipita vers David, l'homme qui avait si courageusement abattu Heinrich, l'homme qui lui avait sauvé la vie au mépris de la sienne.

Il était assis, mais affalé sur le côté. Du sang suintait de sa chemise. Ava ne savait que faire. Eliana poussa un gémissement plaintif, déchirée entre l'envie de porter secours à son frère et celle de se réfugier auprès de son amie.

— Détache-moi ! ordonna Anna, le bâillon pendant autour du cou. David, comprime la blessure avec ta main !

— Va chercher les clefs, Ava, marmonna-t-il d'une voix altérée. Il faut les clefs pour les menottes.

Ava réprima un nouveau haut-le-cœur. Pour ce faire, il lui faudrait palper le cadavre de Heinrich. Soudain, elle repensa aux autres SS, au rez-de-chaussée. Son cœur bondit. Dans toute cette agitation, elle les avait complètement oubliés.

— Les SS qui montaient la garde ! s'affola-t-elle en regardant la porte, s'attendant à les voir faire irruption à tout instant. Il faut…

— Ils sont morts, souffla David avant de s'arracher un autre gémissement.

Il appuyait très fort sur son flanc.

Ava ne voulait même pas imaginer ce que David avait été forcé de faire. Tout ce qui lui importait, c'était que personne d'autre n'allait s'en prendre à eux. Pour le moment.

Elle se pencha sur Heinrich et dut le soulever sur un côté afin de fouiller son corps inerte. Elle détacha les clefs de sa poche et laissa retomber son cadavre en reculant vivement. Comment avait-elle pu être amoureuse de lui ? Comment avait-elle pu envisager une seconde d'épouser ce monstre, d'avoir des enfants avec lui ?

Elle retourna vers sa sœur, lui essuya la traînée de sang qui lui maculait la joue avec le bas de son chemisier et, les mains tremblantes, inséra la clef dans les menottes. Les mains libres, Anna l'étreignit très fort, très vite, avant de se précipiter vers David. Tombant à genoux, elle écarta la main qui comprimait sa blessure afin de l'examiner.

Eliana ! Ava traversa le couloir, les jambes en coton, et s'approcha de son amie. Ramassée sur elle-même, les genoux ramenés à la poitrine, Eliana tremblait de tous ses membres. Ava comprit aussitôt ce qui s'était passé ; instinctivement, elle sut ce que Heinrich lui avait fait. Elle s'assit par terre et l'enlaça avec douceur tout en repoussant ses cheveux de ses joues baignées de larmes. Elle aurait voulu lui faire couler un bain et la nettoyer avec délicatesse, l'envelopper dans des couvertures chaudes et la garder dans ses bras, le temps que le sommeil lui fasse oublier la douleur et le choc de ce qui venait de lui arriver. Mais du temps, elle n'en avait pas : les SS risquaient de revenir à tout moment et elle n'osait pas imaginer leur réaction lorsqu'ils découvriraient que trois des leurs avaient été abattus. Restait à espérer que Helga n'allait pas débarquer sans crier gare et se retrouver prise dans ce chaos.

— Je vais aller te chercher des vêtements propres.

— David ? murmura Eliana en levant les yeux vers elle.

À cet instant, elle ressemblait plus à une enfant qu'à une jeune femme.

— David est entre de bonnes mains, murmura-t-elle. Anna s'occupe de lui.

Les larmes se remirent à couler sur les joues d'Eliana. Ava déposa un baiser sur son front, puis elle se releva.

— Ne me laisse pas, chuchota son amie, les yeux agrandis de peur. Je t'en supplie, Ava, ne me laisse pas !

— Je vais simplement aller te chercher des vêtements dans ma chambre. Je reviens tout de suite.

Alors qu'elle passait devant David, il tendit la main vers elle. Ava la saisit avec émotion. Elle ne pourrait jamais assez le remercier pour ce qu'il avait fait, lui qui avait risqué sa vie pour elle, mais par ce simple geste, elle espérait au moins lui communiquer sa gratitude.

— Merci, dit-elle, consciente de l'insuffisance de ce simple mot.

Mais il fallait que ce soit dit.

David grimaça. Il continuait à comprimer la plaie de sa main ensanglantée.

— Si c'était à refaire, je le referais, articula-t-il d'une voix hachée, la respiration sifflante, épuisé par le seul effort de parler. Pour te protéger.

Ava le regarda et son cœur se gonfla d'une douce chaleur tandis qu'elle gardait sa main dans la sienne, une seconde de trop. Subitement, elle prit conscience de l'horreur de la situation : il y avait deux hommes dans cette chambre, deux hommes qui avaient fait partie de sa vie ces derniers mois, et c'était celui qui s'était engagé à passer le restant de ses jours avec elle qui avait tenté de la tuer.

David porta son attention sur Eliana.

— Ça va aller ?

Ava acquiesça.

— Il va lui falloir du temps. Elle a subi beaucoup de choses.

David détourna la tête, comme si la seule idée de ce que ces monstres avaient pu faire à sa sœur lui était insupportable. Soudain, Ava se rendit compte que sa propre sœur n'était plus là.

— Où est Anna ?

— Partie chercher de quoi panser la plaie... répondit David en se laissant aller en arrière dans un gémissement.

Ava aurait voulu s'agenouiller sur le tapis et le bercer tendrement pour soulager sa douleur, mais elle devait d'abord s'occuper d'Eliana. Elle allait sortir de la chambre lorsqu'elle entendit le grincement reconnaissable entre mille des marches de l'escalier.

— Anna t'a dit qu'elle allait où ? chuchota-t-elle.

David la regarda avec inquiétude. Lui aussi avait entendu le bruit.

— Au bout du couloir. Chercher de l'eau, du fil et une aiguille.

Ava jeta un coup d'œil au pistolet qui était resté sur le lit, là où elle l'avait laissé. Si elle devait tuer pour sauver David ou Eliana, elle n'hésiterait pas à appuyer sur la détente.

Elle s'en empara et se plaça devant David dans une attitude protectrice, le cœur battant, la respiration saccadée.

— *Maman* ?

Elle lâcha le pistolet et, ouvrant grand les bras, elle se précipita vers sa mère.

— Ava !

Sa mère la serra contre elle avant de s'inquiéter :

— Où est Anna ? Et les Goldman ?

Elle étouffa un cri.

— David ! Qu'est-ce qui lui est arrivé ?

Ava se ramena les cheveux en arrière, accablée, en laissant sa mère découvrir la scène.

— Eliana est dans la chambre d'en face. Si tu pouvais t'en occuper, pendant que je vais lui chercher des vêtements propres… Elle a besoin de toi.

— Et Anna ?

— Je suis là, maman, marmonna celle-ci, une aiguille pincée entre les lèvres, en revenant avec des serviettes et une bassine remplie d'eau.

— Soigne-le, mais fais vite, ordonna sa mère. Et toi, Ava, prends des vêtements chauds. Dépêchez-vous, il faut partir d'ici !

Ava obéit. Elle fila vers sa penderie et rapporta une tenue complète à Eliana. Laissant sa mère s'occuper d'elle, elle repartit chercher d'autres affaires : ils allaient tous devoir se changer s'ils devaient prendre la fuite. Des vêtements ensanglantés attireraient forcément l'attention.

Elle revint dans la chambre et s'agenouilla auprès d'Anna qui s'apprêtait à extraire la balle. Les gémissements gutturaux de David la firent tressaillir. Elle ne supportait pas de le voir souffrir à ce point.

— Où est papa ?

— Il a juste eu le temps de me prévenir, répondit Ava. Je ne l'ai pas revu depuis.

— Votre père n'est plus là, dit leur mère, si bas qu'Ava crut qu'elle avait mal entendu.

— Plus là ? répéta-t-elle.

Est-ce que je ne vais plus jamais revoir papa ?

À peine quelques heures plus tôt, la main chaude de son père pesait encore sur son épaule lorsqu'il lui avait murmuré ces mots terribles à l'oreille, lorsqu'il lui avait écrit de s'enfuir, geste qui, au bout du compte, lui avait sauvé la vie.

— Comment ça, il est déjà parti ?

Que voulait dire sa mère par « plus là » ?

— Ils l'ont déjà fusillé pour haute trahison, mais il avait eu le temps de se procurer des faux papiers. Ils sont dans son bureau, dans le coffre. Il y en a pour nous tous.

Sa mère se racla la gorge pour ne pas pleurer, s'efforçant de toute évidence d'être forte pour ses filles.

— Dès qu'Anna aura fini d'extraire la balle, il faudra partir. Le chagrin, nous l'aurons plus tard. Ton père aurait voulu que nous nous en sortions vivantes, il aurait voulu que nous fassions tout pour rester en vie, tu comprends ?

Ava comprenait, oui. Personne n'allait venir à leur secours. Si son père était vraiment mort, alors tout était fini. Leur réseau ne sous-estimait certes pas le rôle qu'elles avaient joué pour la cause, mais elle savait à quel point ses membres pouvaient se montrer implacables, elle en avait fait personnellement l'expérience. Aucun ne prendrait le risque de leur tendre la main. Elle n'avait plus d'espoir de ce côté-là, mais elle ne voulait surtout pas pleurer. Sa mère avait raison : leur chagrin devrait attendre, c'était ce que son père aurait souhaité.

Anna leva les yeux vers elle, comme si elle avait lu dans ses pensées.

— Si nous restons ici, nous signons notre arrêt de mort.

— Il faut aller chercher Herr et Frau Goldman, décida Ava.

Elle détourna la tête. Sa mère était en train d'habiller Eliana et elle ne voulait pas voir les affreuses ecchymoses violacées que lui avait infligées l'homme dont elle avait un jour aimé la caresse.

— Ils auront entendu les coups de feu et ils doivent être terrifiés, tout seuls dans ce bunker.

***

Ava, en bas, fouillait les tiroirs du bureau de son père. Elle ouvrait le coffre pour récupérer les faux papiers, quand sa mère lui cria qu'elle allait chercher Herr et Frau Goldman dans le bunker. Ils devaient tous se retrouver à la cuisine dans cinq minutes. Ava trouva les papiers, prit aussi l'argent, un collier en diamants qu'elle n'avait encore jamais vu, ainsi qu'un pistolet chargé, également caché dans le coffre. L'idée d'avoir une arme sur elle lui déplaisait au plus haut point, mais mieux valait en emporter une seconde.

Elle alla ensuite dans la cuisine. Là, elle trouva rapidement un sac et le remplit de deux sachets de nourriture et de bouteilles d'eau. Ça n'était pas grand-chose, mais c'était mieux que rien, et puis ils pourraient toujours trouver autre chose à manger en chemin.

Eliana apparut la première dans la cuisine. Emmitouflée dans un épais manteau qui semblait bien trop gros pour sa mince silhouette, elle s'enserrait les épaules des bras. Son frère et Anna la suivaient. David grimaçait à chaque pas, constata Ava, bouleversée. Comment allait-il pouvoir marcher sur une longue distance avec sa blessure ?

— Voici vos papiers, dit-elle. Apprenez par cœur votre nouveau nom et votre date de naissance et appropriez-les-vous.

Elle repensa à la dernière carte d'identité qui restait dans le coffre, celle qui, de toute évidence, était destinée à son père. Elle avait bien envie de l'emporter, mais elle savait qu'il valait mieux la laisser là, au cas où sa mère se serait trompée et où son père reviendrait la chercher. Elle refusait de renoncer à tout espoir tant qu'elle n'avait pas la certitude qu'il avait été arraché à l'amour des siens.

La porte de derrière s'ouvrit et soudain, ils furent tous réunis. Les Goldman se tombèrent dans les bras, tout à la joie de se retrouver.

— À chaque minute qui passe, le danger augmente, Ava, la pressa sa mère. Vous devez partir, maintenant.

— Oui, nous devons partir. J'ai déjà pris de la nourriture et…

— Non, vous, vous devez partir, rectifia sa mère en lui caressant la joue, avec au fond des yeux une expression qu'Ava ne voulait pas voir. Moi, je reste ici.

— Maman, *non* ! se récria-t-elle en secouant la tête. Je ne peux pas partir sans toi ! Je ne peux pas, je…

— Nous non plus, nous ne partons pas, déclara Frau Goldman. Nous resterons cachés ici.

— Mais j'ai des faux papiers pour nous tous ! protesta Ava en s'empressant de les leur distribuer. Nous pouvons tous partir ! On ne peut pas vous laisser ici. Moi, en tout cas, je ne peux pas.

— Nous ne ferions que vous ralentir, lui fit remarquer Herr Goldman, et nous aurons beaucoup plus de mal que vous à passer pour des goys. Si nous partons d'ici, nous nous ferons tous prendre.

— Papa… gémit Eliana, les yeux remplis de larmes, en s'accrochant à sa mère.

— Notre décision est prise, trancha son père. Mais vous, vous devez partir maintenant, tant que vous le pouvez encore. Je refuse que nous soyons restés tout ce temps dans ce grenier pour rien.

Toute discussion était inutile, comprit Ava : sa mère avait le menton résolu, le dos bien droit et les Goldman affichaient la même détermination qu'elle.

— Moi aussi, je reste, dit Anna.

— Non, pas toi ! s'insurgea Ava. Je refuse de te laisser ! Il n'y a aucune raison pour que tu restes ici !

Sa sœur lui sourit et, laissant David s'appuyer sur son père, elle vint la serrer dans ses bras.

— Si, Ava, tu vas me laisser rester ici. Je te rejoindrai dès que possible, je te le promets, on pourra même se retrouver à Cologne. Eliana m'a dit que c'était là que Hermann t'avait conseillé d'aller. Mais la priorité, c'est de mettre Eliana et David à l'abri, tu le leur dois, afin d'accomplir ce que papa a commencé.

— Anna… marmonna Ava, le visage enfoui dans les cheveux de sa sœur, en l'étreignant farouchement, incapable d'imaginer la laisser là.

— Tu vas y arriver, Ava, je sais que tu en es capable. Je t'en prie, fais-le pour moi, et aussi pour papa et maman.

— Mais tu me promets que tu nous rejoindras ?

Ava s'essuya les joues pendant qu'Anna allait vers leur mère.

— Tu me promets que tu viendras dès que possible ?

Sa sœur répondit enfin, non sans une infime hésitation dans la voix :

— Je te le promets. Mais vas-y, maintenant. Fais en sorte que papa soit fier de toi.

Ava regarda tour à tour sa mère et sa sœur avant de hocher la tête, résignée, et de prendre le sac contenant les vivres. Pour la première fois de sa vie, c'était elle, la responsable, c'était elle qui portait le destin des autres sur ses épaules.

— Nous allons nous rendre directement à Cologne, décida-t-elle. Une fois là-bas, nous nous cacherons dans la famille d'Hermann, un jour ou deux, le temps d'élaborer un plan pour quitter l'Allemagne. Nous réussirons peut-être à passer aux Pays-Bas grâce à nos faux papiers.

Sa sœur opina du chef, tandis que sa mère lui saisissait les mains pour les lui embrasser.

— Sois prudente, ma chérie.

Ava regarda David, puis Eliana : il lui fallait se montrer courageuse, pour eux.

— Compte sur moi, maman. Je vous dis à bientôt à toutes les deux.

Mais alors que les mots franchissaient ses lèvres, une question se formait dans son cœur.

Reverrait-elle un jour sa mère adorée et sa sœur, ce modèle de courage ?

26

Anna

Anna retourna dans la maison après avoir remis Frau et Herr Goldman, en larmes, à l'abri dans le bunker. Elle ignorait ce qui allait se passer, mais elle leur avait laissé des lampes à pétrole, des couvertures chaudes et de quoi manger. À présent, il ne leur restait plus qu'à attendre.

Sa mère avait fait du café. Elles s'assirent dans le salon, sur les fauteuils les plus proches des fenêtres, afin d'avoir vue sur l'allée. Était-ce la dernière fois qu'elles se retrouvaient en tête à tête dans cette maison qu'elles aimaient tant ? Elle ne pouvait s'empêcher de se poser la question.

— Tu aurais dû partir avec ta sœur.

Anna se réchauffa les mains avec sa tasse de café.

— Je ne quitterai jamais l'Allemagne, maman.

Elle se tourna vers la fenêtre et regarda la longue rangée d'arbres qui flanquaient l'entrée de leur propriété.

— Mon mari est ici, mon fils est ici.

Elle ne cherchait même plus à retenir ses larmes, à quoi bon ? Il n'y avait plus que sa mère. Elle n'était plus tenue au courage.

— C'était leur maison à eux aussi et je ne les quitterai jamais. Et puis maintenant, papa est ici pour toujours, lui aussi.

Elle se retourna vers sa mère.

Celle-ci, les yeux emplis de larmes, acquiesça.

— Je te comprends mieux que quiconque, ma chérie. Nous devons chacune rester ici pour notre mari.

— Qu'allons-nous faire, maman ? Quand ils vont revenir ?

— Nous ferons ce que nous avons à faire. Mais ils ne m'auront pas vivante.

Anna s'essuya les yeux et but une gorgée de son café juste au moment où trois grosses voitures noires s'engageaient dans l'allée, l'une après l'autre. Aussi bouleversée soit-elle d'entendre sa mère s'exprimer ainsi, elle était habitée par la même résolution. Après tout ce qu'elle avait subi ces dernières heures, après ce qu'elle les avait vus faire à Eliana, elle ne se laisserait pas prendre vivante, elle non plus. Cette fois, ils ne l'auraient pas.

— Les voilà.

Elles se levèrent, s'étreignirent et prirent les armes qui étaient sur la table. Chacune avait un pistolet de SS ; sa mère portait aussi un fusil en bandoulière, celui qui appartenait au domaine et qu'Anna avait toujours connu. Ni l'une ni l'autre n'avait jamais tiré un seul coup de feu – la chasse, c'était le passe-temps de son père, pas le leur –, mais sa mère n'hésiterait pas à s'en servir, elle en était convaincue.

Des aboiements la firent frissonner. Elle croisa le regard de sa mère. La présence de chiens ne pouvait signifier qu'une seule chose : une chasse à l'homme.

Elles allèrent se poster près de la porte d'entrée et jetèrent un coup d'œil dehors. Au lieu de s'approcher de la maison, les SS se dirigeaient droit vers le jardin.

Anna pensait qu'ils seraient directement entrés dans la maison, mais ils n'envoyèrent pas un seul homme dans leur direction.

— Ils connaissent l'existence du bunker, chuchota sa mère.

— Comment est-ce possible ? demanda Anna, gagnée par la panique. Comment pourraient-ils être au courant ?

— Tous les hauts gradés les ont fait construire au même moment, pour mettre leur famille à l'abri des bombardements. Ils doivent se douter que nous cachons quelqu'un et ils auront reçu l'ordre de fouiller spécifiquement le bunker.

Sans réfléchir, Anna se rua hors de la maison, arma son pistolet, visa le SS le plus proche et tira. Elle l'atteignit en plein dans le dos. Horrifiée, elle considéra le corps écroulé au sol, tandis que les autres SS se retournaient vers elle, arme au poing. C'était la première fois qu'elle ôtait la vie à quelqu'un, mais aussi atroce que soit l'acte, elle sut qu'elle était capable de recommencer.

— Non ! hurla sa mère qui la bouscula en courant et alla au-devant d'eux en faisant feu sans interruption.

Anna profita de ce tir nourri pour viser un autre SS qu'elle toucha à l'épaule. À cet instant, sa mère s'arrêta net et le pistolet lui échappa des mains. Anna baissa son arme, à peine une seconde, mais cela lui suffit pour voir une tache cramoisie se propager sur la robe de sa mère, pour entendre les SS crier, les chiens aboyer et pour sentir l'air sur son visage tandis qu'elle se remettait à avancer en hurlant.

Elle fit feu encore et encore, jusqu'à ce que son chargeur soit vide. Elle trébucha. Un violent élancement lui transperça l'épaule, tandis qu'une autre douleur explosait au niveau de son estomac. Tout se mit à tourner autour d'elle. Elle jeta un regard derrière elle, vit sa mère étendue face contre terre, ses beaux cheveux étalés autour de sa tête comme un éventail doré. Alors qu'elle se sentait partir, une dernière pensée la traversa.

Pourvu que Herr Goldman ait assez de balles pour achever ce qu'elles avaient commencé.

27

Ava

Ava faisait les cent pas. Que faire ? Ils avaient passé deux nuits à Cologne, au terme d'un long périple, et une autre dans un fenil, à la sortie de Düren. Mais elle ne cessait de repenser à ce que lui avait dit Anna, au lieu où elles s'étaient donné rendez-vous.

— Je retourne la chercher, décida-t-elle en attrapant son manteau. Imaginez qu'elle nous attende à Cologne et qu'elle ne sache pas où aller ?

David se leva et fit un signe à Eliana qui s'éclipsa sans bruit.

— Non, Ava. Je ne peux pas te laisser faire ça.

— Comment ça, tu ne peux pas ? Mais c'est ma sœur ! Et tu as entendu ce qu'Anna m'a dit, elle…

— … m'a donné cette lettre.

Il plongea la main dans la poche de sa veste.

— Cette lettre, c'est Anna qui me l'a confiée, juste avant que nous partions. Elle m'a également demandé de rester auprès de toi pendant que tu la lirais.

Il lui posa doucement la main sur le bras.

— Je lui ai donné ma parole, Ava. Alors, s'il te plaît, ne m'oblige pas à la trahir.

Elle considéra son expression peinée, prise de court.

— Pourquoi tu me regardes comme ça ? Qu'est-ce qu'Anna t'a dit d'autre ?

David lui remit la lettre.

— S'il te plaît, lis-la. Tu comprendras lorsque tu auras vu les mots de ta sœur noir sur blanc.

— Elle ne viendra pas, c'est ça ?

Ava ferma les yeux, soudain consciente du poids de la feuille de papier entre ses doigts.

Elle ne viendra pas. Je l'ai crue quand elle m'a dit qu'elle nous suivrait, mais elle n'a jamais eu l'intention de nous rejoindre.

David ne répondait pas, il se contentait de la regarder, comme s'il se préparait à la rattraper, comme s'il s'attendait à ce qu'elle s'écroule lorsqu'elle aurait lu ce qu'elle ne voulait pas lire.

La lettre était pliée en deux. Elle l'ouvrit lentement et se figea en reconnaissant l'écriture de sa sœur. Sous le regard de David, elle parcourut rapidement la feuille des yeux. Anna avait-elle décidé de suivre un autre plan que, pour une raison ou pour une autre, elle avait voulu garder secret ? Étaient-elles censées se retrouver ailleurs ? Elle s'était peut-être trompée, Anna allait peut-être la rejoindre, finalement.

Ma chère Ava,

Je n'ai jamais été très douée pour les adieux, aussi ai-je pensé qu'il me serait plus facile de t'écrire. David m'a promis qu'il te donnerait cette lettre lorsqu'il serait trop tard pour que tu reviennes me chercher : ne lui en veux pas, je t'en prie, je ne lui ai pas laissé le choix.

Ava, je te demande d'être heureuse pour nous deux. Je veux que tu tombes amoureuse, que tu te maries et que tu vieillisses auprès de l'homme de ta vie. Toutes ces choses m'ont été confisquées à la mort de Michael et d'Hugo. Voilà pourquoi j'étais prête à sacrifier ma vie pour sauver celle des autres, pour sauver des familles et mettre leurs enfants à l'abri. C'est aussi pour cela que j'étais prête à sacrifier ma vie pour la tienne. Je me battrai jusqu'à mon dernier souffle pour défendre ceux qui en ont besoin, et ce, en toute connaissance de cause, même si je sais quel chagrin vont te causer ces mots lorsque tu les liras.

Néanmoins, je tiens à ce que tu fasses encore une chose pour moi, Ava. Lorsque la guerre sera finie, lorsque la haine et les combats auront disparu dans le monde, à condition que la paix revienne un jour, je veux que tu déterres tous les pots que nous avons cachés dans le jardin. Je veux que tu t'occupes de réunir toutes ces familles, que tu apportes des réponses à ces mères qui ont dû abandonner leurs enfants, que tu transmettes aux autorités compétentes les papiers d'identité et les renseignements que j'ai collectés. Si par malheur, les parents ont péri, ce que j'ai toujours redouté, je tiens à ce que ces enfants sachent jusqu'où leur famille a poussé le sacrifice pour leur donner une chance de vivre. Je veux qu'ils sachent que, s'ils avaient vécu, leurs parents auraient tout fait pour les sauver. Je veux que tu retrouves ces enfants pour le leur dire.

Je t'aime, Ava, si fort que t'écrire cette lettre est un crève-cœur. Néanmoins, j'espère qu'un jour, tu comprendras ce que j'ai fait et pourquoi.

Ta sœur qui t'aime,

Anna.

— Non.

Ava se mit à secouer la tête, les yeux toujours rivés à la lettre.

— Non !

— Ava…

— Tu le savais ? s'emporta-t-elle en repoussant David. Tu savais qu'elle ne viendrait pas ? Durant tout ce temps, tu le savais et tu ne m'as rien dit ?

— Ava, je t'en prie…

— Non ! s'écria-t-elle en lui martelant le torse de ses poings. Je ne la laisserai pas faire ça ! Non, jamais ! Je vais retourner la chercher !

— Ava…

David la prit dans ses bras, ignorant ses protestations, et la serra très fort contre lui.

Elle se débattit jusqu'à ce qu'un violent sanglot l'oblige à céder. Elle enfouit son visage ruisselant de larmes au creux de son épaule et se laissa bercer entre deux hoquets de souffrance. Ce n'était pas la faute de David, bien sûr, mais penser qu'Anna n'allait pas les rejoindre, qu'elle l'avait embrassée pour la dernière fois sans savoir qu'elle ne la reverrait jamais, alors qu'il aurait pu le lui dire…

— Tu le savais ? lui demanda-t-elle lorsqu'elle eut repris son souffle.

Elle le repoussa et le regarda droit dans les yeux.

— Tu savais qu'elle ne nous rejoindrait pas ? Dis-moi la vérité, David.

— Disons que je m'en doutais, avoua-t-il.

Il écarta les mèches qui lui tombaient devant les yeux pour lui essuyer ses larmes. Il avait les mains douces.

— Mais je n'en avais pas la certitude, non.

— Tu crois qu'elle est déjà…

Ava buta sur le mot, presque impossible à articuler.

— … morte ?

David hocha la tête.

— Je crains qu'ils soient déjà tous morts, oui.

Il l'attira à nouveau tout contre lui et cala son menton sur sa tête.

— Je ne vois pas comment ils pourraient en avoir réchappé. Ils se sont sacrifiés pour nous, pour nous donner le temps de nous enfuir, de mettre le plus de distance possible entre les SS et nous.

— Mais il y a encore une chance ? Une chance qu'ils aient pu s'en sortir, qu'ils se cachent quelque part, qu'ils…

— Oui, Ava, il y a toujours une chance. Dans l'absolu, il y a toujours une chance.

Mais au fond de son cœur, elle savait. Une intense douleur irradiait en elle, jusque dans la moelle de ses os, une douleur telle qu'elle n'en avait encore jamais éprouvé. Hier encore, elle avait une famille. Désormais, elle n'avait plus personne.

Elle regarda David, son expression empreinte de bonté, ses yeux débordants de chagrin. Ils avaient tant perdu tous les deux…

— Je suis navré, Ava.

Elle lui prit la main et la serra très fort, puis elle s'obligea à relever la tête, le souffle tremblant. Elle ne se complairait pas dans le désespoir.

— Nous devons survivre, David. Pour eux. Nous devons nous enfuir et ne revenir que lorsque tout cela sera fini.

Eliana émergea de l'ombre. Ava lui tendit la main à elle aussi et la referma sur la sienne.

— Ils ne doivent pas avoir vécu en vain. Nous trois, nous sommes des survivants.

Son regard passa de David à Eliana, tandis qu'une force enflait en elle, une force inconnue qui repoussait le raz-de-marée de chagrin qui la submergeait.

— Et nous survivrons, jusqu'au bout, sans jamais baisser les bras. Nous n'avons pas le choix, nous devons survivre. Pour eux.

Je t'en fais la promesse, Anna, je survivrai afin de réunir toutes ces familles. Je veillerai à ce que chacun connaisse ton nom, à ce que tout le monde sache que tu t'es sacrifiée pour que les autres aient la possibilité de vivre. Je m'y consacrerai, pour toi, jusqu'à mon dernier souffle.

Épilogue

Villa des Müller
Juillet 1946

Ava, dans l'encadrement de la porte, contemplait le jardin, la main de David serrée dans la sienne. Ces deux dernières années, elle s'était souvent demandé si elle aurait un jour la possibilité de revenir ici, si elle pourrait un jour rentrer à la maison pour exaucer le souhait de sa sœur. Tant d'eau avait coulé sous les ponts depuis la dernière fois qu'elle s'était tenue devant cette porte, terrifiée, ne sachant pas comment ils allaient tous pouvoir s'en sortir. Entre-temps, ils s'étaient enfuis en laissant sa mère et sa sœur derrière eux.

David lui serra les doigts et elle leva les yeux vers lui. Quelle que soit sa souffrance, quels que soient les traumatismes qui résonnaient dans ses souvenirs, elle savait qu'ils étaient équivalents aux siens. Le jour où ils avaient quitté la maison du Bogensee, ils avaient sans le savoir chacun dit adieu à leur famille, à tout ce qu'ils avaient connu et aimé, même si avec le temps, leur chagrin commençait peu à peu à s'atténuer.

— Tu veux qu'on lui montre le jardin ? lui demanda David.

Il se pencha pour prendre leur fils dans ses bras.

Celui-ci venait tout juste d'apprendre à marcher. Il allait partout sur ses petites jambes encore mal assurées et dès qu'on le portait, il gigotait dans tous les sens pour qu'on le repose au sol.

— Laisse-le marcher, répondit Ava. Je lui tiendrai la main, le temps qu'il se fatigue un peu les muscles.

Tenant d'un côté la main de David et de l'autre la menotte de son fils, elle sortit de la maison et descendit les quelques marches qui menaient à la pelouse et au potager. La nature avait repris ses droits et les plantes poussaient en tous sens. Elle repensa à son cher papa. Il se serait retourné dans sa tombe s'il avait pu voir sa propriété envahie par la végétation. L'intérieur de la maison s'en était mieux sorti, malgré le passage des militaires qui l'avaient réquisitionnée en leur absence. Pourtant, Ava n'avait toujours pas réussi à remettre un pied dans son ancienne chambre.

Elle lança un regard à David.

— Tu penses à eux ?

— Bien sûr. Pas toi ?

Elle acquiesça, laissant passer le plus gros de l'émotion. Elle ne voulait pas pleurer devant leur petit garçon. Des larmes, elle en avait versé suffisamment pour toute une vie et malgré tout, ses yeux s'embuaient chaque fois que ses pensées la ramenaient à ce jour fatidique où elle avait embrassé sa mère et tenu la main de sa sœur pour la dernière fois.

— Je ne cesse d'imaginer ce qu'ils ont dû endurer, après notre départ. Combien de temps ils ont résisté, ce qu'ils ont dû faire pour nous offrir la possibilité d'être libres.

David déglutit. De toute évidence, il s'efforçait lui aussi de ne pas céder à l'émotion. Si elle avait été mère à une autre époque, se serait-elle inquiétée que son enfant la voie pleurer? Mais après tout ce qu'ils avaient traversé, après tant de larmes et de désespoir, Max était leur petit miracle, l'enfant qui avait illuminé leur univers et qui leur avait rendu le sourire. Elle refusait de laisser quoi que ce soit troubler son babillage insouciant et sa joie de vivre. *Car nous, nous avons l'immense chance de vivre.*

Tous ceux qu'ils aimaient étaient morts. D'après ce qu'elle avait pu reconstituer, sa mère et sa sœur avaient été tuées quelques heures après leur avoir dit au revoir en les regardant partir, et jusqu'au bout, elles avaient vaillamment protégé ceux qu'elles aimaient. Son père avait été exécuté pour haute trahison, mais sur un point, sa mère se trompait : il n'était pas mort le jour où tout avait basculé. Il avait d'abord été torturé, puis envoyé au camp de Sachsenhausen où il avait été tué dans les jours qui avaient suivi son arrivée. Quant aux parents de David, ces gens si droits et aimants, ils avaient fini par être arrêtés et envoyés à Auschwitz où ils avaient survécu quelques mois avant de mourir, juste avant la libération du camp. Elle avait même appris ce qui était arrivé à son ancienne amie Lina. Elle aussi avait péri dans un camp de concentration.

Toutes ces histoires appartenaient au passé, maintenant, et Ava ne s'autorisait pas souvent à y penser, mais revoir la maison faisait remonter tous ses souvenirs à la surface. Elle marqua une pause, le regard perdu vers le champ, se remémorant le bunker, les promenades qu'elle faisait dans les bois avec son père, le soir où il lui avait révélé qu'il faisait partie d'un réseau de résistants. Elle se souvenait à peine de la jeune fille qu'elle était alors. Restait à espérer que ses agissements clandestins avaient quelque peu racheté son ignorance des débuts.

— Elle est là, dit David.

Ava se retourna : Eliana, une valise à la main, se tenait devant la maison. Son cœur bondit de joie à l'idée de revoir son amie de longue date. Elle avait toujours du mal à croire qu'ils s'en étaient sortis vivants tous les trois.

— Eliana !

Et lâchant la main de son mari et de son fils, elle repartit vers la maison en courant.

— Eliana, quel bonheur de te revoir ! s'écria-t-elle en l'étreignant avec enthousiasme. J'ai du mal à croire que tu es bien là.

Eliana lui rendit son étreinte avec la même chaleur.

— Mais tu n'as que la peau sur les os, se désola Ava. Nous allons passer tout ce week-end à te gaver de nourriture !

Eliana se mit à rire et lui caressa les cheveux. Elle la regardait avec le sourire de ceux qui ont traversé de grandes épreuves ensemble, le sourire que peuvent échanger deux êtres qui se connaissent par cœur.

— C'est étrange, mais j'ai l'impression de revenir chez moi.

— Mais c'est chez toi, répliqua Ava.

Et, bras dessus, bras dessous, elles repartirent lentement vers le jardin où les attendait David. Ava posa sa tête sur l'épaule d'Eliana.

— Ce sera toujours chez toi. Chez nous, notre maison à tous. Pour toujours.

Elles s'arrêtèrent pour regarder David qui courait après Max. Les gloussements de joie du petit garçon réchauffaient le cœur d'Ava qui sentit qu'Eliana s'attendrissait, elle aussi.

— C'est vraiment un enfant magnifique, soupira-t-elle. Vous êtes des parents formidables.

— Nous faisons de notre mieux. L'essentiel, pour nous, c'est qu'il soit heureux.

Elles continuèrent à contempler la scène dans un silence agréable. Ava n'avait pas besoin d'expliquer à Eliana que David et elle se sentaient le devoir absolu de profiter de l'existence avec gratitude, de considérer chaque jour comme un cadeau et de ne jamais prendre pour acquis le simple fait d'être vivant. Toutes les épreuves qu'elles avaient traversées ensemble, tous les combats qu'elles avaient livrés et tous ceux qu'elles avaient perdus les avaient unies aussi indéfectiblement que les liens du sang.

— Tu as appris du nouveau sur Hermann ? s'enquit-elle.

Eliana s'éclaircit la voix.

— Non. Je n'ai rien pu trouver.

— Officiellement, il reste donc porté disparu ?

Eliana hocha la tête.

— Oui. Bien que j'aie pu consulter des archives concernant ses parents. Apparemment, leur activité dans la résistance a été découverte peu après notre départ de Berlin. Ils ont été fusillés. Et, vois-tu, le fait que ces gens qui avaient tout risqué pour me sauver soient morts, j'ai eu beaucoup de mal à l'admettre, même s'ils ne font que s'ajouter à la liste de tous ceux que nous avons déjà perdus.

— Je suis désolée.

Ava resserra son bras autour de celui d'Eliana.

— Je sais combien ils comptaient pour toi. Mais ne renonce pas à retrouver Hermann. On peut encore croire aux miracles, même ici, en Allemagne... même après tout ce qui s'est passé.

— Bien sûr. Un miracle est toujours possible.

— En tout cas, c'est le sentiment que j'aurais s'il s'agissait de David, ajouta timidement Ava en regardant ce dernier au moment où il lui adressait un sourire destiné à elle seule. J'irais jusqu'au bout du monde pour le retrouver. C'est pour ça que tu dois garder espoir, Eliana. Il y a toutes les chances pour que Hermann soit encore en vie.

Alors que David et Max commençaient à avancer dans leur direction, elle se tourna vers son amie et lui saisit les mains, luttant pour retenir ses larmes. Le moment était venu de lui dire ce qu'elle portait en elle depuis trop longtemps.

— Je sais qu'il s'est passé beaucoup de choses depuis le temps du lycée, Eliana, mais je tiens à te présenter mes excuses. Pour la façon dont je t'ai traitée, pour la façon impardonnable dont je me suis comportée avec toi, pour t'avoir tourné le dos au début de la guerre.

— Ava, je t'en prie...

— Non, laisse-moi continuer. Peu importe ce qui s'est passé entre-temps, peu importe ce que nous avons vécu, il faut que tu saches que je m'en veux terriblement. Je regrette de ne pas avoir vu ce qui se déroulait sous mes yeux et d'avoir au contraire choisi d'y participer. Je regrette aussi de ne pas avoir eu le courage de te présenter mes excuses ce premier soir, dans le grenier, lorsque tu m'as raconté ton histoire.

— La différence, intervint Eliana en lui serrant les mains tout aussi fort, c'est que toi, tu as changé de camp, contrairement à beaucoup. Mais si c'est ce que tu as besoin d'entendre, soit : j'accepte tes excuses de tout cœur. Et ne t'en veux pas de ne pas t'être excusée plus tôt, tes actes sont plus éloquents que tous les mots.

Ava exhala un soupir tremblant.

— Merci.

Arrivé à leur hauteur, David embrassa sa sœur.

— Eliana, je suis très content de te voir, mais cesse de faire pleurer ma femme, je te prie.

Ils se mirent tous à rire. Ava souleva Max et le serra sur son cœur afin qu'ils puissent tous les quatre rapprocher leurs têtes, tant elle était soulagée qu'ils s'en soient tous sortis. Elle ferma les yeux, se souvenant tout en s'efforçant de ne pas se souvenir, car quand son esprit la ramenait vers le passé, c'était le visage d'Anna qui lui revenait, au moment où elle lui avait dit au revoir. Lorsque sa sœur l'avait bravement regardée partir en sachant qu'elle ne la rejoindrait pas à Cologne, qu'elle ne la reverrait plus jamais.

La lettre d'Anna était toujours dans sa poche : elle la portait sur elle depuis le jour où David la lui avait remise. Mais demain, elle la rangerait dans un endroit sûr, une fois qu'elle aurait accompli la volonté de sa sœur. Jusque-là, elle l'avait toujours gardée sur elle, comme gage de ses intentions.

Je t'ai fait une promesse, Anna, et je compte bien la tenir. À partir de demain, ton dernier souhait sera enfin exaucé.

***

Dans la journée, Ava se rendit au fond du jardin qui était en partie caché par un muret en pierres. La dernière fois qu'elle était venue là, elle avait trouvé sa sœur agenouillée dans la terre, les joues ruisselantes de larmes, deux petits pots en verre posés à côté d'elle. À présent, c'était elle qui pleurait. Elle lâcha la pelle et se laissa tomber à genoux.

David lui avait proposé de l'aider, mais elle avait préféré qu'il reste à la maison avec Max, afin de pouvoir se recueillir seule. Elle voulait se souvenir d'Anna, pleurer sans retenue, sentir la force de sa sœur venir se superposer à la sienne pendant qu'elle poursuivait son œuvre. Mais lorsque ses mains se posèrent sur le sol froid, c'est un immense sentiment de solitude qui l'écrasa. Elle avait espéré avec nostalgie qu'elle percevrait la présence d'Anna, qu'elle aurait l'impression que sa sœur serait agenouillée à ses côtés pendant qu'elle retournerait la terre, mais c'était le contraire. Jamais elle n'avait éprouvé l'absence d'Anna avec autant de cruauté. À la fin de la guerre, elle avait cru sincèrement qu'elle parviendrait à réunir ces enfants et leurs parents. Durant des mois, elle s'était imaginée transmettant leurs noms aux autorités, persuadée qu'on pourrait localiser les familles, identifier les parents qui viendraient se présenter et leur permettre de retrouver les enfants qu'ils avaient dû abandonner ou faire passer à l'étranger. Mais dans les mois qui avaient suivi la fin de la guerre, les atrocités commises envers la population juive n'avaient pas tardé à être connues. Les morts se comptaient par millions, le nombre de Juifs éliminés dans le cadre de la Solution finale dépassait ses pires cauchemars. Elle avait alors compris que les chances de pouvoir réunir un jour ces familles étaient pratiquement nulles. Les enfants qu'avait sauvés Anna ne retrouveraient jamais leurs parents, car il y avait de fortes probabilités pour qu'ils aient péri dans les camps. De même que leurs grands-parents, leurs oncles et leurs tantes.

Ava enfonça la pelle dans la terre, sans se soucier des plantations qu'avait faites sa mère afin de cacher ce qui était en dessous. Elle ne pensait qu'à une chose : déterrer ces pots. Il lui fallait procéder avec précaution pour ne pas les casser. Dès que sa pelle heurterait le verre, elle se mettrait à creuser de ses mains, sentirait la terre fraîche et humide s'incruster sous ses ongles tandis qu'elle s'efforcerait frénétiquement de mettre à jour le précieux cadeau qui gisait en dessous.

Au premier tintement, elle tomba à genoux et, les mains tremblantes, entreprit de dégager le premier pot avec précaution. Mais après avoir lu la note manuscrite qui se trouvait à l'intérieur, elle dut prendre appui sur ses mains, pliée en deux par le chagrin. *C'est Anna qui a enterré ce pot. Anna qui a sacrifié sa vie. Ma sœur a été la dernière personne à toucher ce pot.*

Elle sanglota, face contre terre, durant une éternité. Puis, elle se força à se relever, à reprendre la pelle et recommença à creuser. Très vite, les pots commencèrent à s'entasser derrière elle. Elle avait aidé Anna à en enterrer seize, mais y en avait-il d'autres ? Elle ne voulait surtout pas en oublier un seul, les renseignements qu'ils contenaient étaient trop importants. Elle en avait d'autant plus conscience maintenant qu'elle était mère. S'il avait eu le malheur de naître un peu plus tôt, son fils, son précieux petit garçon, aurait pu lui aussi être réduit à un simple nom dans un pot en verre. Un orphelin, seul au monde.

— Ava ?

Elle entendit David l'appeler, mais ne put relever la tête. Elle ne voulait pas qu'il voie son chagrin. Néanmoins, lorsqu'il s'agenouilla près d'elle et l'entoura de ses bras, elle s'y réfugia avec reconnaissance, regrettant qu'il n'ait pas été présent tout du long.

— Je ne pourrai jamais les réunir, articula-t-elle entre ses pleurs. Tous ces enfants, ils ne retrouveront jamais leur famille. Il y a si peu de chances pour qu'un seul d'entre eux soit encore en vie…

David la berçait, les lèvres contre ses cheveux, pour tenter de la consoler. Enfin, elle s'assit sur ses talons, les yeux noyés de larmes.

— Ava.

Il lui caressa doucement les cheveux en la regardant avec une tendresse qui la bouleversa.

— Imagine un instant que nous soyons deux de ces parents, que nous ayons risqué le tout pour le tout afin de sauver notre fils, afin de lui donner une chance de vivre, chose qu'il n'aurait jamais pu avoir en Allemagne.

Cette pensée la fit frissonner, mais elle acquiesça d'un signe de tête.

— Au fond de leur cœur, ces parents savaient bien qu'ils ne reverraient sans doute jamais leurs enfants. Je pense que nous savions tous que la situation n'allait pas s'arranger pour les Juifs, pas ici, en tout cas. Mais ces parents ont voulu envoyer leurs enfants à l'étranger dans l'espoir qu'ils aient une vie longue et heureuse, loin de Berlin.

David porta la main à sa poitrine.

— Leur cœur était tellement rempli d'amour pour leurs enfants qu'ils ont choisi de les laisser partir. Et le plus important dans tout ça, c'est qu'Anna ait tenu à préserver leurs noms, c'est que tu tiennes à transmettre leurs noms. Tu ne peux rien faire de plus.

— Alors, pourquoi ai-je l'impression de ne pas en avoir fait assez ? Pourquoi ai-je l'impression de n'avoir rien fait du tout ? D'avoir échoué ?

David l'attira à nouveau à lui en lui caressant le dos.

— Parce que tu essaies de rattraper à toi toute seule tout le mal qu'ont fait les nazis, murmura-t-il. Parfois, il nous faut admettre que nous avons fait de notre mieux, sans chercher plus loin.

— Mais est-ce que c'est mon cas à moi ? lui demanda-t-elle dans un souffle. Est-ce que j'ai fait de mon mieux, David ?

Comme il la serrait contre lui, elle sentit son sourire.

— Oui, mon amour, tu as fait de ton mieux, c'est une évidence.

Ils restèrent un long moment enlacés, jusqu'à ce que la fraîcheur qui montait de la terre rappelle à Ava qu'il était temps de rentrer. Elle considéra les seize pots en verre. Elle était sûre de les avoir tous récupérés et pourtant, elle savait qu'elle reviendrait sans doute creuser encore et encore dans les prochains jours, au cas où elle en aurait oublié un.

— Tu aurais cru qu'il y en aurait autant ?

David se leva et fit le tour des pots regroupés.

— Non, jamais. Jamais je n'aurais imaginé qu'Anna avait sauvé autant d'enfants.

— Tu m'aideras à les rapporter à la maison ? Je les viderai là-bas et je recopierai chaque note afin d'en conserver un exemplaire ici.

— Et si on récupérait ces pots ? On pourrait peut-être en faire quelque chose, en souvenir d'Anna ? suggéra David en commençant à remplir la caisse qu'elle avait apportée. Quelque chose qu'on pourrait montrer à Max, afin qu'il comprenne la portée symbolique de chacun de ces pots et la force de ce qu'ils contiennent.

— Merci, dit Ava en s'interrompant pour le dévisager longuement.

Il se contenta de lui sourire avant de pousser la caisse vers elle. David pouvait être taciturne, mais lorsqu'il s'exprimait, c'était en général pour la faire sourire ou lui faire part de quelque chose d'important. Aujourd'hui, il avait fait les deux. Aussi, en dépit de sa tristesse, Ava se rapprocha de lui, lui prit le visage en coupe et l'embrassa doucement sur la bouche en espérant qu'il comprendrait à quel point elle l'aimait.

Elle avait commis bien des erreurs dans sa vie sentimentale, mais David n'en faisait pas partie.

ELIANA

À une époque, elle s'était demandé si elle pourrait un jour pardonner à Ava tout le mal qu'elle lui avait fait. Lorsque cette dernière les avait découverts dans son grenier, elle s'était demandé si elles pourraient un jour redevenir amies, si elle pourrait un jour oublier la façon dont Ava l'avait regardée, la façon dont Ava l'avait traitée.

Son père appelait cela le virus du nazisme. Selon sa théorie, même ceux qui, en temps normal, n'auraient jamais adhéré à une telle folie ne pouvaient s'empêcher d'être contaminés par leur entourage, comme s'il s'agissait réellement d'un virus capable de se propager parmi les gens. Il usait également d'une analogie encore moins ragoûtante pour parler de ceux qui avaient fermé les yeux sur les agissements d'Hitler : « Tant que le chien ne fait pas ses crottes dans leur jardin, ça ne les dérange pas. Tant que les leurs ne risquent rien, ils ne lèveront pas le petit doigt pour nous aider. Jusqu'au jour où le chien entrera dans leur jardin : alors, ils prendront conscience de leur erreur. » Et son père ne s'était pas trompé, c'était exactement ce qui s'était passé.

Elle abandonna ses réflexions en voyant David et Ava qui se tenaient sur la terrasse, dans la lumière déclinante. Les pots qu'ils avaient déterrés dans le jardin avaient été nettoyés et remplis d'une bougie. Ces photophores improvisés lui rappelaient les lucioles qu'elle avait vues en vacances avec ses parents, quand elle était petite. Sauf que ce n'était pas des lucioles : c'était un rappel de tous ces noms, de tous ces enfants, de toutes ces familles qui n'avaient pas survécu.

Ava avait demandé à ce qu'on détourne l'usage de ces pots en verre : c'était les seules décorations qu'elle avait voulues, comme un moyen de sentir la présence de sa sœur, et à la façon dont elle les contemplait avec de grands yeux, Eliana sut que le résultat la touchait.

En regardant David et Ava, Eliana, qui avait été le seul témoin à leur mariage, se souvenait, elle aussi. Elle se souvenait de chaque souffrance, de chaque sacrifice, de chaque deuil, mais également de l'amour qui les avait tous portés tout au long des heures, des jours et des mois durant lesquels ils étaient restés cachés dans ce grenier. Elle se souvenait de sa première goulée d'air frais lorsqu'elle était enfin sortie de la maison, de la façon dont son cœur s'était arrêté de battre lorsqu'elle avait vu Hermann pour la première fois.

Son frère couvait Ava du regard, cette femme qu'il avait longtemps aimée en cachette, et Eliana songea que son père et sa mère auraient été heureux de voir ces deux êtres qui avaient autrefois suivi des chemins si différents réunis au nom de l'amour.

Elle jeta un regard sur sa gauche, vit Hermann, se souvint de lui, l'imagina à ses côtés. Elle tendit le bras et sentit sa présence, imagina qu'il lui prenait la main et la serrait très fort en lui souriant à sa façon unique. Imagina qu'il lui soulevait délicatement la main pour y déposer un baiser.

Demain, elle leur dirait la vérité. Demain, elle serait franche avec Ava et lui avouerait que Hermann avait péri en même temps que ses parents, qu'il était mort quelques jours avant la libération du camp où il avait été envoyé. Mais ce soir, l'heure était au bonheur et à l'amour, et rien que pour cela, elle serait éternellement reconnaissante envers la vie.

Postface

Ce roman est une œuvre de fiction, néanmoins, comme tous mes autres romans, il se fonde sur des événements historiques. Mes personnages m'ont été inspirés par les récits authentiques d'Allemands qui se sont opposés au régime d'Hitler – de façon active pour les uns, plus passive pour les autres – en organisant la propagande antinazie, en sauvant des Juifs ou en intégrant un réseau de résistants.

Je trouve un peu facile de se pencher sur l'Histoire en partant du principe que le mal habitait chaque foyer allemand, au lieu de prendre le temps de faire des recherches pour comprendre à quoi ressemblait vraiment la vie quotidienne sous ce régime. Nombre d'Allemands ont suivi Hitler sans réserve et ont cru aveuglément à sa vision du Troisième Reich, mais beaucoup d'autres se sont contentés de protéger leur famille. Certains, enfin, ont fait tout ce qui était en leur pouvoir pour s'opposer à ce qui se passait dans leur pays. C'est ainsi que j'en suis venue à écrire ce roman, en prenant conscience que la réalité n'est pas toujours manichéenne et que toute situation comporte des nuances.

L'un des éléments qui m'ont le plus marquée dans mes recherches a été le documentaire sur Brunhilde Pomsel, l'une des secrétaires de Joseph Goebbels, qui m'a inspiré le personnage d'Ava. Ce documentaire, intitulé *A German*

Life, offre un aperçu fascinant de ce qui peut se passer dans l'esprit d'une jeune femme qui, de fait, a été endoctrinée par le régime nazi. D'un côté, Brunhilde Pomsel a conscience de l'horreur de cette période, mais de l'autre, elle garde un souvenir attendri de Goebbels qu'elle décrit comme un homme bon et affable qui traitait bien ses secrétaires, et elle reste attristée par les conditions dans lesquelles lui et toute sa famille ont péri. Ce documentaire m'a aidée à créer mes personnages et à imaginer ce qu'aurait pu ressentir une jeune femme comme Ava, écartelée entre la doctrine qu'on lui a inculquée dès son plus jeune âge et la découverte de l'atroce réalité, même si j'ai choisi de faire d'elle une résistante, contrairement à la véritable secrétaire de Goebbels.

Les passages se rapportant à Sophie Scholl sont en revanche basés sur des faits bien réels, de même que l'attentat contre Hitler à la Tanière du Loup. Il est également véridique que les conjurés ont cru durant quelques heures à la mort d'Hitler. De retour à Berlin, ils ont même commencé à procéder à des arrestations, persuadés qu'ils allaient prendre le pouvoir. En définitive, ils ont appris que l'attentat avait échoué en raison d'une météo plus chaude que prévu, une salle de conférence avec fenêtres ayant été préférée à la dernière minute au bunker souterrain où la réunion devait se tenir au départ. Les petits papiers roses, connus sous le nom de « Vérités du jour », ont également existé, la « vérité » ayant été constamment déformée par la machine à propagande nazie.

Comme toujours dans mes romans, mon principal objectif est de témoigner tout mon respect à ceux qui ont vécu durant ces périodes difficiles de l'Histoire et de mettre en lumière certains éléments du passé afin qu'on ne les oublie jamais. Si vous voulez en apprendre davantage sur ce qui se passait en Allemagne à cette époque, et en particulier sur la résistance allemande, je vous invite à regarder le documentaire *A German Life* et à vous renseigner sur Sophie Scholl, le mouvement de La Rose blanche, ainsi que sur l'attentat contre Adolf Hitler à la Tanière du loup.

Remerciements

L'écriture d'un roman est une entreprise très solitaire. Dans mon cas, cela représente de longues heures passées dans mon bureau avec mes compagnons à quatre pattes pour toute compagnie. Mes chiens viennent souvent me trouver pour me rappeler qu'il est l'heure d'aller faire un peu d'exercice, mais pour ce roman, je me suis tellement immergée dans l'écriture que la durée de nos promenades quotidiennes en a été fort raccourcie ! Inutile de vous préciser que Ted et Oscar sont ravis que ce livre soit achevé !

Comme toujours, j'aimerais remercier toutes les personnes formidables qui ont œuvré à la parution de ce livre, et en premier lieu mon éditrice, Victoria Oundjian. Merci pour tout, Victoria : pour ton soutien sans faille, pour avoir cru en moi et pour constamment me pousser à donner le meilleur de moi-même. Je voudrais également remercier l'éditrice Sophie Wilson qui fait partie, avec Victoria, de notre «*dream team*» ! C'est un vrai plaisir de travailler avec vous deux et franchement, je n'imagine pas écrire un de mes romans historiques sans votre collaboration !

Je tiens aussi à remercier plus largement toute l'équipe d'Amazon Publishing UK, avec une mention spéciale à sa directrice éditoriale Sammia Hamer qui m'a toujours énormément soutenue dans mon travail (et qui reste à ce jour l'une de mes éditrices préférées de tous les temps !). Merci aux équipes de marketing et aux attachés de presse, ainsi qu'à ma relectrice-correctrice. Je vous sais gré de tout le travail que vous faites ! Je voudrais également adresser un remerciement tout particulier à mon agente,

Laura Bradford, qui me représente depuis le début de ma carrière littéraire.

Sur un plan plus personnel, je tiens à remercier mes amies autrices, les fantastiques Yvonne Lindsay, Natalie Anderson et Nicola Marsh. Merci pour vos encouragements quotidiens pendant ma phase d'écriture : je n'y serais jamais arrivée sans vous ! Il me faut également remercier ma merveilleuse assistante, Lisa Pendle, qui non seulement m'empêche de devenir folle, mais qui s'occupe aussi de tant de choses en coulisse. De plus, mes chiens l'adorent, ce qui ne fait que confirmer son caractère exceptionnel.

Au tour de ma merveilleuse famille, à présent. Merci à Hamish, Mack et Hunter pour leur patience lorsque je m'absorbe dans la rédaction d'un premier jet ou que je cravache nuit et jour comme une folle pour finir dans les délais. J'ai beaucoup de chance d'être soutenue par mes proches et de travailler dans un environnement idéal. J'ai également une pensée reconnaissante envers mes parents, Maureen et Craig, pour leur amour et leur soutien inconditionnels.

Et enfin merci à vous, mes fabuleux lecteurs, sans qui je ne serais pas là ! Merci de lire mes livres, merci pour tous vos avis et vos messages, et merci de me permettre d'écrire des romans selon mon cœur. Ma reconnaissance éternelle vous est acquise.

Si ce roman vous a plu et que vous souhaitez entrer en contact avec moi (en anglais), je vous encourage vivement à rejoindre mon groupe de lecteurs pour discuter bouquins ! Rendez-vous sur https://www.facebook.com/groups/sorayalanereadergroup.

Soraya

À propos de l'autrice

Après des études de droit, Soraya Lane s'est rendu compte qu'elle n'était pas faite pour une carrière juridique et que son avenir passait par l'écriture. Autrice de romans historiques et de littérature féminine contemporaine, elle a écrit le best-seller *Wives of War*, qui figure parmi les meilleures ventes d'Amazon. Soraya vit dans sa Nouvelle-Zélande natale avec son mari et leurs deux fils, entourée d'une ribambelle d'amis. Lorsqu'elle n'écrit pas, elle aime jouer dehors avec ses enfants ou bouquiner confortablement chez elle. Si vous souhaitez mieux connaître Soraya et ses romans, rendez-vous sur www.sorayalane.com ou www.facebook.com/SorayaLaneAuthor. Vous pouvez également la suivre sur X : @Soraya_Lane.

L'Île des amants maudits

SORAYA LANE

Un jour, Ella reçoit une invitation à Hope House. Avant la guerre, c'était un foyer réservé aux mères célibataires. Une mystérieuse femme, décédée, lui a laissé en héritage la photo d'une femme et d'un enfant inconnus ainsi qu'une partition de musique jaunie par le temps. Se pourrait-il qu'il s'agisse de membres de sa propre famille ? Ces indices la conduisent sur les pas de sa mystérieuse ancêtre sur l'île de Skopelos, en Grèce. Au milieu des eaux turquoises de la mer Égée, elle espère enfin lever le voile sur les secrets de sa famille et le mystère de ses origines. Ella va découvrir l'histoire déchirante d'une famille forcée de quitter son pays et d'une jeune femme avec un talent unique pour la musique qui a conquis le cœur d'un jeune violoniste. Des amants maudits dont l'histoire tragique va traverser le temps et bouleverser plus d'une vie...

Entre secrets et trahisons,
une émouvante saga familiale.

Achevé d'imprimer en juin 2025
sur les presses de la Nouvelle Imprimerie Laballery
58500 Clamecy
Numéro d'impression : 505235

Imprimé en France

La Nouvelle Imprimerie Laballery est titulaire de la marque Imprim'Vert®